| マルティン・アロンソ・ピンソン | クリストバル・コロン | ビセンテ・ジャニェス・ピンソン |

コロン提督の偉業を支えた航海士ピンソン兄弟

ヒラルダの塔とインディアス古文書館（右）

| セビーリャ大聖堂 | サント・ドミンゴ大聖堂 |

フェリーペⅡ世と王宮

皇太子時代のフェリーペⅡ世	フェリーペⅡ世
（ティツィアーノ1551年作）プラド美術館	（ソフォニスバ・アングイッソラ1565年作）

エル・エスコリアル宮殿・修道院

モロ要塞（サン・ファン/プエルト・リコ）

オサマ砦（ドミニカ共和国）

サン・ファン・デ・ウルア要塞（メキシコ）

新大陸の要塞群

レオポルト・ウィルヘルム大公の画廊（1651年）ダフィット・テニールス（子）
（ウィーン美術史美術館蔵）

ベラクルスの夜（メキシコ）

［写真提供］

ABCdesevilla：ⅰ上
フェルナンド世在：
ⅰ下・ⅲ上・ⅲ下・ⅳ下
Public domain：ⅱ上・ⅳ上
GFDL：ⅱ下

ロスト・タブレット

500年の時空を超えた思いが今

フェルナンド・峻・世在
Fernando Takashi Sezai

文芸社

主な登場人物

エルネスト隆勝呂（通称セグーロ）（シオ）
マリア・ドゥルセ・ピンソン・ソト（通称マリア）
　　ピンソン家長女　パートナーはエンリケ・ラミレス
アロンソ・ピンソン（通称アロンソ）
　　ピンソン家長男　教会建築家　世界遺産イコモス専門委員
フリオ・ゴンサーレス（父）門司で死去した謎の男
フリオ・ゴンサーレス（息子）（通称モニート）

《ピンソン家の人々》
アンブロシオ・ピンソン・（マジョール）（通称アンブロ
　　シオ）　ピンソン家家長　土木技師
ロサ・コンスエラ・ピンソン　3女　建築家
ディナ・フロレンシア・バティスタ　4女　ボゴタ在住
　　自動車部品販売
ルシアーナ・ニルダ・ピンソン　5女　チリ在住　生命保
　　険会社ライフ・プランナー　詩人
リアナ・マグダレーナ・リベラ（通称リアナ）　マリア・
　　ドゥルセの長女　建築家　元ファッション・モデル
マウリシオ・レジェス　リアナの夫　企業家　ユネスコ文化
　　局無形遺産委員
パウリーナ・リベラ　マリア・ドゥルセの次女
ローラとカルラ　パウリーナの双子の娘

《ソンデオ・グループ》

ウンベルト・エストラーダ　ソンデオ・グループ総帥　大富豪

カロリーナ・エストラーダ　ウンベルトの長女　重役

セリーナ・ディアス　ウンベルトの隠し子

パコ・ソリアーノ　運転手兼ボディ・ガード（密偵）

勝呂佳江(すぐろよしえ)　箱根割烹旅館"佳庭"の女将　勝呂の（元）妻

クレスセンシア・美亜・勝呂　勝呂の長女　ブエノス・アイレス生まれ　映画監督

芹沢　栄信電子工業海外部長

目　次

主な登場人物 …………………………………………3

プロローグ（序章）2014年4月 …………………10

1 幻の王宮時計　2013年9月　マドリッド ……16

（1）ミリオネア・ツアー …………………………16
（2）フェリーペⅡ世至宝特別展 …………………22
（3）至宝展二日目 …………………………………27
（4）至宝展三日目　ティツィアーノと王宮時計 …34
（5）マドリッド最終日 ……………………………38

2 ジブラルタルの憂愁　2013年8月 …………58

3 勝呂の来歴　1965年から1990年 ……………78

（1）門司港 1965年 …………………………………78
（2）カルタヘーナ（スペイン）へ　1972年 ……89
（3）アルゼンチンへ　1973〜85年 ………………96
（4）日本へ　1985〜90年 …………………………106

4 遥かなるカルタヘーナ・デ・インディアス
　　　　　　　　（コロンビア）1990年 ……114

（1）東京 ……………………………………………114
（2）ボゴタ …………………………………………116

(3) ついにカルタヘーナへ……………………120
　(4) 再びボゴタへ……………………………144

5 コロン（コロンブス）の涙　1991～92年……151

　(1) コロン記念灯台(サント・ドミンゴ／ドミニカ共和国)…151
　(2) 大聖堂の謎かけ(サント・ドミンゴ／ドミニカ共和国)…156
　(3) ハバナのサプライズ（キューバ）………………174
　(4) セビーリャの攻防（スペイン）…………………191
　(5) コロンブス記念灯台落成　1992年………………204

6 ブエノス・アイレスの迷宮　1994年
　　　　　　　（アルゼンチン）……………209

7 サン・ファン・デ・ウルア要塞の怨念
　　　　1994年（ベラクルス／メキシコ）…………221

　(1) ベラクルスの男……………………………………221
　(2) サン・ファン・デ・ウルア要塞…………………231

8 失われた5年　勝呂失踪　1996～2001年………242

9 ボゴタの暗雲　（コロンビア）……………………263

　(1) エル・ノガル・ソシアル・クルブ　2003年　3月7日…263
　(2) アンブロシオ失踪事件　2003～04年……………280

10 ポルト・ベロ最後の攻防　2005年（パナマ）…291

11 コロンのDNA 2006年……302

12 ボゴタ・コラソン・チェベレ 2009年
(コロンビア)……308

(1) シクロビア（自転車天国）……308
(2) サバナの一日……314
(3) コロンビア現代史……331

13 カリブの仕掛け 2010年（サン・ファン／プエルト・リコ)……339

14 『砂の本』現る ―なくさないで心まで―
2010年（ニューヨーク)……375

15 大富豪の深謀 2013年（東京―箱根湯本)……379

(1) エストラーダ訪日後日談……379
(2) 究極のおもてなし……386
(3) もう一つの訪日後日談 2014〜15年……399

エピロゴ（終章）ロスト・タブレット 2016年〜
500年の時空を超えた思いが今‥407

続編　ホーム・ページへ

ロスト・タブレット
Lost Tablet

500年の時空を超えた思いが今

プロロゴ（序章）2014年4月

　それはまるで小さなバラが雨のように降り注ぎ、おびただしい黄色の蝶が舞っているようだった。タブレット端末に映し出された葬儀の模様を勝呂は食い入るように見つめていた。コロンビア・ボゴタのマリア・ドゥルセから転送されてきた動画だった。人々は黄色のバラの花や手作りの蝶を持って駆けつけた。なかには黄色い風船を持っている人もいる。だからあたりはイエロー一色だ。
　4月17日、文豪ガボ逝去の報が世界を駆け巡った。『百年の孤独』で1982年にノーベル文学賞を受賞したガブリエル・ガルシア・マルケス（愛称ガボ）の悲報だった。とりわけ彼の生地コロンビアやそれまで第二の故郷として住んでいたメキシコは元より中南米やスペインにも衝撃が走った。いち早く《マコンド》の電報局にもその報が届いたはずだ。コロンビアの北部にカルタヘーナという港湾都市がある。カリブ海に面した堅固な要塞に守られた美しい港町だ。ここからさほど遠くないところにアラカタカの集落がある。このガボの生地が『百年の孤独』の舞台となったマコンドだった。そこにガボは、ある一族の100年の盛衰を奇態なタッチで建設する。族長の死の場面や物語の節目ふしめに彩りを添えているのが黄色のバラであり、蝶だった。そう、勝呂が今見ている動画はこの小説のシーンに生き写しなのだった。ガ

ボが生前胸ポケットに差していたのも黄色のバラの花だった。だからガボの最後の別れにはこの色が一番似つかわしかったのだ。

　4月に入って横浜は晴天続きだった。勝呂はコーヒーで一息入れた。映像は続く。メキシコではペーニャ・ニエト大統領がいち早くベジャス・アルテス芸術宮殿で葬儀を執り行った。この葬儀にコロンビアからサントス大統領が急遽駆けつけた模様も映し出されている。別の動画では翌日自国に取って返したサントス大統領がボゴタ大聖堂でモーツアルトのレクエムが流れる中、告別式を執行した。それはまるでコロンビアとメキシコの本家争いのように勝呂には思えた。大聖堂の外では大画面が中の模様を映し出している。そしてガボが好んだバジェナート（コロンビアの民族音楽）も奏でられた。生地アラカタカ（マコンド）でもガボへの別れと感謝を告げる人々で埋まった。コロンビアでは多くの国民が3日間喪に服したという。

「ところでシオ（勝呂の愛称）、ガボの棺はどうなったと思う？　どこの葬儀でも彼の遺体はなかったのよ」

　マリア・ドゥルセのスカイプの声は大分上ずっている。姿は見えない。その代わりいつものようにバラ窓をバックにした聖母マリア像が映っているだけだ。葬儀は3ヶ所で行われたのだが、なんとガボの遺体が収められた棺を前にして最後の別れができた者は誰一人としていなかったという。ガボの死後直ちに家族だけで密葬を行い、

翌日には茶毘に付されていたからだ。前年3月に逝去した隣国ベネズエラのチャベス大統領が永久保存の状態で安置されているのとは対照的だった。マリア・ドゥルセによればカトリックでも火葬は決して珍しくないという。だが多くの国民に愛された文豪の最後の別れにしてはいかにも不自然ではないか。一般に開かれた会葬の後に茶毘に付しても遅くはないというのに、火葬を急いだのには何か特別な理由でもあるのだろうか？

　マリア・ドゥルセは続けた。「ガボは自分の死がきっと多くの混乱を招くに違いないと予期していて、生前から身内には死後すぐに茶毘に付すように言い渡していたのだわ。だってガボこそ『死と葬儀の魔術師』だものね。現にもう始まっているでしょ、取り合いが。見た？　メキシコとコロンビアの大統領のあの慌て様を。なんと言ってもガボはあの『ドン・キホーテ』の作者セルバンテス以来のすごい作家だものね。そうそう、そう言えばセルバンテスはもうじき没後400年になるわね。シオ、私は4月になるといつも思い出すのよ。《コロン‐ピンソン安らかに眠れ作戦》のことを。あのときあなたがいなければ絶対に成功しなかった作戦だったわ。クライマックスはなんと言ってもコロン（コロンブス）提督の遺骨の極秘撮影だったわね。いまでも私たちピンソン一族はあなたに感謝しているわ。そうそうちょうど今、弟のアロンソが休暇でメキシコにいて写真を送ってきたから転送しますね。カンペチェの要塞の監視塔が写っている

わ。シオのことを〈世界の監視塔の守護神〉だからだって。うまいこと言うわね弟は……。シオの監視塔のコレクションもこれで完結ね。残るはカンペチェだけだと言ってたでしょ。だけどシオ、オッホ・エ（気を付けて）！　弟もあのタブレットを探し回っていることを忘れないでね」

　例によって一気に喋りまくるマリア・ドゥルセ。　あのタブレットとはスペイン王室フェリーペⅡ世のエメラルド・タブレットのことだ。

　守護神と言われて勝呂はすこし照れながらも唸った。（ガボが《死と葬儀の魔術師》だって？　うーんそうか、ガボの小説に死と葬儀の場面が多いことを考えれば、確かにそれは言えてるよね。だけど"取り合い"って何のこと？　もしかしてこんどはガボの遺骨のことなのか……）マリア・ドゥルセの謎かけで、勝呂は早くもガボの仕掛けた迷宮に入り込んでしまったようだ。それにしてもマリア・ドゥルセの言う"多くの混乱を招く"とは。"メキシコとコロンビアの大統領の慌て様"とは。そして"コロンの遺骨"とは――。

　ガボの遺言書はまだ見つかっていない。この物語のエピロゴ（終章）までには、羊皮紙にサンスクリット語でしたためられたガボの遺言書が見つかるかもしれない。そして、何を差し置いてもフェリーペⅡ世の"失われしタブレット"の存在が明らかになるのだろうか。

　勝呂隆（すぐろたかし）。かつての国際貿易港の生まれ。故あって20

プロロゴ（序章）

代後半から海外にほとんど出ずっぱりになっている。気が付けばスペイン語圏にとっぷり浸かっていた。エルネスト・タカシ・スグロと自称しているのはそのためだ。だが外地ではいつしか〈セグーロ〉で通っている。それは〈安全な〉とか〈信頼できる〉あるいは〈保険〉などを意味するので〈良し〉としている。だがマリアだけは勝呂のことをなぜか〈シオ〉と呼んでいる。

　コロンビアからのメールの送り主はマリア・ドゥルセ・ピンソン・ソト。マリア・ドゥルセは英語ではスイート・マリアの意。ここから先マリアとあればマリア・ドゥルセのことだ。ピンソン家の長女でこの二人のユニークな（時空を超えた）計算では40年来の盟友となる。マリアは500年以上も前にコロンのアメリカ大陸到達に多大な貢献をしたピンソン三兄弟の超末裔だ。

　この物語はフィクションである。多くの場面で実際に起きた出来事を回想する形態をとっている。そのため現実と架空、過去と現在が交錯する。もしもどこかで実在する人物や事件と酷似することがあったとしても、それはまったくの偶然に過ぎない。

　多くはスペイン語圏の出来事ゆえ、人名や地名の表記では、ピンソン（ピンゾン）、ゴンサーレス（ゴンザレス）、コロン（コロンブス）と言うようにスペイン語の原音・読みを尊重したが、アルゼンチン（アルヘンティーナ）、チリ（チレ）、スペイン（エスパーニャ）のように日本の慣用に従ったものもある。表記がもどかしい国

名では、イギリス（大英帝国）は英国、アメリカ（アメリカ合衆国）は（中南米諸国もアメリカだし、メキシコも合衆国なので）米国で通すことにする。

　この本には関連情報が**ビジュアル・ガイド**で楽しめる攻略・愛蔵版の特典が付いています。「ロスト・タブレット」のホーム・ページを開いていただき、Gallery ページにあるビジュアル・ガイドの **ΘE-wink** をクリックすれば、素早く関連情報にアクセスできます。タブレットなどで IoT 時代に相応しい時空を超えた展開を是非ともお楽しみください。

「ロスト・タブレット」の HP（ホーム・ページ）を検索

ロスト・タブレット	検　索

［HP］http://www.losttablet.com
HP の Gallery ページにある ΘE-wink ○をクリックして所定の関連情報にアクセス

Θ E-wink ①	HP ビジュアル・ガイドへ

プロロゴ（序章）

1 幻の王宮時計 2013年9月 マドリッド

『芸術は日々の生活のほこりを、魂から洗い流してくれる』
　　　　　　　　　　──パブロ・ピカソ（1881～1973）

（1）ミリオネア・ツアー

　2020年のオリンピック・パラリンピック競技大会の開催地が《トーキョー》に決まった翌週、勝呂隆は久しぶりにマドリッドに降り立った。半年も前からの絶対に外せない日程だった。東京が大勝利したばかりだからもっと後にしたらと友人にも言われたのだが……。今回はプライベートな滞在なので出迎えは来ていない。タクシー乗り場に向かっていると白の車体のドアに真紅の斜めの線が入った車が近づいてきた。
「オイガ（やあ）セニョール、どちらまで？」「セントロのホテル・グラン・ビアまでだが」「バスの半分の時間で30ユーロでどうです」「いいだろう。頼むよ」
　勝呂はそのタクシーに乗り込んだのはいいが、横から大型バスが割り込んできて前を遮る。やおら乗客の荷物を積み込みはじめた。「あ～あこれだ！　早くしろよ」
　タクシー運転手はバスに悪態をつく。勝呂はなだめる。「まあいいよいいよ。急ぐ旅じゃないから……」
　（結局乗り場でないところで呼び込みのタクシーを拾うとこういうことになるのか）勝呂は日本語で独り言をつ

ぶやきながら何気なくダッシュ・ボードの乗務員証の顔写真を見て（おや？）と思わず声をあげそうになったが思い留まった。明らかに顔が一致しない。別人だ。なにやら最近見たテレビ・ドラマのシーンに似ている。
「グラン・ビアは由緒あるホテルですよ。ヘミングウェイの定宿ですしね。きっとお客さんのこだわりですかね」運転手は落ち着かない。「まあそんなところだ」勝呂は適当に答える。
「長旅だったのですか？」「うんまあね。ローマで随分待たされてね」「それにしてはあまりお疲れの様子ではないようですね」「いやあ、寄る年波には勝てなくてね。好奇心というか、ときめきさえあればいつまでも楽しいもんだよ」「旦那のソフト帽は決まってますね。日本ではかぶる人は多いのですか？」（おや僕が日本人だとどうして分かったのだろうか……）「いやどうだろうね。日本ではボルサリーノ臣相と呼ばれる大臣がびしっときめているがね。なにしろ僕は帽子が大好きでね」

　ここで勝呂は話題を変えた。ようやく行く手を遮っていた大型バスが動きだした。
「空港の別れのシーンを眺めていると、いろんな人生を垣間見るよね。空港は人間観察に最高だね。特に別れの伝え方がいろいろあって……」勝呂はテレビ・ドラマの会話を持ち出してみた。「…………」

　相手が乗ってこないので勝呂は更に話題を変えた。
「オット、空港で両替しなかったな。支払いはドルでも

1　幻の王宮時計

構わないかい？」
「シー（はい）、セニョール。大丈夫ですよ」このとき勝呂はてっきり（この先のATMで両替できますよ）という答えを期待していたのだが、当てが外れた。（そうか、このタクシーはミリオネア・ツアーではなかったか……）ミリオネア・ツアーとは乗客から行く先々のATMでカードの上限まで現金を引き出させる逆タクシー強盗のことだ。勝呂は先週AXNチャンネルで同名の海外ドラマを見たばかりで、てっきりこれだなと先手を打ってみたのだ。タクシー乗り場でないところで呼び込んだのは明らかに自分を狙ってのことだし、運転手の顔と写真が違う。海外ドラマでは若いカップルが接触事故を装って車に相乗りし、ハイジャック犯に変貌して壮絶な騙し合いが繰り広げられるのだが……。（どうやらこの運転手はこのドラマを見ていないようだが、明らかに自分ことを知っている……）
「ホテルのチェック・インまでには時間があるので市内を流してくれるかい。マドリッドも久しぶりなのでね……」やおら勝呂の好奇心が頭をもたげてきた。
「セニョールはスペイン語がお上手ですね」運転手は走らせながら後ろを振り向く。思った通り危ない運転だ。勝呂は薄めのサングラスを持ち上げながら、ほらほら前を向いてと目配せする。
「ところで僕が日本人だとどうして分かったのかね」
「そりゃあ、セニョールの佇まいとスーツケースからで

すよ」まったく答えになっていない。
「ビジネス目的ですか今回は。タクシーご用命の節はこの電話にどうぞ。私はパコ・ソリアーノといいます。アルヘシラスの生まれですよ」と言ってカードを渡された。やはり乗務員証と名前が違う。脇が甘い。
「おお、あのパコ・デ・ルシアか！　僕の名はエルネスト」「えっ！　やはりヘミングウェイさんでしたか！　どうりでグラン・ビア・ホテルにお泊まりのわけだ」「いや、スグロだ。エルネスト・スグロ」
「セグーロさんですね」「いや、スグロだ」。まあいいやとつぶやく。（なんとね、君までそう呼んでくれるか……）
パコは続ける。「えっ！　それでセグーロさんはパコ・デ・ルシアをご存じで……」
「そりゃもう、世界的に有名なフラメンコ・ギターの神様だからね。日本にも再三行っているしね」

Θ E-wink ①	HP ビジュアル・ガイドへ

●巨星墜つ…。天才ギタリスト。パコ・デ・ルシアが遺した偉大すぎる軌跡
（パコ・デ・ルシアはこの後 2014 年 2 月 25 日、演奏旅行先のメキシコのカンクンで急逝した。67 歳だった）

「その上アルヘシラスまでご存じとはね」「うん。まあね。ジブラルタルのすぐそばだよね……」
　アルヘシラスという地名はアラブの言葉で『エメラル

ドの島』という意味らしい。勝呂は先々週のマリアとの緊迫したやり取りを思い出す。運転手のパコはしきりとバックミラー越しに勝呂を覗いてろくに前を見ていない。「彼は私と同郷のカディス県の生まれなんですよ。ところでセグーロさんは、中南米それもコロンビアあたりのスペイン語ですかね。アルゼンチンなまりも少しありそうですが」「まいったなあ。その通りだよ。よく分かったね。してみるとパコ、君は元アサファト（客室乗務員）だったりして。それも中南米路線のね……」

　同じスペイン語なのにスペインと中南米、そして中南米の中でも国によって発音や語彙に微妙な違いがあることはよく知られている。勝呂はここマドリッドに来るとまたその違いを楽しめるようになっていた。

名曲"ある恋の物語"でスペイン語の発音聴きくらべ：
（ボレロの名曲であなたもスペインと中南米の発音の違いを感じてください）

ϴ E-wink ②	HP ビジュアル・ガイドへ

◆ルス・カサル（スペイン）"Historia de un Amor -Luz Casal"
（スペイン本国では一般的にｓの音が英語のth（θ摩擦音）やｚのように濁って聞こえる。語尾のｓははっきり発音しない所が多い）

ϴ E-wink ③	HP ビジュアル・ガイドへ

◆グアダルーペ・ピネダ（メキシコ）"Historia de un Amor -Guadalupe Pineda Y Los Tres Ases"
（中南米の多くはｓを澄んだ音ではっきり発音する傾向

があるので耳に爽やか)

「エッ！　分かりましたか」パコはますます調子に乗ってきた。まずいぞ。このままじゃお喋りが過ぎてハンドルを離しかねない。「パコ、市内観光はもういいからホテルに向かってくれ」（危なくてしょうがない……）
「オリンピックは残念だったね……」勝呂はこれで黙らせようとしたのだが、どうやら火に油を注いだようだ。「これでよかったんですよ、セグーロさん。いまやスペインはあの内戦以来最悪の状況ですからね。オリンピックなんかやってる場合じゃないツーの」

　勝呂にはやはり違和感のあるスペインの発音だ。結局ホテルに着くまで彼の途切れることのないお喋りと怖いハンドルさばきに付き合わされる羽目に。パコはパーサーあがりだけあって丁寧な話し振りだったが、生まれつきの物言いは隠せない。（それにしても彼を失業に追いやったのは何だったのだろうか）そう思いながら勝呂は注意力散漫な怖い運転からなんとか解放されてホテルに到着。
「じゃ、今日も良い一日を。マドリッドにようこそ」と、パコは勝呂のスーツケースを降ろしながらあるところを指差して片目をつぶってみせた。勝呂の年季の入ったスーツケースにはドリルのものと思われる小さな穴がいくつも開けられている。かつては中南米からマイアミ、ロサンゼルスやアトランタなど米国に入る路線では、爆発

物や麻薬のチェックのために持ち主に無断で、スーツケースにドリル穴を開けられたものだった。麻薬犬に嗅がせるためだ。今では麻薬より爆発物の検知が最優先になっていて、TSA（米運輸保安庁）ロックが付いた米国路線用のスーツケースだと係官が自由に開けられるので、ドリル被害はなくなっている。

「バレ！　どうもありがとう、釣りはいらないよ」とユーロ紙幣で支払った。勝呂はパコがそれを受け取るとき一瞬だが彼の目が泳いだのを見逃がさなかった。運転手は勝呂のスペイン語とスーツケースの穴を見ただけで中南米に長い日本人だと言い当てた。（どうもわけありの運転手のようだな。僕のことを知りすぎている……。あの無茶な運転はカモフラージュだったのか……。それにしては脇が甘いな。貰った名刺とタクシー乗務員証の名前が違っている。だが奴は明らかに空港で僕を狙って呼び込んだぞ……）

　勝呂は疑念を振り払うようにホテルのフロント嬢に笑みを送った。そして部屋のキー・カードと伝言メッセージを受け取った。（よし明日からの移動にパコを使ってみるか……）

(2) フェリーペⅡ世至宝特別展

　翌朝、あの運転手のパコがホテルに15分遅れで現れた。こういうとき技術屋の勝呂は外地での待ち合わせ時

間の許容範囲を±30％としている。18分が目安だ。まあ大体が守られたためしがないのだが、この日のパコは及第点だった。
「ブエン・ディア（おはようございます）セニョール・セグーロ。ご指名いただきありがとうございます」
「ブエノス・ディアス・パコ。コモ・エスタス・テゥ（元気かい）？　おや今日は車を代えたのかい」

　なんとその日からパコはタクシーではなく、事もあろうにハイブリッドのディーゼル車プジョー《3008ハイブリッド4》で現れた。色はビアンカ・ホワイトだ。赤い斜めの線も入っていない。もちろんこれはパコの持ち物ではなさそうだ。
「話には聞いていたんだが、ヨーロッパではディーゼル車が普通に走っているんだね。それにこれがディーゼル・ハイブリッド車か。プジョーが世界に先駆けて出したのがこれだよね。日本ではないんだよディーゼル車とのハイブリッドは。ピュアEVの切り替えもスムーズだね。いいねえ。静かな走りだ」

　これでもう決まりだった。やはり思った通りパコはタクシーの運転手なんぞではなかったのだ。そうなると俄然彼の正体とその背後を知りたくなるのは自然というものだ。まずはパコが車のことをどう言いわけするのか見ものだった。はたして「ええ、調子が悪いので自分の車にしました」とか「友達の車を借りて来ました」とでも言うのか──。だが予期に反してパコは悪びれる風もな

く「セグーロさんは車にも詳しいのですね。後であなたもこの車運転してみますか？　それでは、ちょうど時間もよろしいようで。これより王宮に向かいます」と、のたまわうではないか。パコがソンデオ・グループの回し者だと確信したのはこの瞬間だった。パコには今日の行き先を一言も伝えていなかったのだ。

（僕が今日王宮に行くのを知っていて車を代えてくれたのか。タクシーでは格好つかないからね。ありがたいことだが、ここでも僕を監視下に置こうとしてるわけか……。まあここはパコには知らんぷりを決め込んでおこう……。どうせいずれ分かることだがパコが最後までどういう対応をするのか見ることにしよう）

　メキシコが本社のコングロマリット企業ソンデオ・グループはEUにまで進出して来ているのだ。（この巨大企業が末端までどんな人使いをしているのかがパコから窺えるかもしれないぞ。これは面白くなってきたな……）勝呂はにんまりしながら（だが待てよ、僕がこうしてパコを使っているということは、パコがここまでは見事にそのミッションを果たしているということになる……。まずいこれじゃまんまとパコの術中にはまりそうだぞ……）

　勝呂の宿泊ホテルから王宮までは車でほんの10分とかからない。この3日間はまるまる至宝展にかかりきりだから、パコはいらないのだが、その間用事を言いつけた。レア品種のヘレス（シェリー酒）3本にサルガデ

ロスの陶器人形とスープチューリン、それに王立植物園のそばにある古本市で装丁の立派な古書を 10 冊買っておくようにと。「ヘレス以外はみんな頼まれものだよ。陶器人形はリヤドロじゃないぞ。ここにサンプル写真があるから。古本の中味はどうでもいいんだ。部屋のインテリアのデコレーション用だって」「了解です。ですが相当重くなりますが……」「別送荷物で日本に送るからいいんだ。あの穴ぼこだらけのスーツ・ケースでね。TSA ロックはいらないからね」「バレ！」

　今この 9 月からマドリッドでは向こう 4 ヶ月間王宮でフェリーペ II 世（国王在位：1556 〜 98 年）が蒐集愛蔵した美術と至宝の特別展が《エル・エスコリアル王

宮のボスからティツィアーノまで》と銘打って開かれている。これは1563年4月21日にフェリーペⅡ世がエル・エスコリアル修道院建設の礎石を据えてから450年の節目に当たる記念の催しだ。記念式典には国王フアン・カルロスⅠ世は病気療養中のためソフィア王妃が出席して行われた。エル・エスコリアルやプラド美術館はもとより、今回はじめて国立図書館やロンドン国立美術館、ルーブル美術館、ダブリン国立美術館などから欧州ルネサンスの至宝155点が特別に集められている。普段は公開されていないお宝も含まれているという。いずれもフェリーペⅡ世という最強コレクターが残した偉大なコレクションばかりである。

　この日勝呂はアロンソやマリアたちピンソン家から贈られたホーリントンのインディゴ・ブルーのアーキテクト・ジャケットできめていた。インドのネール首相お約束のネール・カラーからインスパイアしたというスタンド・カラーが印象的なソフト・デニムが素材の上着なのだが、ヨーロッパの建築家仲間で愛用者が多く、いつしかアーキテクト・ジャケットと呼ばれるようになったという。代々建築家の家系のピンソン家の人々から勝呂にピッタリだからと贈られたものだ。この日はバングラデシュの正装にも使われるスタンド・カラーの刺繍入りのシャツを組み合わせている。こうすると不思議に公式の場でも通用するのでこの日の記念式典にお誂えむきだ。勝呂のお気に入りになっている。

今回勝呂は、これらの至宝のなかに永年探し求めている《あるもの》のヒントが今度こそ見つかるのではと勇躍ここへやって来たのだった。勝呂がこのフェリーペⅡ世の"追っかけ"をはじめて、気が付けばかれこれ30年になる。エル・エスコリアル王宮・修道院にはもう何度となく訪れていたが、もうそろそろ結果が欲しい時期に来ており焦りはじめていた。これまでに勝呂の大の友人で、コロンビアの教会建築家にして世界遺産イコモス調査員のアロンソ・ピンソンに頼み込んで、フェリーペⅡ世の勅令や所蔵目録、書記官ラミロ・デ・ザベルサが残した膨大な記録や証明書などを調べたのだが、いまだに見つかっていない。アロンソの姉のマリアをはじめ代々建築家一族のピンソン家の皆も勝呂のお宝探し、謎探しに付き合わされている。

マドリッド王宮フェリーペⅡ世至宝特別展

Θ E-wink ④	HP ビジュアル・ガイドへ

◆エル・エスコリアル王宮のボスからティツィアーノまで

(3) 至宝展二日目

　勝呂がフロントで受け取ったメッセージは、ちょうど今バルセロナに滞在しているアロンソからだった。
『しばらくこちらにいるから暇なら電話くれ』とあった。

その夜携帯に電話したが繋がらなかった。（この時間帯、野暮な電話はよそう……。また話が長くなるし……）勝呂の外出先の愛用ツールはタブレットだけでそれもプリペイドSIMのモバイル・ルーターで運用している。携帯電話は持たない。アロンソ・ピンソンは勝呂の20年来の大の友人でコロンビアの著名な建築家だ。そしてマリアの弟だ。オリンピックが東京に決まる前日に、アロンソは滞在中のバルセロナから『マドリッドはだめだろうね。東京は勝てるぞ』との見立てを伝えて来ていた。勝呂がそのメールを開いたのは日本での居場所の横浜だ。結果はアロンソの言う通りだった。大方の予想に反して真っ先に落選してしまったマドリッドだが、アロンソ曰く、それは予定調和だったと言うのだ。確かに今回は東京の練りに練ったプレゼンテーションが功を奏したと言えるのだが、ヨーロッパの厳しい事情が許さなかったというのが正しいようだ。2024年のパリ開催は前回から数えて100周年に当たりほぼ決まったも同然。しかも次期会長はドイツが最有力ときている。それになんと言ってもスペインの財政破綻にドーピング問題が決定的ダメージとなって、EUはもうこれ以上スペインを支えきれないときている。だから『2020年のヨーロッパでの開催はやめておこう』と早い段階から腹を決めていたというのがアロンソの説明だった。

　東京オリンピックが決定したその日の午後から勝呂は海外の友人たちから祝福メールを受け取った。嬉しいメ

ールの数々だった。それにくらべて 3.11 東北大震災のときは大変だった。外国の友達からは『いますぐ日本から脱出して来い。住むところはいくらでもあるから心配ない』というものだった。まるで日本全土が地震、津波、原発事故で壊滅してしまったように思われたようで、勝呂は状況の説明に追われた。『助け舟をありがとう。東北は大惨事にみまわれて大変だが、日本は昔からの不屈の頑張りと得意の技術で必ず立ち直るから大丈夫（冷や汗)』と。マリアや弟のアロンソなどコロンビア・ボゴタのピンソン・ファミリーの皆をはじめ、仕事仲間のラウル・マルティネスそして、ロサンゼルス、チリ、ドイツに在住しているマリアの兄弟姉妹の家族からも。さらにサント・ドミンゴのミゲル・オルティス、ワシントンDC のアルベルト、中国・南京の張さん、上海の楊さんからも。

　その頃勝呂は仕事の拠点をマイアミにしていたのだが、東北大震災の恐怖をたまたま横浜で体感して震え上がった。多くの友達は勝呂が日本にあまり居ないことを知らないようなのだった。
「オラ、アロンソ！　元気かい？　マドリッドに着いてから何度か電話したのだが忙しそうだね。僕はもう 3 日目になるよ。バルセロナの仕事はどうだい？　スペインのオリンピック情報助かったぞ。ありがとうな」
「東京に決まってよかったなあ。日本のことだからきっとうまくいくよ。サベ・ケ（知ってるかい）セグーロ

（勝呂のこと）、ここスペインでは早くも次の問題を抱えているよ」

　アロンソは長くなるので電話ではと言いながら得々と話してくれた。このあたりは姉のマリアに似ている。それを掻い摘むとこうなる——。

　オリンピックの夢破れ現実に立ち戻ったマドリッドでは《ユーロベガス》のプロジェクトが再び話題になっているという。1年程前にバルセロナと競い合った結果、マドリッド近郊にヨーロッパ版のラス・ベガスを造ることが決まったのだ。計画では当然マドリッド・オリンピックとリンクさせて宿泊施設や交通機関の拡充と巨大な集客を互いに当て込み、すでに工事を先行させていた。一方で米国のカジノ大富豪の強引な条件提示や交渉態度に憤慨したバルセロナは候補地決定前にこれを蹴り、独自に《バルセロナ・ワールド（BCN・World）》という巨大レジャー複合施設の建設で対抗するという。こちらは中国系資本がバックに付いている。スマート・シティのコンセプトが生かされるはずだとも。ここに来てマドリッド・オリンピックがポシャったのでどうなるのか。バルセロナ・ワールドの方が勢いを増すことになるのか。

「バルセロナは本気だよ。マドリッドには絶対に負けない意気込みだな。92年のバルセロナ・オリンピック以来のビッグ・プロジェクトになりそうなんだ」

　こういった背景にはスペインが永年抱えている自治州の分離独立の動きと無縁ではない。特に州都バルセロナ

を擁するカタルーニャ自治州は、北部のバスク自治州同様に、一日でも早くスペインからの独立、民族自決を目指しているのだ。
「スペインの経済を支えているのは彼らカタルーニャなんだ。ほとんどを中央政府に吸い上げられている税制の不公平は許せない。この経済危機にスペイン中央政府は何をしてくれたかというわけなんだ」アロンソは彼らを代弁するように喋り続ける。「カタルーニャはスペインから早いとこ独立し、EUのしがらみから抜け出さない限りこの財政破綻を乗り越えられないとね。だからオリンピックどころじゃなかったんだ」
　ことほど左様にカタルーニャはマドリッドに対抗意識を燃やし、分離独立の急先鋒なのだ。勝呂にやっと自分の番が回ってきた。
「もとはと言えば多民族国家で自治州国家のスペインがEUの枠組みに入ったことでますます問題を抱えてしまったというわけか。これって日本の今後の道州制の導入に向けての参考になりそうだよ。真面目な情報をありがとな、アロンソ。するとじゃ何かい、君のそこでの仕事というのはバルセロナ・ワールド？」
「そうなんだ。バルセロナ・ワールドのカジノ貴賓室のデザインを任されそうだよ」
「えっ！　VIP室の設計？　バカラ（BACCARAT）って大金が動くところだよね」
「シー、セグーロ（その通りだ）。教会や大聖堂の建築

が専門の僕がどうして今度もカジノの設計に招聘されたのか見当がつかないのだがね」と言いながら二人は思わずハイタッチをしていた。電話なのに。二人には何か思い当たる節があるようだった。
「このビッグ・プロジェクトには当然セキュリティ・システムとリスク・ヘッジ（カジノ損失監視）・システムが必須だから、ビジネス・チャンスを逃すなよ。なにしろ君んところの監視装置は最高だからなあ、セグーロ」
「ただここに来てラス・ベガスにしてもマカオにしても、カジノ・ビジネスに陰りが見えてきているそうだから、すんなり進むかなあこのプロジェクトは……」
　勝呂はちょっぴり懸念を抱きつつ「この節、中国が後ろ盾だからまあ、ありか」と納めた。
「ところでマドリッドの空港タクシーの運ちゃん煩わしかったかい。カロリーナの差し金だよ。君はこういう便宜供与（現地手配）を嫌うから知らせなかったんだって……」
「やはりそうだったか、おかしいと思ったよ。僕をいきなりセグーロと呼んだり、二日目からはプジョーのディーゼル・ハイブリッド車で来たり、バレバレだったもんな」
　そうかソンデオ・グループはスペインでも僕を彼らの監視下に置きたいわけか。今回はまったくのプライベートな旅だというのに、まったく……。そうは言っても結局のところ僕はその運ちゃんを便利に使っているのだけ

どね」
　勝呂は94年からソンデオ・グループの技術顧問をしているのだが、あくまでも社外の専門家として一定の距離を置いている。来月から勝呂はインドに飛び、ヒ素などの有毒物質を除去できる水処理装置の最先端技術の実証試験に立ち会うことになっている。むろん日本の企業の特殊技術だ。これをメキシコのコングロマリット巨大企業ソンデオ・グループが密かに狙っている。カロリーナはこのグループの総帥ウンベルト・エストラーダの娘で、環境事業部の重役とCSR社会貢献部の責任者を兼務している。そしてアロンソの妻だ。勝呂の行くところに密偵を放っている。カロリーナの言い分では、密偵ではなく勝呂を警護するSPなのだという。
「ところでセグーロ、youはマドリッドで、いったい何を？　どうせまたフェリーペII世の追っかけだろ。おっと、そうだった！　この時期確かスペイン王宮の美術展だったな」
「そうなんだ。君のおかげで特別招待を受けてね。ソフィア王妃が開会式を仕切られたよ。明日で至宝展三日目だが楽しみだよ。研究者たちも集まるシンポジウムがあるんだ。大収穫の予感がするんだ……」
「ケ・テンガ・グラン・エキスト（そうか、まあせいぜい頑張りや）！」

1　幻の王宮時計

(4) 至宝展三日目　ティツィアーノと王宮時計

　特別展の三日目は勝呂が心待ちしていたシンポジウムだった。この至宝展はフェリーペ II 世没後 7 年目の 1605 年に出版された神父 Padre Fray José de Sigüenza の著書がコンセプトに取り入れられているという。この日の特別シンポジウムでは神父から見た 16 世紀当時のルネサンス美術がテーマだった。知られざる国王のエピソードやエスコリアル宮殿の建設にまつわる秘話なども披露された。もう一つの新しい試みとして、学校向けに小学校から大学までレベルに応じたプログラムと引率する先生向けの各種資料が用意されており、さらにネットで展示会のバーチャル訪問ができる工夫がされていた。勝呂はシンポジウム終了後に王宮美術を担当するキュレーター（学芸員）にアポをとっていた。名をベアトリスと言った。今でもすこぶる付きの美人だった。「勝呂様ですね。お待ちしておりました。ご要望の資料とご質問の回答を用意してございます」と言って別室に通された。

　勝呂は書面で得られる回答には端から限度があることを承知の上で予め面談の趣旨と質問事項を提出していたのだ。案の定、回答の多くは先刻承知の差し障りのないものだった。今回の勝呂の狙いはむろん王宮の至宝目録の中から目指すお宝を見つけることだったのだが、渡された目録はやはり一般公開されている品目に限られていた。（だったらここは奥の手で行くしかないか……）失

望を隠せないでいた勝呂にヒエロニムス・ボスとティツィアーノの資料が渡された。

　そのなかにあったティツィアーノ（1488年頃〜1576年）の肖像画の目録を見ているうちに勝呂の目の色が変わったのだ。あったのだ。今回その実物は展示されてはいなかったのだが『ファブリツィオ・サルバレッシオの肖像』の絵画だった。ティツィアーノ1558年の作品だ。

　ファブリツィオはおそらくはヴェネツィアの豪商らしく、その盛運を誇るかのような当時としては大変珍しい置時計が右後ろの家具の上に置かれている。どこかで見たことのある時計だ。そうだ勝呂がとっさに閃いたのが数年前に訪れた久能山東照宮の家康公のあの時計だった。『南蛮時計だ。デ・エバロの時計だ！　やったぞ！』全体の装飾は別として外観の形状は東照宮の物と瓜二つだ。勝呂はあたり構わず踊り上がった。この場にマリアがいたらどうなっていたことか……。これもフェリーペⅡ世の宮廷時計師だったアンス・デ・エバロ（英語読みではハンス）製作の物に違いない。

ϴ E-wink ⑤	HP ビジュアル・ガイドへ

◆ファブリツィオ・サルバレッシオの肖像と置時計

　勝呂はすぐさまキュレーターに質問を浴びせた。
「ベアトリス、あなたは宮廷時計にもお詳しいはずです

よね。フェリーペⅡ世が所蔵されていた置時計と宮廷時計師について教えてください」　勝呂はベアトリスの左手の腕時計が自分と同じジャガー・ルクルトの『レベルソ』と見て鎌掛けをしたのだ。（時計にこだわりを持つ人に違いない）そして自分の右手の時計を指差した。果たせるかなベアトリスの顔がほころんだから堪らない。因みに勝呂は自分のパスワードにこの時計のシリアルナンバーを組み入れている。（おっといけない。これは秘密だった）

「おっしゃる通りですわ、エルネスト様。私のはレベルソ・レディですが裏ダイヤルが反転するのは同じですね。文字盤の波様のギョーシェ装飾が堪りませんね。個人的にも時計に興味を持っていますのよ。特に宮廷時計についても私の研究対象になっています。スペイン王室のテソロ・ペルディード（失われた至宝）の捜索リストに入っているのです」

（えっ！　ロスト・トレジャーの捜索リストだって！）勝呂は興奮を必死に抑えた。「では教えてくれますね」

「明日いらしてくだされば資料もお渡しできますよ」

「待ってください。明日はアランフェスまで行くことになっていましてね。マドリッド滞在の最終日なんですよ。弱ったなあ……」「…………」「どうでしょうベアトリス、

今夜食事をしながらお話を伺うというのは」
「…………。そうね。この時計に免じて」
「ありがとう。それでは今夜『サラカイン』で8時にどうでしょう。マドリッドに来たらそこにしようと決めていたので」
「そうね。でもあそこはバスク料理なのでちょっと……。そうだわ、カスティージャ料理の『エル・ボデゴン』がお勧めよ。きっとお気にめすわ。『サラカイン』のすぐ隣のブロックですし」
「ムイ・ビエン(いいですね)そこにしましょう」
　その夜勝呂はマドリッドの中心部からカステリャーナ通りを北上することおよそ20分の閑静な地区にあるレストラン・サラカインに向かった。
「バスク料理ってどんなだパコ？　確かアングーラスといううなぎの稚魚で有名なんだが。僕は一度サント・ドミンゴ(ドミニカ共和国)のスペイン料理店で食べて美味だったよ。シラスみたいに生で。店主はスペイン直輸入と言っていたなあ。値段も良かったけれどね」
「シー、スペインではうなぎは食べないのですが、稚魚は珍重されてますよ。大変高いですがね」
「そうか。ところでスペインではバスクと聞いただけで拒絶反応を起こす人もいるみたいだね」
「そうなんです。民族対立というのかバスクやカタルーニャなどは独立志向が強いですから……」
「そういうことか。(パコにはこれだけインプットして

おけばよいか……）」
　8時少し前に着くと「ご苦労さんパコ、今日はもう大丈夫だから。明日はアランフェスまで頼むぞ。アスタ・マニャーナ（またあした）」と言ってパコを帰すと、勝呂は腕時計を見ながら『サラカイン』に入って行った。

(5) マドリッド最終日

　勝呂は翌週からのインド行きの前にタホ川の探索に向かった。「パコ、今日はアランフェスまで小型クルーズ船で川下りだ。王宮のそばの船乗り場まで頼むよ。途中運転させてくれるかな」
「シー、コン・ムーチョ・グスト、（はい、喜んで）セニョール。でもアランフェスなら車でお連れしますよ」
「そうか、でも今日は船でタホ川を感じたいんだ」
「…………？？」
　パコは肩をすくめる。どうやら勝呂は完全に勘違いをしている。王宮の近くから遊覧ボートが出ているのはマドリッドではなくアランフェスなのだ。いかにも睡眠不足を隠せない。スペイン中央部が源流のタホ川はマドリッドに通じていない。川幅は狭いがアランフェスからトレドを過ぎると次第に広くなってゆく。国境を越えて300キロ、リスボンの河口に至るとテージョ川はもはや大西洋と見分けがつかない。実に延々1,000キロに及ぶイベリア半島最長の大河だ。タホ川は隣のポルトガ

ルに入るとその名はテージョ川に変わる。

（これがリスボンに繋がっているタホ川か……）勝呂はこのテージョ川の河口にあるベレンの塔に思いを馳せる。

「どうしましたセグーロさん、リスボンの恋人のことを思っていますか？」（なんと言ってもそこは大航海時代の出発点なのだ……）

「郷愁を誘いますねリスボンは！」（スペインやポルトガルの航海士や冒険家たちのはやる思いはいかばかりだったろうか……）

「ポルトガルと言えばファドにアズレージョ（タイル）にサウダージでしょう！」（要塞技師アントネリはフェリーペⅡ世の命でこのタホ川とテージョ川の航行を可能にする工事を担い、ここで河川の航行技術を指導したのか……）

「パコ・デ・ルシアのアランフェス協奏曲は最高でしょ」（きっと北部のドウロ川や南部のグアダルキビル川にアントネリの技術が活用されたのだろうか……）

「セグーロさん聞いていますか？　アランフェスの先の

1　幻の王宮時計　　39

トレドも外せませんよ」（このときアントネリ要塞技師兄弟と甥の 3 人はフェリーペ II 世の目に留まりスペイン王室お抱えの要塞技術者としてスペインと新大陸の防衛に関わっていったのか……）

「フェリーペ II 世が首都をトレドからマドリッドに遷都したのが 1561 年です」（それにしてもイタリア人の要塞技師一族が 3 代にわたってスペインのためにカリブの防衛に力を尽くし後進を育てたなんて信じられるかな。僕は今その発端となったタホ川に来ているのだ……）

「セグーロさんはここからは観光クルーズ船でごゆっくりどうぞ。私はここアランフェスでお待ちしておりますので……」（さっきからなんなんだろうねこのハポネス［日本人］は、しっかり自分の世界に浸り込んでいる……）今度はパコまで独り言を。

　結局最後までまったく噛み合わない二人だった。その日、勝呂はパコをアルムエルソ（昼飯）に誘った。パコはカロリーナへの報告義務の手前、案の定いろいろ探りを入れきた。

「昨夜は見事にまかれました。ずっとサラカインの前で待機していたのですよ」パコはいかにも不満そうに口を尖らした。「そうか悪かったな。相手の都合で急遽店を代えることになってね」そして勝呂はもっぱらリスボンとアントネリの話で煙に巻いた。（さあこれでパコはソンデオ・グループのカロリーナにどんな報告をするのだ

ろうか楽しみだ……）昨夜勝呂はサラカインの厨房を抜けるとワン・ブロック離れた『エル・ボデゴン』に入って行ったのだった。約束の時刻通りだった。

「勝呂のパズル」

マドリッドでの滞在を1日延ばしてプラド美術館を駆け足で鑑賞した勝呂は、インドのジャイプルに飛んだ。その後日本にいったん立ち寄ってインドでの実証試験の結果報告を済ませた。マドリッドでベアトリスから得られた情報を元に、やっとのことで勝呂がまとめた皇室時計についてここで搔い摘むとおおむねこうだ——。

アンス・デ・エバロはベルギーのブリュッセル生まれで、1558年からスペイン皇室の時計師となり、1580年から1598年までの18年間をエル・エスコリアル王宮でフェリーペII世に仕えた。デ・エバロが製作した時計のうち少なくとも4台が知られていた。その一つである1581年作のこの王宮時計は数奇な運命を辿って今は静岡市の久能山東照宮博物館に重要文化財として、『家康公の時計』とか『南蛮時計』とも呼ばれながら展示されている。上部の青海波紋の透かし彫りがされた半球形の覆いがとても印象的だ。これは1611年（慶長16年）にフェリーペIII世から徳川家康公に贈られたもので、時のメキシコ副王ルイス・デ・ベラスコの使者としてセバスティアン・ビスカイーノがフェリーペIII世の肖像画やぶどう酒などと共に献上したものだ。因み

に、日本との通商を求めてのビスカイーノの派遣は表向きであり、実はジパング金銀島の発見が本当の目的ではなかったかと言われている。この久能山東照宮の時計は2012年に大英博物館の時計部門の責任者が鑑定し、『ほぼ400年前の当時としては最高の技術で作られたゼンマイ式時計で保存状態も非常に良い貴重な傑作品だ』とのお墨付きを貰ったことが報道され話題になった。

| Θ E-wink ⑥ | HPビジュアル・ガイドへ |

◆**家康公の洋時計** | 久能山東照宮

　二つ目のフェリーペⅡ世の居室にある時計は1583年作で、動物紋様の台座に獅子の頭(かしら)のオイル・ランプが付いた、いとも見事なるものだ。フェリーペ国王はマドリッド郊外のエル・エスコリアル宮殿に閉じこもり、昼夜を問わずこの巨大帝国を御するのに腐心した。それゆえこの居室は指令室でもあった。国王は度重なる財政破綻や政治的困難に直面し、この時計の傍らで世界を束ねる幾多の重大な決断を下したことだろうか。そして帝王病（痛風）の苦痛に耐え、祈り、芸術を愛したのだった。実はこの時計、国王の死後永いこと行方が知れず、1893年にパリでシュピッツェル・コレクションの競売にかけられ、フランクフルトの骨董コレクターが1906年に当時のスペイン国王のアルフォンソⅩⅢ世にこの時計を寄贈したことで、エル・エスコリアル宮殿に戻され

ている。

| Θ E-wink ⑦ | HP ビジュアル・ガイドへ |

◆アンス・デ・エバロ作の王宮時計

　三つ目は1585年作（1535年説もあるが）で王宮のかくも高貴な仕様に相応しい時計が、1913年に突如フレンケル・コレクション（ルッセルドルフ）のカタログに載り、1957年には落札されて米国人コレクターの手に渡ったあと、スペインに戻って来たのだという。このあたりの事情は2008年に発行された美術雑誌の特集に詳しい《Galeria ANTIQVARIA No.276 Noviembre 2008》。この中にメキシコ征服者エルナン・コルテスの肖像画（没後に描かれた遺像。制作年不明）が大きく掲載されており、なんと絵の左側（コルテスの右手横）にこの置時計が燦然と輝いているではないか。この肖像画の作者はアロンソ・サンチェス・コエージョ（1531年頃～1588年）。ティツィアーノのアシスタントで後に後継者となったスペイン王室お抱えの宮廷画家だ。

　その後2010年になって、カタルーニャの宝飾、金銀細工、時計、宝石業界の権威ある機関（JORGC）がこの時計を鑑定し、なんと300万ユーロ（約3億円以上）の値をつけて話題になった。

　そして今回勝呂が偶然にもカタログから見つけたのが、これまで実在するであろうと言われてきた4台目の時

計ではないのか。アンス・デ・エバロの幻の時計がティツィアーノの肖像画の中で蘇ったのだ。フェリーペII世の失われた第4の時計がついにその姿を現したのだ。やはりあったか。およそ400年の言い伝えは本当だったと勝呂は確信した。だが実物は今どこに……。勝呂の追っかけは終わらない。ここに来て勝呂が目指すホントの探しモノの旅は間違いなく一歩前進だ。こうして勝呂はフェリーペII世が好んだスペイン・ルネッサンス期の美の巨人たちの競演、ボスといい、ティツィアーノといい、コエージョといい、この特別展を存分に堪能した。何と言っても大収穫があったのだから。

［マリアのパズル］

　勝呂はマリアにこの〈大発見〉を知らせた。先月ジブラルタルからコロンビアに戻ったばかりだ。するとマリアは矢継ぎ早に疑問をぶつけてきた。好奇心の塊みたいな性格は少しも変わっていない。スカイプでのやり取りにした。だが今度もマリアは姿を見せない。代わりに決まって写し出されるのは勝呂が昔撮った聖母マリア像の写真だ。パリ・ノートルダム寺院の正面のバラ窓が見事に聖母子の後光（これは仏教用語？）になっている会心の作だ。（せっかく苦心して撮った写真をこんなことに使うのならマリアにあげるんじゃなかったな……。ほんとに大変だったんだから、バラ窓が聖母の光輪にぴったり合う位置を見つけるのは。聖母子と二人の天使像はバ

ラ窓からかなり離れて置かれているから、見る位置で聖母の光輪は大きくずれてしまうんだよ。ったく人の気もしらないで……。いくらこの写真がお気に入りでも、せめて3度に1回くらい顔を見せてほしいよね）

　勝呂にかまわずマリアが始めた。「豪商ファブリツィオ・サルバレッシオは何者なの？　あの時計が富豪の持ち物だったのなら今頃どこにあるのかしら？　それともティツィアーノがデ・エバロ作の王室時計を借りて描き入れただけなのかしら？　時の君主や富豪たちは好んで

自分の肖像画を描かせたようね。自らの権力や財力をアピールするのが目的だったのよ。それも時の優れた画家に依頼するのがトレンドだったのよ。その一方でそれに応えるように画家たちは依頼主の威厳や威光をいかに描き込むかに腐心したに違いないわ。だからきっと衣服や小物や背景にも気を配ったのよ」勝呂の気持ちを知ってか知らずかマリアは畳み掛ける。

「すると待てよ。ティツィアーノがこの絵を制作した1558年は、デ・エバロがスペイン皇室の時計師になったばかりの年だ。デ・エバロはそれまでおそらくベルギーで作っていた時計をいくつか皇室に持ち込んだはずだよね。それらは皇室仕様ではなかったろうから、過度な装飾のないもっとシンプルなものとは考えられないか。これがおそらく富豪の置時計だろう。ベルギー生まれのデ・エバロが時計師としてスペイン王室のお抱えになるまでの経歴はまったく分かっていないのだ。では時計製作をどこで誰から教わったのだろうか。その後フェリーペⅡ世に仕えたのが1580年から1598年までだ」

　興奮を隠しきれない勝呂。汗をぬぐった。マドリッドから持ち帰ったヘレスを開けた。キンキンに冷やしてある。サンチェス・ロマテ社のN.P.U.ノン・プルス・ウルトラ（この先はない）だ。勝呂はなによりもこのネーミングが気に入っている。この場合は『最高』という意味合いだろうか。

　今一度この第4の時計の周辺を整理してみよう。ま

ずこの富豪の肖像画が描かれた時代の背景を考えてみると、生前の肖像画ならば本人の依頼だろうから、当時としては世にも珍しい置時計というものを手に入れてその豪商ぶりを誇示したかったのではないか？ だがこれが富豪没後のいわゆる遺像ならば、制作依頼主は家族なのか、それとも彼を余程敬う関係者なのか、まったく分からなくなる。時計が富豪のものでないとしたら、制作依頼されたティツィアーノは同じ王室の画家なのでデ・エバロの王室時計を借用して描き込んだとも考えられる。これと同じ手法をティツィアーノの弟子で後に後継者となったコエージョが用いている。先に見たコルテスの肖像画だ。コルテスの遺像にデ・エバロが作った紛れもないフェリーペⅡ世の置時計が描かれている。そしてこの時計は現存しているのだ。勝呂はアンス・デ・エバロの時計にまつわる諸事情を表にしてマリアに送った。そして迷わずスペイン王室キュレーターのベアトリスにもこの表を送った。会食中に『王室至宝捜索リスト』とエル・エスコリアル宮殿の『開かずの間』の存在を教えてくれたお礼だ。勝呂からはカリブ海域のスペイン要塞や沈没船のお宝情報などをほのめかし、今後情報交換を密にすることを約していたのだった。

　そのあと直ぐにカロリーナにもEメールを送信した。メキシコのコングロマリット企業ソンデオ・グループのカロリーナ・エストラーダには、『見事なタイミングでパコこと運転手兼敏腕探偵をよこしてくれたことへの感

アンス・デ・エバロの時計にまつわる事の次第

関係者名	年代	アンス・デ・エバロ作の時計	時計制作年
アンス・デ・エバロ	不明〜1598（宮廷時計師1558〜1598）	①久能山東照宮所蔵南蛮時計	**1581年**
フェリーペⅡ世	1556〜1598	②フェリーペⅡ世居室の時計	1583年
エルナン・コルテス	1485〜1547	③コルテス肖像画（コエージョ作）の時計 フレンケル・コレクション所蔵？	1585年（1535年説あり）
ファブリツィオ・サルバレッシオ	不明	④肖像画の時計（ティツィアーノ作）	不明
画家	年代	肖像画	肖像画制作年
ティツィアーノ	1488〜1576（宮廷画家1550〜1576）	ファブリツィオ・サルバレッシオ肖像画	**1558年**
コエージョ	1531頃〜1588	エルナン・コルテス肖像画	不明

謝の意』を伝え、『ある調査』を依頼した。イタリアの16世紀の富豪と思われるファブリツィオ・サルバレッシオの系譜と財産調査だ。ネット検索ではこの富豪に関してティツィアーノの肖像画にまつわることしかヒットしなかった。ここはもう富豪同士のネットワークで調べてもらうしかない。それに『たまにはこちらから会社にコンタクトしとかないとね』というわけだ。もっとも勝呂が王宮特別展で何やらお宝探しをしたことは密偵のパコからとっくに報告されているはずだから（連絡の必要はないか……）勝呂はそう思いつつも、（イタリアの要塞技師アントネリがどうだとか、リスボンが僕を呼んで

いる）とかことさら意味不明なことを口走っていることも伝わっているはずだから（ここはカロリーナのリアクションを楽しみにしていよう）と勝呂は考え直した。

　カロリーナからの調査結果が届いた。予期した通り依頼対象のファブリツィオ・サルバレッシオは、死後間もなく後継が途絶えたようでソンデオの情報収集能力をもってしても追跡調査が不可能だった。カロリーナの結びがふるっている。『あなたはマドリッドでも4Dジグソー・パズルを楽しんだのね』『インドの実証試験うまくいったようね。優秀なエージェントを送り込んだのにまたもしてやられたわ』というものだった。

［ティツィアーノのパズル］

　マリアが今度はちょっと面白い情報をよこしてきた。『レオポルト・ウィルヘルム大公の画廊』（1651年）という絵画の中に問題のティツィアーノ作『ファブリツィオ・サルバレッシオの肖像』が描かれていると言うのだ。（いったいどういうことか。くだんの肖像画が別の絵のなかに描かれているとは……。どうせまたマリアの悪戯だろうな）と勝呂は思いながらともかく送られてきた添付の画像を開いて（ぎょっ！）とした。大きなギャラリーいっぱいにたくさんの絵が整然と掛けられており、自慢げに絵を指して解説しているオーナーらしき姿も。これがいわゆる『画廊画』と言われるもので、それぞれの絵が克明に描かれておりこれが即コレクションの目録に

もなっている。個々の絵は小さいがよく見ると確かに左端上方にはティツィアーノ作の『ヤコポ・ストラーダの肖像』(1567～68年) と並んでくだんの『ファブリツィオ・サルバレッシオの肖像』(1558年) が掛けられているではないか。この右上方にはジョルジョーネの代表的な作品『三人の哲学者』が、そして正面真ん中の一番下にはティツィアーノの『刺客』(The Bravo) まである。美術史的にもこれはすごいコレクションだ。

「キエン・テ・ケーネ (すごいでしょ)・シオ!」マリアは得意げに補足した。が、惜しいかなスカイプにはその得意顔は見えない。例によって勝呂のタブレットには

レオポルト・ウィルヘルム大公の画廊 (1651年) ダフィット・テニールス (子)
(ウィーン美術史美術館蔵) Ⓟ Public Domain 口絵参照

聖母マリアの写真だけだ。

「ネーデルランド総督でオーストリア大公レオポルト・ウィルヘルムは大変な美術愛好家で自身の絵画コレクションを宮廷画家のダフィット・テニールス（子）（David Teniers, the Younger, 1610〜90年）というフランドルの画家に描かせたのよ。大公はこの画家にご自身のコレクションの管理をするように命じていたそうよ」

「そうか、この絵画目録が『画廊画』として描かれたのが1651年、ティツィアーノ作の『ファブリツィオ・サルバレッシオの肖像』の制作年は1558年だから、およそ100年後にレオポルト大公のコレクションに収まったことになるね。さすがは超有名なティツィアーノの作品だけに当時から蒐集家の的だっただろうなあ。そしてさまざまな理由で転売もされたのだろうね。でもネーデルランド総督の目録にしてはヒエロニムス・ボスの絵が1枚も入っていないなんてね……」

「あっそうよね。そういえばボスはオランダの画家だったわね」

　一方マリアは勢いに乗って膨大な数のティツィアーノの肖像画を調べていった。マリアの父が残した蔵書の中からティツィアーノの肖像画全集を見ているらしい。なんとティツィアーノは生涯に200点近くの肖像画を描き、その内およそ150点が現存しているという。時のハプスブルグ家一族やフランス国王フランソワI世、教皇パウルスIII世とその一族、イタリア君主一族、ウル

ビーノのローヴェレ家，ヴェネツィア共和国の領主や高官、帰属聖職者や外交官など当時の著名人たちが競って描いてもらったものばかりだ。マリアはその中からあのアンス・デ・エバロの作らしき時計が描かれている肖像画をさらに3点見つけ出して小躍りした。（キエン・テ・ケーネ！）シオに知らせなければ……。だがここでマリアははたと困り果てた。この3点に描かれている時計もデ・エバロのものだとするならば制作年代から矛盾が生じ、せっかくの勝呂の仮説が真っ向から覆されることになるかもしれない。それは第4の時計を見つけて狂喜している勝呂に冷水を浴びせそうな情報だった。知らせるには忍びない。それはとても酷というものだ。（ここはしばらくそっとしておきましょ……。シオのために……）

ΘE-wink ⑧	HPビジュアル・ガイドへ

◆ティツィアーノ制作の肖像画に描かれた置時計
（勝呂には内緒にという心優しいマリアの気遣いにならって読者にだけはΘE-winkで画像情報を貼っておこう。ティツィアーノ／デ・エバロの時計の謎解きは読者にお任せする）
●ウルビーノ公妃エレオノーラ・ゴンザーガ・デルラ・ローヴェレの肖像
●教皇パウルスⅢ世とその孫アレッサンドロ・カルディナール・ファルネーゼおよびオッタヴィオ・ファルネーゼ
●時計のあるマルタの騎士の肖像

[ヒエロニムス・ボスのパズル]

その代わりマリアは勝呂にもらったもう一つの宿題の謎解きを始めた。元はと言えばグラフィック・デザイナーのマリアは西洋絵画に詳しく、亡き父親アンブロシオの膨大な蔵書を引き継いでいる。

「それでフェリーペⅡ世が当時蒐集したボスの作品の目録を調べてみたのよ。今ではその多くがプラド美術館に移されているようだけれど『悦楽の園』をはじめ『七つの大罪』『愚者の石の除去』『干し草車』『十字架を担うキリスト』『聖アントニウスの誘惑』『東方三博士の礼拝』『最後の審判』など皆素晴らしいわね。ほんとに（キエンテ・テ・ケーネ！）だわ。今回のフェリーペⅡ世至宝特別展のポスターになっているのが『荊冠のキリスト』よ。もっともこれはボスの後継者の絵らしいのだけれど。そのなかでもフェリーペ国王は『七つの大罪』を自身の居室のテーブルに置いておくほどこよなく愛したようよ。それは（憤怒、嫉妬、貪欲、大食、怠惰、好色、傲慢）という七つの大罪の様相に加えて（死、最後の審判、天国、地獄）という四大終事が四隅に描かれた小さな机絵なのよ」マリアは勝呂から課せられた宿題に取り掛かっていたのだ。それは（厳格なフェリーペ国王がこともあろうにボスの奇想天外な（異端とも思える）絵をどうして好んだのか？）というものだった。

「シオ、少し話が長くなるけれど、今いい？　メキシコの作家カルロス・フエンテスの小説『われらが大地（Terra Nostra）』というのを思い出したのよ。父アンブロシオに生前薦められて読みかけたのはいいけれど、3部に分かれたそれはそれは長い小説で、どぎつい表現の連続に圧倒され、時空をどんどん超えてゆく展開について行くのが大変だったのを覚えているわ。それで結局途中で投げ出したんだけれどね。その小説は、あまりにも狂信的で厳格なカトリック信者のフェリーペⅡ世の生きざまと当時のスペインの覇権の象徴としてのエル・エスコリアル宮殿を中心テーマに据えているのだけど、旧世界を描いた第1部（El viejo mundo）、第2部がコロン以降の新世界（El nuevo mundo）そして別格の世界の第三部（El otro mundo）。その第3部の断章にスヘルトヘンボス（ボスの生地／オランダ）のくだりがあって、（キエン・テ・ケーネ！）なんとフェリーペⅡ世がこよなく愛したヒエロニムス・ボスの『悦楽の園』のことを詳しく語っているのよ」マリアに一息入れさせるために勝呂が遮った。（キエン・テ・ケーネ！）を連発するマリア。彼女はいろんな場面で使っている。スペイン語ではない。いったい何語だい？　と、ある時聞いてみた。マリアの造語だった。「ピタージャ（ドラゴン・フルーツ）のスムージーでも飲んで一息入れてよ、マリア。いいよなあボゴタは高地なのに年中トロピカル・フルーツがあって……。こないだサン・ミゲル市場に行ってみ

たがそんなのなかったな。やっぱりここマドリッドでは無理か」「でしょ。今ここにチリモージャとグアジャバがあるわよ。食べたいでしょう」

「うまそうだね。しかしマリア、よく思い出したなあ。フエンテスと言えば昨年亡くなったんだってね。ロ・シエント・ムーチョ（お悔やみを言うよ）。でもそんな本なら僕だってギブアップだな……」マリアが続ける。

「そこでフエンテスが取り上げているボスの『悦楽の園』を改めて見てみたわ。シオも画像を見ながら聞いてね。トリプティック（三連画）になっているでしょ。左翼に穏やかな生命の泉が湧き出るエデンの園が描かれ、中央の悦楽の園では無数の若い裸の男女に花鳥や動物、奇態な魚や赤い果実などが混然と絡み合っていて、これは世界の多様性を表していると目録に書かれているわ。カラフルで生命に満ち溢れていて、まるで今にも動きだしそうなアニメのように悦楽の楽園を見事にビジュアル化しているわ。そして右に目を移すとそこには巨大な楽器群が鳴り響くむごたらしい音楽地獄絵が待っているのよ。この『悦楽の園』は、ほんとは怖い『偽りの楽園』であり、最後は地獄に落ちる罪深い人間の愚かさを見事に見える化しているわ。（キエン・テ・ケーネ！）なんと言っていいのか、ボスは人間の生きざまの、それも罪深い人間の外からは窺い知れない内面世界までをものすごい想像力で描ききっているのよね。地獄絵と言えば多くはとてもまともには直視できないグロテスクな絵柄

になるところなのに、ボスは写実を排し奇怪な生物や珍奇な拷問具を駆使し、巧みに笑いを誘いながら地獄の重苦を味わわせているのよ。これってまるでガボの魔術的リアリズムの手法みたいね。そして両翼のパネルを閉めると地球のような球体（天地創造の世界）が現れるわ。おそらく王は、それを自らの巨大帝国とみなし、『主が仰せられると、そのようになり、主が命じられると、それは堅く立つ』と記されている銘文の主を王と置き換えて慢心していたのか、それとも王は、左上に描かれた神の落胆のご様子から『自身が創造した世界がすでに自身で制御できる範囲を超えてしまっている』と気付いて嘆息していたのではないかと私は思うわ」通訳する間もないほど一気にまくし立てるマリアはいつものことだが、この時勝呂は思った。（やはりマリアには時空を超えて物事が見える瞬間があるのではと……）

「テ・フェリシート（おめでとう）マリア。そういうことだったのか。これでやっと違和感の謎が解けたよ。マリア、君は今日フェリーペⅡ世とフエンテスにも会えたのだね。僕はあれから１日予定を延ばしてプラド美術館でボスの『悦楽の園』に会ってきたよ」

　人によっては南の悪魔とか慎重王などと評されるフェリーペⅡ世だが、トレドからマドリッドに遷都するにあたり、マドリッド郊外にエル・エスコリアル修道院を建設した。歴代のスペイン国王の霊廟を１箇所に集め

て王家の墓所とし、また宮殿としてここに閉じこもって、昼夜を問わずこの巨大帝国を御するのに一人腐心した。リアルタイムですべての指令・情報をピン・ポイントで伝達できる今の時代と違い、早くても数ヶ月のタイム・ラグが当たり前だった帆船時代の為政者の辛苦は如何ばかりだったろうか。度重なる財政破綻（バンカロータ）や政治的困難に直面しながら、世界を束ねるために幾多の重大な決断を下し孤独な戦いを強いられたことだろうか。帝王病（痛風）の苦痛に耐え、祈り、芸術を愛しながら……。居室にはボスの『七つの大罪』を置き、人間の罪と愚行の有様が描かれた『悦楽の園』を日夜眺め、自らを戒め、きっとそれらを帝王学の（よすが）としていたのだ。そして無限の想像力をかき立てるボス・ワールドにコチコチの宗教画にない諧謔と癒しを見い出していたのかもしれない。

　これがマリアに頼んでおいたパズル［フェリーペⅡ世とヒエロニムス・ボスの接点の不思議］の答えだった。

⊖ E-wink ⑨⑩	HPビジュアル・ガイドへ

◆ヒエロニムス・ボス『悦楽の園』（プラド美術館）
◆ヒエロニムス・ボス『悦楽の園』／天地創造（外翼パネル）

⊖ E-wink ⑪	HPビジュアル・ガイドへ

◆ヒエロニムス・ボス『七つの大罪』（プラド美術館）

2 ジブラルタルの憂愁 2013年8月

『われわれ一人ひとりの気が狂うことは稀である。しかし、集団・政党・国家・時代においては日常茶飯事なのだ』
——ニーチェ

　勝呂隆(すぐろたかし)。北九州市門司の生まれ、かつての国際貿易港だ。海外志向の勝呂は日本を飛び出すために電子技術を学んだ。それは『日本で不慮の死を遂げたフリオという外国人の遺族を探し出すのだ』という父親の死に際の言葉を全うするためでもあった。工業大学卒業後、通信機メーカーでエレクトロニクスの基礎を叩き込まれる。民生・軍用通信機、魚群探知機やレーダーなどの船舶機器の整備技術のほか、海外志向が嵩(こう)じたのか船舶通信士の資格を取得して貨物船で海外へ出たのを振り出しにその技術を活かして主に中南米を転戦する。その後［Just Project from Japan］という会社を横浜で立ち上げた。日本の先端技術と高付加価値サービスを売り物にしたプロジェクトや電子機器などを提案・仲介するコンサルティング会社だ。海外出張が多いため、90年代は、時差をカバーするために夜間は秘書代行のコールセンターに留守を任せていた。やがてハイテク転送通信機器を導入して無人オフィス（フラット）に改装するも北米・中南米の業務に集中することになり、現在は拠点をマイアミに構えている。そして今はもっぱら大都市向け最新鋭の

セキュリティー映像監視システム（ネットワーク・監視カメラ・システム）広域高精度監視カメラの引合いで大忙しだ。あるときなど先端技術の仲介で産業スパイ事件に巻き込まれたこともある。当人はほとんど日本に居ない。1年の4／5は海外だ。そのためかほぼ自然発生的、否、責任欠如型バツイチとなっている。（それこそ僕は罰位置に立たされているよ。問題を先送りしてきたからなあ。［雑煮の夫婦別れ］てもんじゃないよ）と友人にはそう述懐している。一人娘の美亜は映画監督になっている。

　　　　　　＊　　　＊　　　＊

　例年にない酷暑の8月のはじめ久しぶりに横浜のフラットで、勝呂はマリアからの電子メールを開いていた。イベリア半島南端のジブラルタル・ロックの写真が添えられている。スペインから英領ジブラルタルに入る国境検問で延々6時間もの渋滞の列に巻き込まれたとあった。マリアの怒り心頭の顔が目に浮かぶ。ちょっといい。良い時も悪い時も彼女の口癖はスペイン語でいつもこうだ。『ケ・ディビーナ・ノッ（なんか素敵ね）！』むろんこのときの意味は反語なのだが、今にも聞こえてきそうだった。だが、現地は『なんか素敵ね』などとは言っていられない状況のはずだった。勝呂が今朝一番で見た電子版の新聞にはジブラルタルの字が躍っていた。

　［ジブラルタルを巡り、英国とスペインの対立が再燃　漁業権や国境検問を巡りにわかに緊迫］

　英国は艦隊をジブラルタルに派遣すると言う。

| ΘE-wink ⑫緊急特番　　HPビジュアル・ガイドへ |
▶ジブラルタル緊迫
●ジブラルタル・ロックと周辺地図

『えっ！　よりによってこんなときにどうしてジブラルタルなんかに！』大声のあと勝呂は思わずつぶやいた。
　（そういえば８月は丸々バケーションでボゴタを空けるというメールが入ってたっけ。行き先は確かポルトガルとスペイン南部方面だったはずだ）
　（今年の目的地はエンリケの意向かな）昨年の夏この二人は日本を訪れている。あのときはマリアの強い希望が実ったようだった。
　（それにしても、これはちょっとまずいんじゃないの！）
　勝呂は再度、スペインの〈El Pais〉誌、英〈フィナンシャル・タイムズ〉誌やBBCの電子版をチェックする。
　そしてマリアからの情報をもらうべくメールを送った。間もなく示し合わせたスカイプの時刻になる。
『ケ・トント（お馬鹿）だねー。よりによってこんなときにジブラルタルなんかに』勝呂は一人わめきながらエアコンを強めた。ほんとに暑い。（そうだ、ヘレス［シェリー酒］がもう冷えているはずだ……）
　緊迫の発端は、イベリア半島の南端に位置する英領ジブラルタルが７月に70個のコンクリート・ブロックを

海に沈め漁礁建設を始めたことによる。埋没場所が限りなく両国の国境線に接し、スペインにとっては良質なコンチャ貝の取れる昔からの漁場なのだから堪らない。そのためスペイン側は英国に対し直ちに撤去せよと強行に抗議すると同時に、国境検問を強化し、更には通行料の徴収や航空機のスペイン領空の侵入を禁止するなどの対抗措置を取ると声明。これに対して英国側は、(地中海での軍事演習のためと称し) 旗艦のヘリ空母にフリゲート艦、護衛艦からなる艦隊を派遣し、ジブラルタルの軍港に寄港させるだけでなく、スペインに対する法的措置、域内の移動の自由を定めた欧州連合 (EU) 法に反するとして、国際的な司法の場への提訴の用意をしていることを明らかにした。ジブラルタルは地中海の出入り口を抑える要衝で、1704年から英国が領有しており、そのためスペインは、英国に対し300年間にわたってずっと返還を求めてきた。1940年、第二次世界大戦下、英領ジブラルタルを巡ってドイツ、スペイン、英国の駆け引きが行われた。ここにきてまたぞろ領有権争いの再燃だ。スペインはこの問題を国連に持ち込み、英国との間にフォークランド諸島の領有権問題を抱えるアルゼンチンと共闘・タッグを組んで英国に対抗する構えだ。大体こんな内容だ。キンキンに冷やしたヘレス (シェリー) で一息つく。

　ボゴタからのスカイプではいつも隠れているマリアが、さすがに今日は姿を見せた。やはり興奮気味だ。

緊迫の状況なのに、少しめかしている。スカイプの画面はやはり聖母マリア像よりこの方がずっといい。いつも「サベ・ケ（だよね）」か「テ・アコルダス？（覚えてる？）」で始まり、「ケ・ディビーナ、ノッ（なんか素敵ね）」で締めるマリアの会話。それらをまとめてみるとこういうことになる。案の定今回も「テ・アコルダス（覚えてる）・シオ？」から始まった。
「すでに英国艦隊の旗艦のヘリ空母〈HMSイラストリアス〉やフリゲート艦〈ウエストミンスター〉とその護衛艦がスペインのロタ海軍基地カディスを経て堂々とジブラルタルの軍港ペニオンに寄港したのよ。これって小編成とはいえ時節柄、英国のスペインに対するあからさまな威嚇行動だわ」
　一方スペイン国防省は、哨戒艇をジブラルタル周辺に派遣したという。
「でもねマリア、僕が分からないのは、英国艦隊がなぜこんなときにカディスのロタ軍港に堂々と寄港できるの？　スペインの海軍基地でしょうが？」「シー、セニョールそこなのよ。カディスにあるロタ海軍基地はスペインの軍港だけではなく、米軍基地やNATO北大西洋条約機構加盟国軍の施設を兼ねているのよ……」
「う〜ん、参ったなー。そういうことか……」と勝呂は肩で息をした。
「だからこの問題は、今では欧州連合（EU）と北大西洋条約機構（NATO）の加盟国同士のにらみ合いにも

なっているというわけなの」

英国はユーロ通貨統合に参加していないが、確かにEU加盟国に違いない。

勝呂は、過激な現地新聞報道の割には意外と冷静なマリアとエンリケに安堵しつつ、さらに突っ込んでみた。「検問強化については（スペインの山積する国内問題から国民の目を逸らそうとする）スペイン政府の姑息な一手だ、常套手段だという声も聞こえるね」と勝呂は英国側の見方を伝える。

スペイン側の見方はと言うと、「英国側は予定された（軍事演習の通常の訓練）だとしながら、このときとばかりに、英国お得意の艦隊派遣という砲艦外交で脅しにかかっているのよ」

マリアはコロンビア人とはいえ、やはりスペイン贔屓(びいき)なのは当然と言えば当然なのだろう。

やはりこのときマリアも勝呂も、英国にまつわる過去の重要事件を思い起こしていた。それは何と言っても1568年に起きたカリブ海に面したサン・ファン・デ・ウルア（ベラクルス・メキシコ）事件であり、1982年のマルビーナス（フォークランド）紛争であった。本書の中盤に少しこの事に触れている♣。

♣ 第6章　ブエノス・アイレスの迷宮　（アルゼンチン）：マルビーナス（フォークランド）紛争
　第7章　サン・ファン・デ・ウルア要塞の怨念　（ベラクルス／メキシコ）：サンファン・デ・ウルア事件

2　ジブラルタルの憂愁　　63

「マリア、君たちは早くそこを離れなくちゃね。いつまでいるつもりなの？」

さんざん現地の状況を喋らせておきながら、今度は脱出を急がせる勝呂。

「私たちはもうモロッコにいるわ。ジブラルタルに長居は無用よ。あそこに泊まるのは英国人くらいのものよ。ヨーコみたいに」

「それってジョン・レノンとオノ・ヨーコのことだね？」

よりによって二人はここで結婚式をあげている。その意図はよく分からないが……。

「そうよ。彼らは平和活動家なのにね。私たちはジブラルタルから一旦スペインのアルヘシラスに戻ってから、フェリーでセウタ（モロッコ内スペインの飛地領）に入ったのよ。ここもいろいろ問題を抱えているわ……」

スペインはセウタの他にもう一つの飛地領メリリャを有し、旧スペイン領モロッコとの領有権争いが続いている。マリアの言う『セウタの矛盾』とは、スペインはジブラルタルの返還を英国に求める一方でセウタとメリリャをモロッコに明け渡そうとしないのである。イベリア半島が西ゴート王国だった時代の大昔6世紀にさかのぼると、イスラム帝国の拡大が止まらず対岸の北アフリカもほぼイスラム国となっていた中でセウタが唯一残された西ゴート領の飛び地だった。だがイベリア半島の入口セウタの守りが余りにも弱く敢なく陥落。半島はイスラムの侵攻を易々と許すことになってしまったのだ。

「これがきっかけでイベリア半島のほとんどがイスラム化して行くのよ。西ゴート王国の終わりよ。そしてスペイン・ウマイア朝にな
ってメスキータのモスクで代表されるコルドバの繁栄を迎えるわ。でもイスラムの支配下にあってもキリスト教徒に対する特段の迫害はなく寛大だったようよ。国土回復レコンキスタの後もプラテレスコやムデハル様式を残し、折衷した建物が残されているのがその証よ。メスキータは今ではキリスト教の大聖堂だわ。異文化融合の手本だわね。これもアロンソからの受け売りだけどね……」

「分かりやすい……」と、勝呂は笑った。一方で1415年にはポルトガルのエンリケ航海王子がセウタを奪還して以来、セウタは現在のスペインにとっても重要軍事拠点と位置付けられている。

　　　　　＊　　　＊　　　＊

　勝呂はよく冷えたヘレスのグラスを少し申しわけなさそうにスカイプのカメラにかざした。「サルー（乾杯）」と唱えると「チンチン（乾杯）」と返してきた。なんとマリアたちもヘレスで応えてきたではないか。（何のことはない。あちらも飲っていたんだ。やっぱりな。しかし、いったい今むこうは何時なんだ……）

　ヘレスのボトルは見えなかった。勝呂の方はといえば前にスペインで買い込んだ辛口フィノのイノセンテはとっくに終わっていて、今はティオ・ペペのフィノかオスボルネのマンサニージャだ。日本でも手に入る。後者の銘柄は横浜開港と時を同じくして日本に輸入されたという。トレード・マークの黒い牛の看板がスペインの幹線道路脇に点在していてなんとも楽しい。ハイウエイの広告が安全上の理由で禁止になってからも真っ黒に塗りつぶされた看板が生き残り、のどかな風景の一部になっているのだ。

　マリアことマリア・ドゥルセ・ピンソン・ソトはコロンビアの北部、カリブ海に面したカルタヘーナ生まれ。正確にはカルタヘーナ・デ・インディアスという。首都のボゴタでグラフィック・デザイン、工業デザイン専攻後、上下水道公社の設計部を永年勤め、日本商社がらみのボゴタ川浄化プロジェクトに参画。このとき日本の水処理技術の高さと環境ビジネスの存在を目の当たりにする。好奇心のかたまりで質問魔。そのためサンタクロースをもじってタンタ・クリオシダ（tanta curiosidad）

と方々で冷やかされている。

マリアの弟アロンソ・ピンソンは教会建築家で、世界遺産イコモスの専門家-国際記念物遺跡会議（ICOMOS）の国際学術委員会（ISC）の委員としても世界中を飛び回っている。5人兄弟の長男。兄弟姉妹や親戚に建築家や建築・空間デザイナー、グラフィック・デザイナーを多く輩出しておりピンソン家は代々建築家一族である。

7年程前からマリアはエンリケ・ラミレス弁護士事務所の『移住特別法務部門』に転身して、コロンビアで犯罪、誘拐、失業に苦しむ人たちの海外移住や出稼ぎ希望者のビザ取得相談、手続きを代行している。バツイチの二人だが公私共にパートナーとして、クールな関係を築いている。

前年の夏、二人は日本に来ている。2012年は東京スカイツリーが開業した年だ。このスカイツリーからの東京の全方位の眺めには仰天と感嘆極まったことだろう。「ケ・マラビージャ（ワーッすごい）」「キエン・テ・ケーネ！」と大声を発したのはもちろんマリアだ。ボゴタ自慢のモンセラーテの丘からの眺めをもってしてもこれには感極まるはずだ。ボゴタの東部には標高500メートル位のモンセラーテの丘がある。頂上には白亜の寺院があり、ここから東京とはまた一味違うボゴタ市が一望に見渡せる。勝呂はマリアに案内されて登ったときのことを思い出していた。コロニアル時代の名残を今に止め

る白壁と渋い柿色の屋根瓦の家並みが市の大部分を埋め、方々に赤煉瓦造りの建物が見える。所々に高層ビルも見えるが、ここでは近代建築はあまり歓迎されないようだ。というより市条例でコロニアル時代の建物を残すべしとしているからだ。地上からの高さではスカイツリーもモンセラーテもほぼ同じだが、そこはアンデス山脈の懐、海抜 2,700 メートルの高地のボゴタなので、モンセラーテの頂上では標高 3,000 メートルを優に超えることになる。1 年を通して常春と言えるボゴタだが、快晴の日は汗ばむときもある。あのときマリアの真っ白なシルクのブラウスが眩しかった。人工のツリーと自然の丘からの遠望。この壮大な眺めの後景には、その時々の二人

の思いが刻まれているようだった。『モンセラーテに登った人は必ずまた戻って来るのよ』あのときマリアはそう言った。今度は勝呂の番だ。『マリア、君もきっとそうなるよ』勝呂はそう言って片目をつぶった。そのうち東京スカイツリーでもそんな言い伝えが広まるかもしれない。昨今の旅行ガイドブックや観光案内のサイトには日本人が知らない秘境（？）がたくさん紹介されていて驚かされるばかりだ。旅慣れているマリアとエンリケもかなり事前チェックしている様子。それならばと勝呂はガイドブックに載っていない穴場にとあれこれ思案した。この分だと日本の観光ブーム近しの予感がする。

　マリアの日本の印象の一部を紹介しよう。昨今の通勤電車の中、さすがに新聞を広げたり、漫画本を読んでいる姿はほとんど見かけない。携帯、スマホに夢中だからだ。ニューヨークの地下鉄の中でペーパーバックスを読んでいる珍しいシーンがネットにアップされるほどの時代になった。

「ボゴタには地下鉄や電車がないけれど歩きスマホは当たり前よ。コロンビアやメキシコの電子新聞には治安情報の欄があるけど日本ではないのね。日本人男子の扇子使いには驚いたわ。向こうでは変に取られるのよ。居酒屋の魅力はなんと言ってもそのバリエーションの豊富さよ。（取り敢えずビール）もいいわね。私なら（取り急ぎビール）よ。グリンゴ（米国人）のよくやるビール瓶のラッパ飲みは日本では見かけなくて幸いよ。あれはみ

っともないもの。それにしても日本の美味しい料理には感激よ。バルのおつまみのタパスやピンチョスの比じゃないわ。料理番組や食べるシーンが多いのもうなずけるわ。コンビニの便利さは名前の通りね。ズバリのネーミングよ。そしてバーガーやフライド・チキンなどのファースト・フード店以外に手軽に食べられるカレーや牛丼屋、ラーメン店がひしめいていて便利よ。清潔な街。温泉も大好きよ。洋菓子に和菓子にパン屋さん。ハンズの品数の多さに驚き。鎌倉も良かったわ。良いことばかりよ」

　次の日テレビ番組を見ていたマリアが大粒の涙を流している。字幕も吹き替えもないというのに。その夜は池波正太郎原作の鬼平犯科張"鬼熊酒屋"だった。はずみで人を殺してしまった男が被害者の娘を引き取って自分の娘として育てていたのだが、ある事件でそれが発覚しそうになったときに見せた娘と育ての親の深い思いやりの心に泣けたのだ。娘おしん役の遠藤久美子がそれを見事に演じていた。そしてエンディング・テーマがいっそうの涙を誘う。ジプシー・キングスの『インスピレーション』だ。マリアが涙したのは紛れもなくエンディングのあの哀愁に満ちたルンバ・フラメンカがかかるだいぶ前からだった。まったくマリアが予期しなかったジプシー・キングスのエンディングが追い打ちをかけたのだった。『いったいどういう人なの。鬼平犯科張というどう見ても日本の時代劇なのにジプシー・キングスをもって

くるとは……』マリアは感嘆しきりだった。

　もう一つあった。今やフィギュアスケートの演技曲にピアソラはお約束だが、「ＴＶドラマに挿入されるインスト曲にもバンドネオンが効果的に使われるのはいいね！」だった。

「シオ、いつかあなたは教えてくれたわね。箸は必ず右手で使うようにって……。だけど日本でテレビを見ていたら左手使いの若者のなんと多いことかと。いったいどういうこと？　説明してよね。食べるシーンや料理番組が多いのは日本らしくていいわね」そしてよくあることではあるが、マリアがまた面白いことを言い始めた。

「日本では古いスーツを愛用する人が多いのね」「エッ！なんのこと？」勝呂は怪訝な表情で両手を広げる。

「最近重大な事件が多いせいか専門家とかシニアのゲスト・コメンテーターがよく出てくるでしょ。みんな一様に高級仕立てだろうけど、広い肩幅と低い位置のゴージ・ライン♣の90年代のスーツ、今なら野暮な格好よ。よっぽど愛着があるのかしら。さすがにレギュラーの出演者にはいなかったようだけど、TV出演ならスーツにもワイシャツにも気を配ってほしいわ。折角のプロのコメントも古い型のスーツでは台なしだわ。それに夏場ではノータイの襟元がきれいに決まるシャツを着ているか

♣　ゴージ・ライン：襟刻みといって上襟カラーと下襟ラペルを縫い合わせた繋ぎ目のラインのこと。左側の襟にあるフラワー・ホールのすぐ上にあるライン。

どうかも大事だわ。これがほんとのクール美図よ」
「おお、それそれ。僕も気が付いていたよ。同じ意見だね」クール美図とは結構オヤジ・ギャグなマリアは健在だった。勝呂はアルマーニのダブルのスーツをいまだに捨てきらないでいる（冷や汗）……。

　このときエンリケは3日遅れで来日した。マリアとはわずか3日の違いを調整できないはずはないのに……。それはマリアの周到な企てだったのか、それともエンリケの粋な計らいなのかは分からずじまいだった。ただエンリケの話になると途端にマリアの歯切れが悪くなるのはどうしてだろう。どうやらエンリケにまつわるグレーな噂が原因らしい。クライアントの弱みにつけ込んで海外ビザ取得に法外な手数料を取っている悪徳弁護士だというのだ。二人は国内で犯罪、誘拐、失業などで非常に厳しい立場に置かれた人々を助け、マリアの美貌と笑顔がそういう国外脱出者の不安を和ませてきたというのに……。（するとマリアは単なる広告塔なのか？　そういう悪い噂の火消し役なのか？）勝呂にそういう疑念が一瞬よぎったが、すぐさまそれを打ち消したことを覚えている。

　　　　　　＊　　　＊　　　＊
「セウタにも寄ったんだって！　ということはあれだ！（ヘラクレスの柱）だ！」「むむ、なんと二人の目的はこれだったのか！」地団駄を踏む勝呂。
「ご名答、さすがはシオ！」

「サベ・ケ（知っているよね）・シオ、ギリシャ神話に出てくる〈ヘラクルスの柱〉が、ちょうどこのジブラルタル海峡に位置することを……」「アッ、そうだった"プルス・ウルトラ"のいわれだ」と勝呂は狂喜した。冷えたヘレスが一気に勝呂の記憶を呼び覚ました。

　ヘラクレスに課せられた12の苦行（功業）の一つに〈ゲーリュオーンの牛〉というのがある。勝呂は急いでタブレット端末でヘラクレスの神話をたぐり寄せた。

　スペインのゲーリュオーンの牛の群れを遠路エウリュステウス王に届けるミッションだ。途中巨大なアトラス山脈が行く手を遮った。先を急ぐ怪力ヘラクレスは棍棒で山脈を叩き割り真っ二つにする。このときできたのがジブラルタル海峡で大西洋と地中海が繋がったのだという。その結果イベリア半島側南端のジブラルタル・ロックと対岸のセウタのモンテ・アチョ及びモロッコのヘベル・ムサ山がまるで2本の柱のように突っ立つことに。

　これがヘラクレスの柱だ。巨大なヘラクレスの2本の柱は二つの世界を遮る大きな門となり、〈世界の最果て〉を示しており、神話によれば、その柱は〈ノン・プルス・ウルトラ N.P.U.（Non Plus Ultra この先には何もない）〉を意味していたのだという。世界の果て、煮えたぎる海、海獣たち（古地図にもでてくる）が獲物を待ち受けている。水平線のかなたに消えてゆく船を見て怖がる時代、この迷信は船乗りへの警告の役目を果たしたのかもしれない。勝呂が特にこだわっていたヘレス

（シェリー酒）の銘柄の一つもこのノン・プルス・ウルトラだ。この場合は（最高とか最上）の意味になるのだが。

　1415年アフリカ北岸イスラムの要衝セウタの攻略を皮切りに、アフリカ西岸に進出して大航海時代の幕開けを担ったのがポルトガルのエンリケ航海王子だった。そしてクリストバル・コロン（コロンブス）以降、たくさんの航海士や探検家、宣教師たちが我も我もと続く。その頃のヨーロッパの皇帝は即位にあたって自分の治世の要諦を示す標語を掲げる。太陽の沈まぬ国（日、没することなき世界帝国）を造り上げた神聖ローマ帝国カール5世の標語が、正にこのプルス・ウルトラ（más para allá もっと向こうに）だった。そしてさらに領土を広げ、スペイン王カルロス1世としてカスティリャ及びアラゴン王に即位するや、その標語はスペインで俄然人気を博す。1500年代初頭のことだ。それが領土・覇権拡大のスローガン、そしてスペイン・ハプスブルク朝のモットーとなり、このヘラクレスの柱を越えて新世界を目指すスペインの探検家たちを勇気づけ、大いに背中を押す役割を果たしたのだった。そしてカルロス1世の跡を継いだフェリーペⅡ世は、スペインの旗印のもとに、カスティリャ王国領やアラゴン王国領のみならず、ポルトガルを併合し、さらに新大陸（インディアス）をはじめとしてフィリピン、ネーデルラント、ブラジルやアフリカの一部、マラッカ、ボルネオなど〈太陽の沈まぬ帝

国〉と呼ばれるほどに広大な海外領土を拡張していった。
　今日この標語・銘文はヘラクレスの柱と共にスペインの国旗と国章に生きている。例えばメキシコのベラクルスの市章にもはっきりと残っている。これでベラクルス市がメキシコ最初のスペイン植民都市であることもうなずける。ドミニカ共和国サント・ドミンゴ大聖堂は新大陸最初の教会建築と言われ、その正面ファサードの右下にもこれがはめ込まれている。こうしてヘラクレスの柱は他の世界への開かれた門の象徴となっていく。また、これはスペイン銀貨や第一（1873〜74年）、第二共和政時代（1931〜39年）の国章にも記された。因みに、今では外貨のドル表示を＄と書くが、少し前まで柱は2本だった。日本のドル記号が今でも弗と書かれることからも分かる。マリアに「だからこのドル表記はヘラクレスの柱が元になっているのよ」と言われれば勝呂はなおさら素直に納得できるのだった。

⊖ E-wink ⑬	HPビジュアル・ガイドへ

◆ヘラクレスの柱
（プルス・ウルトラ／もっと向こうに：スペイン海外覇権のスローガンの証）

「なるほどね。そういう意味からもスペインがジブラルタルやセウタを（矛盾を承知で）絶対に手放したくないわけがここにきてよく分かるね」一方で英国にとってはジブラルタルは地中海に向かう軍事的要衝、言ってみれ

ヘラクレスの柱　アルハンブラ宮殿

ば地中海の拠点でありこれを見す見す手放すはずもない。因縁の対決はこれからも続く。ヘラクレスの柱は、正しくスペインの歴史と地理的な情勢を象徴するモニュメントなのだ。
「そうだったのか！マリアたちの旅行のほんとの目的がこれだったのか……。それにしてもまったく心憎い旅だが、危ないタイミングだったな。心配させよって……」してやられたとばかりの勝呂だった。
「アロンソがあなたによろしくってよ。今はイタリア・フィレンツェだって。きっとまた聖堂の修復でしょ。浮き世離れしていいわね弟は……」
　マリアとエンリケの二人はその後モロッコ・西サハラ砂漠に入りプレスター・ジョン♣探しで、それこそエン

♣　プレスター・ジョン：伝説上の君主。12世紀〜17世紀頃、東方に異教徒（イスラム）に対抗できる絶大な権力を誇るプレスター・ジョンという君主が治めるキリスト教国があると流布された。ヨーロッパ中がその助けを求めてプレスター・ジョン探しに奔走する。当時のポルトガルのエンリケ航海王子は、この国の発見を終生の目標にしたという。世界はジパング伝説と共に大航海時代に突入していく。

リケ航海王子になりきり、映画「バベル」のロケ地を巡ってはミーハー振りを発揮したようだ。今度の旅でマリアはポルトガルのポルトで撮ったカルタヘーナにそっくりだと言う要塞の監視塔の写真をよこしてきた。むろん『ベレンの塔』も含まれている。『またあなたの大切なコレクションに加えてね。TQM』とあった。英国艦隊はその後、風雲急を告げるシリア情勢のなか東地中海に展開していった。

MD

ベレンの塔

Porto の要塞

3 勝呂の来歴 1965年から1990年

(1) 門司港 1965年

『千里之行、始於足下（千里の行も足下に始まる）』
　　　　　　　　　　　　　　——老子第六十四章

　勝呂隆はしばらく振りに門司港に戻った。鎮西橋から和布刈(めかり)神社方面に向かう途中の右手の小高い丘に勝呂家の墓がある。ここからは関門海峡を望むことができる。この慎光寺の境内には親戚の墓や何体かのお地蔵さんに交じって父親が建てた慈母観音像がある。表側には北九州5市合併記念の文字と施主"勝呂隆三郎"と父親の名

前が刻まれている。清めの水をかけながら後ろ側を見た隆はギクリとした。来るたびにここにも花を手向けるのだが、なぜ今まで気付かなかったのだろうか。〈ジュリオゴンザレスを悼む1963.7.30〉とあった。父親が亡くなったのが65年だから

その2年前に建てたことになる。北九州の5市合併もこの年で間違いない。「えっ、(ジュリオゴンザレス)とはいったい誰のことだ……」隆が素っ頓狂な声をあげたのを今でも思い出す。父親の死後しばらく振りに門司港に戻ったときのことだ。

1963年の夏の夜、ギリシャ人らしき男が病院に担ぎ込まれた。どうやらチンピラと喧嘩になり刺されたようだ。逃げた相手は複数で中国人のようだったという目撃者もいた。現場は門司港の繁華街栄町銀天街からわずか半町ほどの栄小路を入った船員相手の"マドロス酒場"の前だ。中でいさかいになり3人の男たちに襲われたという。たまたま現場を通りかかったのが隆の父親だった。父親はタクシーで一番近い仲町の病院へ運び込んだ。その頃の救急車はあってもまったく役立たないことを誰もが知っていたからだ。父親は彼を救えなかったことをしきりに悔やんでいたという。

北九州は関門海峡に臨み、大陸にも近く、陸と海の交通の要衝で、戦前から筑豊炭田の石炭と、戦後は建設資材の鉄鋼の生産と積み出しの拠点として栄えてきたのだが、折からのエネルギー革命が石炭を直撃し、景気は下降の一途を辿る。朝鮮特需(1950～52年)で一時的に上向き、64年の東京オリンピックや東海道新幹線の開通で国中が高揚したが、いざなぎ景気(1965～70年)の時期に入って北九州5市合併を達成して、その中心は小倉区となり、門司区にある門司港はもはやかつ

ての七つの海に繰り出す国際港の勢いを失っていった。

| Θ E-wink ⑭ | HP ビジュアル・ガイドへ |

◆**門司港レトロ・インフォ**

　その門司港の和布刈公園山頂には金色のパゴダ（ビルマ式寺院）がそびえ立っている。第二次世界大戦時に門司港より出兵した戦没者を弔うために1958年に建立された。世界平和を祈願し、日本とビルマ（現ミャンマー）の親善と仏教交流の証として関門海峡を見下ろしている。勝呂家の墓がある慎光寺の境内の脇からもこのパゴダに通ずる急峻な細道がある。登り切るには普通の人

でもかなりきつい。
『お坊さんはいつ日本に来られたのですか。ビルマの話を聞かせてください。僕は是非あなたの国に行ってみたいです』当時はまだビルマとの国交がないことも知らずに隆は何度かここを訪れ"外国"を体感したものだった。父親は、もともとは土
木技師だったが、後に九州では先駆的なクレジット払いのシステムを取り入れた専門店連盟の会長となった。自らは銀天街に複数の店を持っていた。その一つがタンゴ喫茶"スール"だった。次男がマスターで、中南米の充実したレコード・コレクションが売りでタンゴやフォルクローレが聴けるせいか、ギリシャ人やロシヤ人らしき船員や船会社の駐在員にも人気があったようだ。この大怪我の外国人は店の常連だった。門司では珍しいスペイン人だった。手当の甲斐もなく、警察が犯人確認をする間もなく翌日死亡した。死の間際に、スペインの男は隆の父親にこう告げたという。

『やつらは台湾マフィアだ。頼む。カルタヘーナで……』と言う言葉を最後に息を引き取った。今で言うダ

イング・メッセージだ。握り締めていた物を父親に託した。家族と一緒に撮った写真だった。バックには水辺に古めかしい小さな塔が立っている。どこかの観光地らしい。警察は目撃者の証言を重視せず、よくあるやくざの暴力沙汰でうやむやにしそうだった。警察は勤め先の船会社や住まいから遺品を回収し、知り合いというだけで父親に渡した。遺品の中にパスポート、船員手帳、折り畳んだ手紙らしき紙が一枚あった。パスポートは確かにスペイン国のもので、船員手帳に住所が記載してある。これは本籍かも知れない。電話番号もない。写真の裏の家族と思われる妻と2人の子供の名前を頼りに、やっとの思いで電報を打つには打ったのだが……。果たして届くのか、電報電話局は懐疑的だった。航空便で英文の手紙も出した。隆の父親はそのときやれることは残らずやったという。以上は隆の兄、勝呂家の次男から聞いた話だ。その頃隆は関西の工業大学に在籍しており不在だった。

　ジュリオ・ゴンザレス。住所はサンタ・テレサ248カルタゲナ、エスパーナとある。これはすべて英語読みだ。後でスペイン語読みにしてもらった。［フリオ・ゴンサーレス　サンタ・テレサ248　カルタヘーナ、エスパーニャ］

『彼はスペインのカルタヘーナの人間か。臨終間際につぶやいたカルタヘーナで……。とは？　カルタヘーナで誰がどうしたと言うんだ、いったい……』勝呂の父親は反芻した……。

　夏場なので3日後には荼毘に付し、数少ない友人でささやかに葬式を執り行った。警察に何度も掛け合って犯人捜しを執拗に迫ったが埒が明かなかった。このあたりでは地元のやくざで不動産斡旋業や建物解体業など表向きは会社組織に見えるのだが、内実は風俗、遊戯場、祭りの屋台、闇金、薬物取引にまで手を伸ばしている半延興業という暴力団が牛耳っていた。それに台湾マフィアが台頭して来て、目に余る両者の抗争が続いていた。警察は手をこまねくばかりで、この地はその後ずっと組織犯罪の温床となって行く。

　1965年7月、隆は大学卒業前の夏休みで門司に帰省していた。父親はその後、ひどいショックと過労が重なって心筋梗塞の発作でずっと入院していた。父親が亡くなる前日、隆は病室でフリオの話を聞かされた。お前にすべてを託すと。『カルタヘーナでフリオの家族を見つけるんだ。そしてフリオは最期まで立派だったと伝えるんだ。いいな。これはお前にしかできないことだ……。私はフリオを守ってやれなかった。すまなかったと家族に伝えてくれ……』と。『分かった父さん。約束する』とは言ったものの、隆にはどこから手をつけたらいいものやら皆目見当もつかなかった。（参ったなあ……。こ

うまでする親爺のこだわりとはいったい何だろう……）と嘆息する隆。そして父親は古めかしい方位磁針コンパスと小さな和紙に毛筆で書かれた書を渡した。『翠玉板千里之行、始於足下』としたためてある。『隆、分かっているな。この教えをしっかり守るのだ……』そう言って眠りについたのだった。『千里の行も足下に始まる』という老子の一節だ。（遠大な事業も礎石の一歩から始まる）という土木技師らしい父親の教えだ。これはいつもの父親の口癖だった。翌日の朝、父親は苦しむことなく息を引き取った。父親がパナマの船長に貰ったという方位磁針コンパスには〈A Journey Of A Thousand Miles Must Begin With A Single Step〉と刻印されていた。思えば末っ子の自分に対しても厳しい親爺だった。折に触れて『見て見ぬ振りはするな』『日本男子たるもの、毅然たるべし。滅多なことでニヤついてはならぬ』と叱られた。高校の教頭は剣道の指南だった。彼もまた日本男子の何たるかを諭(さと)した。そしてこのときの教えが善くも悪くも後々隆についてまわることになったようだ。

　父の立派な葬儀を終えて、地元の新聞は社会面の下に死亡記事を掲載してくれた。隆は大学に戻る前にフリオの足跡(あしどり)を追うことにした。就職も決まり翌年からは、関

西から東京に移ることになっていた。その前にいろいろやっておかねばならなかった。まずは警察のその後の捜査状況と受け取った遺品の全てと勤めていた船会社や住まいを訪ね歩いた。フリオの死後すでに2年が経過していた。並行してフリオが亡くなった後の地元の新聞記事を漁ったが徒労に終わった。

　パナマ船籍の船を手配する外国の船会社が横浜と門司に営業所を持っており、フリオはこの両方を掛持ち孤軍奮闘していたようだった。所長の肩書きだった。事務所には女性社員が一人残されており、やっとパナマから後任が派遣されてくるという。フリオは生前、エクアドル産のバナナを横浜、神戸、門司港に運ぶ運搬船の手配をしていたと言う。今では観光名所になっているレトロ門司港の名物の一つに"バナナの叩き売り"がある。明治時代の末期から始まった台湾バナナの輸入は、産地台湾と最も地理的に近い門司港でまずは大量荷揚げされていた。そのときからの名残がこうして今に生きている。当時バナナといえば台湾物だったのが、1962年頃からエクアドルのバナナが入ってくる。籠に入ってくる台湾のバナナは傷みやすく、エクアドルのは丈夫なダンボール入りだった。今ではごく当たり前になった〈色売り〉というフレッシュ・システムが出て来るずっと前のことだ。これは追熟加工をすることで熟成された状態でバナナが店頭に並ぶシステムだ。

　焦った台湾業者が台湾マフィアのチンピラを使ってフ

リオを襲ったのではないか。ヤクザの抗争や暴力団の喧嘩のように装って警察の目をごまかす常套手段に出たに違いない。(きっとそういうことだろう)と隆は直感した。(フリオはただエクアドル・バナナの運搬船の手配をしていただけなのに……)「しかし、まいったなあ……。フリオがマフィアの抗争で死んだのなら、こうまでする親爺のこだわりとはいったい何だろう……。それに"翠玉板"とは何のことだ……」今度は声に出して言った。老子の原文のどこにも"翠玉板"の記述は見当たらない。隆のこの疑問は、フリオの家族探しと共にそれからずっと付きまとうことになる。(まあ親父が言うようにこつこつやって行くしかないか……)隆はこのとき自分の行く先に、何かもはや避けて通れない一本の道筋が引かれているように思えた。

　隆は幼い頃から、門司の隠れた名物の『チリンチリン豆』が大好物だった。うずら豆やうぐいす豆、白いんげんをそれぞれ砂糖控えめで汁気を飛ばし、粉吹き一歩手前に絶妙に仕上げた他にない煮豆なのだが、隆は、兄と妹が助け合ってリアカーで行商するこの豆屋の姿を毎日見かけたものだった。今でも門司に帰るとお約束なのが、山吹の蒲鉾に、ふぐ刺しに明太子、うすきね力餅、そしてこのチリンチリン豆だ。今ではJR門司駅のすぐ近くの『チリンチリン豆』という店舗で買うことができる。

　あまり進展のないまま大学に戻った隆は、卒業までに大学の図書館や市立図書館でスペインの地図や水辺の観

光地を調べることに没頭した。門司を後にするときの隆の兄の警告を打ち消すように……。兄はタンゴ愛好会も主宰している。
「隆、余りこの件に深入りしなさんな。死んだ親爺が何に関与していたのか皆目分からんのよ。フリオの事件の後から店にやくざの出入りが激しくなったんよ。気を付けんといけんけ……」
　カルタヘーナがスペインにあることまでははっきりしたが家族写真が撮られた場所となると皆目見当もつかない。翠玉板はどうやらエメラルドの板らしいが……。
　それから数年後兄の気がかりは現実になり、喫茶店はマフィアの餌食となって人手に渡った。

＊　　＊　　＊

　大学の悪友たちは「勝呂にいったい何が起こった？卒業間際になってようやくスィッチが入ったような」と冷やかす。さしたる進展がないまま、隆は卒論のまとめに没頭した。音声合成の理論と試作機の再挑戦だった。膨大な回路の組み合わせが必要だったので試作機の完成には至らなかったが、集積回路の出現を予感させる回路設計となった。当時は真空管と初期のトランジスター技術だけで、今から思えば無謀な挑戦をしていたことになる。今ではICチップでこともなげに人の音声を造り上げることができる。
　東京の通信機メーカーに就職が決まった隆に兄たちが祝宴を開いてくれた。場所は門司港が最も繁栄した昭和

初期に開業した料亭、『三宜楼』だった。そこは産業・経済界の商談・社交場として門司港の栄華の舞台になったところだ。料亭の中に能の舞台や「百畳間」と呼ばれる大広間もあり、歴史的建築物としても貴重なものだ。そこは大阪商船（現大阪商船三井）や三井倶楽部（三井物産）、門司税関の洋館などと共に隆の憧れの建物群だった。当時は日銀（日本銀行門司支店）まであったのだからすごい街だったのだ。

　寝台特急あさかぜで東京駅に降り立った。有楽町あたりから大都会の顔が新参者を威圧するかのように隆を見下ろしていた。（ここでも自分はやって行けるだろうか……）隆は大学が決まった4年前に大阪駅に降り立ったときのことを思った。だが今は自分の中にあのときとは格段に違う何かを感じて身震いした。もはや東京駅を見ても臆することはなかった。丸の内の駅舎の様式美を楽しむ余裕さえ感じた。

　特殊電子機器を次々に世に送り出している栄信電子工業で、隆はエレクトロニクスの基礎を叩き込まれた。厳しい上司だった。民生・軍用通信機、魚群探知機やレーダーなどの船舶機器の製造部門で働き、整備技術も学んだ。その頃からカルタヘーナへの早道は外国航路の船に乗ることだと心に決めていた。そのため船舶通信士の資格も取っていた。大阪梅田の旭屋書店や東京の丸善でスペインの地図を探したが、マドリッドやバルセロナといった大都市だけで、カルタヘーナの詳細な地図は見つか

らなかった。そして気がつくとときはすでに7年が経過していた。『何をしているのだ隆』親爺とフリオの声が聞こえる。一路スペインへ、そしてカルタヘーナでフリオに会わなければ。どうやらフリオの息子の名前もフリオらしい。スペインでは同名の親子は少しも珍しくないという。

　隆は外航船に乗る機会をずっと窺っていた。やっとそのときがやって来た。1972年のことだった。かつては南米移住で活躍した"あるぜんちな丸"が装いも新たに本格クルーズ専用船"やまと丸"（初代）に生まれ変わり、クルーを募集していたのだった。通信長をサポートする二等通信士だ。電子機器のメンテナンスもできるという売り込みが功を奏してうまく内定にこぎ着けた。この船は日本初の世界一周クルーズ航海を謳っていた。だがスペインのどこの港にも寄らない。翌年の出港までに時間があるので、実地訓練を兼ねて中国系の船会社がリースしているパナマ船籍の貨物船に通信士として乗ってみないかという誘いを受けることにした。サルベージ船の船長をしている隆の叔父（母方）の紹介だった。元より望むところだ。なによりもスペインに寄れるのだ。

(2) カルタヘーナ（スペイン）へ　1972年

『自分の無知を知らないのは、無知よりさらに劣る』
　　　　　　　　　　　──聖ヒエロニムス　紀元400年

いよいよチャンス到来だった。行きの寄港地は東京港―香港―シンガポール―ジェッダ―スエズ運河―ポートサイド―バレンシア―バルセロナ―ジェノヴァだった。建機、鋼材、雑貨、バルク貨物などを満載している。長い船旅だった。船中では来るべきときに備えて極力スペイン語の独習に充てた。スペイン語学習の定番『スペイン語四週間』の裏表紙にはスペインの地図が載っている。南部の海岸にCartagenaの地名がはっきりと刻まれている。もう一つは『南極越冬記』だ。第一次越冬隊長の西堀栄三郎博士の昭和基地の苦闘記を隆は高校時代から愛読している。はじめての南極越冬、不十分な観測資機材、限られた部品で測定器を製作する創意工夫の模様、故障に悩まされる無線機や発電機、火災の発生、極限状態でのスペシャリスト隊員たちのサバイバルの姿に自分を重ね、いつか自分もと思ったものだった。

　途中の寄港地ではスエズ運河が圧巻だった。だが隆にはとても気持ちの余裕がなく、復路でもう一度ここを通るときにじっくりと観察することにした。船はようやくバレンシアに寄港した。勝呂は停泊中下船し、列車で南へおよそ200キロのアリカンテへ。そこからさらに南へ、今度はフェリーで一路カルタヘーナを目指した。船長にはスペイン語の実地勉強だと言って下船した。出港までわずか5日の猶予しかなかった。定期貨物船の航海士は港に停泊中、貨物の揚げ積みなど荷役の監督の仕事で

忙しいのだが、通信士には休息のひとときだ。

　コスタ・ブランカの海岸の潮風はいままでの風とは違って心地よく、待ちに待ったカルタヘーナはきっと隆を上手にもてなしてくれると思いきや……。フェリーを降りた隆は観光案内所でフリオの住所を確かめる。分からないと言う。役所だ。市役所の所在を聞いてタクシーで駆けつける。答えは無残にも「このカルタヘーナ市にも、ムルシア州にも、該当する住所はありません」と両の手のひらをもち上げ振る仕草。それでも懸命に食い下がる隆。「この写真のバックの塔に見覚えは……」「う～ん。カルタヘーナにもバウアルテ（要塞）はあるにはあるが、こんなガリータじゃあないね」「なんだったら行ってみるかい？　地図をあげるよ」役所前の広場でガックリ肩を落とす勝呂。さっきの歓迎の潮風はいったい何だったのだ。フリオの家族に面会し（はるばる来たぜカルタヘーナ）と喜べる瞬間を何年も夢見て来たというのに。俺は海路をひと月もかけてやってきたというのに……。（どうしょう親爺。フリオはいったいどこにいるのか教えてくれよ）ため息をつく隆。（役所の窓口では確か〈ガリータ〉と言っていたよな。そうかスペイン語で見張り塔をそう呼ぶのか。要塞の監視塔なんだ！）スペインの大地を踏んだ隆のスペイン語は水を得た魚のように格段と上達していた。人間追い詰められるとこうなるのか。

　気を取り直して教えられた要塞に向かう。セントロか

ら東へおよそ 10 キロのカーボ・ティニョソ岬にある要塞バテリア・デ・カスティジートスだった。目指すガリータはまったく似ても似つかない代物だった。

| ΘE-wink ⑮ | HP ビジュアル・ガイドへ |

●バレンシア、アリカンテそしてカルタヘーナへ

　この要塞のガイドが教えてくれた。近くのアリカンテにも要塞があるが、あそこのガリータはこの写真に似てなくもないがと……。
「アリカンテだって？　なんだ帰りに寄れるぞ」ここに来る途中、フェリーに乗った港町だ。
　岬からカルタヘーナに戻りフェリー待ちをしていると、ここでは珍しい日本人に次々に声を掛けてくる。ナランハ（バレンシア・オレンジ）のジュースをくれる人も。嬉しかった。
「何をそんなにしょげているの？　あなたは日本人？　トード・ビエン（大丈夫）？　心配だから声を掛けてみたの……」「尋ね人で日本からここまで来たのに。カルタヘーナできっと見つかると思っていたのに。ダメだった……」「カルタヘーナでだって？　見せてごらん」フリオのパスポートと船員手帳を見せる。するとなんと彼女はフリオの住所を一目で見破ったのだった。「ああ、これはスペインの住所ではないわ。それにあなたは今"カルタヘーナで"と言ったわね。コロンビアにカルタ

ヘーナ・デ・インディアスという港町があるのよ。きっとそこのことだと思うわ。カリブ海に面した大要塞があるところだわ」フリオの家族の写真も見せる。

「ほらバックに要塞のガリータが見えるでしょ」「スペインにもこの手の要塞が方々に残っていますが」

そうか（で）というのは、英語の（of）のことか、（インディアスのカルタヘーナ）フリオは死に際にデ・インディアスと言いたかったのだ……。

「やったぞ。これだ。ついに突き止めたぞ」疑問解消と喜んだものの、はっと我に返る。（するとあのパスポートや船員手帳は偽物なのか？ フリオはコロンビア人なのにスペイン人に成り済ましていたということか……。いったいなんのために。国籍を偽るのにいったいどんな理由があるというのか？ それにしてもなぜ門司港だったのか？ そして隆の父親との関わりは……）自問自答する。疑念は募るばかりだった。「でもこれで決まったぞ。目指すはコロンビアだ。いよいよ万事解決だ！」

とは思ったものの、現実はそう甘くなく、結局隆がコロンビアのカルタヘーナ・デ・インディアスに行き着くまでには、それからまた22年の歳月を要することになる。

貨物船が停泊しているバレンシアへ急ぎ戻る途中、教えられたアリカンテの要塞に念のために寄ってみたが、やはりフリオの写真の監視塔／ガリータではなかった。だがそのとき、隆には要塞の造りにはどうも共通の様式

3　勝呂の来歴

みたいな何かがあるような気がしてならなかった。ともかく早く船に戻らなくては……。

　なんとか出港に間に合った勝呂は、バレンシアからバルセロナそして最終寄港地のジェノヴァへ。ジェノヴァはイタリアの北西部のリグリア海に面した良港で、このあたりはフランス側のコート・ダジュールも含め、通称リヴィエラと呼ばれる。ここで隆は"Frente al mar"（海に向かって）を思いっきり声を張り上げて歌った。兄が持っているタンゴのレコードの中でも大好きな歌だ。"冬のリヴィエラ"が日本で大ヒットする10年も前であった。このどちらを聴いてもあのときの隆の気持ちと重なり、今でもリヴィエラ海岸に誘いだしてくれる。船はジェノヴァから折り返して日本に向かった。復路は寄港先が来たときより少なく、はやる隆の気持を幾分なだめるのに役立ったようだ。

　門司港で生まれ育った隆には、このときの船旅、と言っても通信士の仕事だったのだが、寄港する港みなとがカルチャー・ショックの連続だった。1963年に北九州の5市合併を祝って詠われた"北九州音頭"は当時の社会状況をうまく映し出している。高度成長から安定成長の勢いに乗って百万都市を実現したのだった。『港繁昌の朝が来る　どんと積み出せ七つの海に　晴れて船出のドラが鳴る♪』関門海峡から世界各地へ繰り出す船出のシーンを隆はよく波止場や和布刈（めかり）の山から見下ろし、自分もいつかはと胸を躍らせたものだった。日本から船出

の、この頃の7つの海とは、おそらく太平洋、大西洋、インド洋、南シナ海、ペルシア湾、紅海、地中海だったろうか。岸壁でハゼ釣りに興じ、レンガ造りの穀物倉庫のあの豊穣な匂いが少年時代の郷愁となって蘇る。叔父（母方）でサルベージ船の船長が酔っ払うと必ず出てくる港の浚渫(しゅんせつ)や座礁・海難救助、沈没船の引き揚げ作業の話に胸を躍らせた。

　航海の圧巻は何と言ってもスエズ運河の航行だった。1869年に開通した紅海と地中海を結ぶ運河。この二つの海面に水位の差がないので簡単に通過できると思いきや、全長164kmを何と14時間も要してしまったのだった。他の船と1マイルの間隔を開けながら時速15km位でコンボイ（隊列）を組んで進む。どちらかが時間差で一方通行になるのでバッラ・バイパスや4ヶ所にある湖ですれ違わなければならないのだ。

　カリブ海と太平洋には段差があるので『ロック』と呼ばれる閘門式でアップ・ダウンしながら通行するパナマ運河とは様子が違う。実は隆が体験した1972年のこのとき、第三次中東戦争の余波でアラブとイスラエルの消耗戦が依然続いており、度重なるスエズ運河の閉鎖の合間をぬっての航行だったようだ。そう言えば親父はよくスエズやパナマ運河の本を見せてくれたものだった。ジブラルタル海峡を一撃で切り開いたヘラクレスとは違って、技術的にも政治的にも財政的にも多くの問題を乗り越えながら、正に土木工学の粋を結集した大事業だった

と。そして世界貿易に物凄い効果をもたらしたのだと……。『親父はきっとこの場所に立ちたかったのだろうな……』そう言って拳を握る隆。こうして父親に代わってスエズ航行を体現できた隆は叫ぶのであった。『人間ってすごいな。親父の言う通りだったよ！』

(3) アルゼンチンへ　1973〜85年

『人生は意図せずに始められてしまった実験旅行である』
　　──フェルナンド・ペソア　ポルトガル詩人（1888-1935年）

　外航貨物船で経験を積みヨーロッパから戻った隆は、翌年クルーズ専用船"やまと丸"の二等通信士として採用された。この船は日本初の世界一周クルーズ航海を謳っていた。だがその頃の日本はまだクルーズ客船の人気は上がらず、船客も外国人をほとんど呼び込めず、多くは南米移住者で占められ、このときは結局南米航路だけのクルーズに終わったようだ。ハワイ―サンフランシスコ―パナマ―ベレン―リオ・デ・ジャネイロ―サントス―サン・パウロ―ブエノス・アイレスが寄港地だった。

　外国航路の客船に乗務するにあたって、船会社は新規採用のスタッフに研修コースを用意していた。隆は通信士にもかかわらず、パーサーを対象とした接客の心得を叩きこむ特別コースにもぶち込まれた。荒くれ男たちの貨物船から一転して今度はクルーズ船に乗り込むのだか

ら無理もない。パーサーの仕事はホテルのようにレセプションだけでなく、クラークやキャッシャーなどバックオフィスの業務を担う。船内コンシェルジュのようなものだ。動くリゾートホテルといってよい。そのコースにアシスタント・パーサーとして採用された佳江がいた。後に隆の妻になる人だ。クルーズ勤務は初めてだったがホテルの仕事には慣れているようだった。いかにも育ちのよい芯のある優しさを漂わせている。さすがに隆はハウス・キーピング部門のトレーニングまではさせられなかった。

　南米航路ということでスペイン語集中講座も行われた。隆はそのときすでに日常会話に支障のない中級程度までのレベルに達していた。教師はペルー出身のメディーナさんだった。彼女は日本に来て7年目だという。少しインディオの血が入った小麦色の肌をしている。とてもほがらかなセニョリータだ。「南米の人たちがみんなこんなだといいな」と隆はそのとき感じたことを思い出す。ある日メディーナ先生が課題を出した。
「これは日本の有名な民謡よ。この歌詞をスペイン語に訳しなさい。きっと習ったばかりの過去分詞の使い方や日本語とスペイン語の絡み合いの面白さを味わえると思うわ」そう言って二人ひと組みのグループ分けをした。席は離れていたのに先生はなぜか隆と佳江を組ませた。それは『炭坑節』が課題だった。北九州だから隆の地元の民謡だ。

『月が出た出た　月が〜出た　あ〜よいよい　三池炭鉱の上に出た

　あんま〜り煙突が高いので　さ〜ぞ〜やお月さんも煙た〜あかろ　さのよいよい♪』

　まず題名は直訳でよい。(Canción de mina) とした。原文ののまま直訳して主語を頭に持ってくると流れない。どうしよう。試行錯誤の二人には楽しい時間だった。「良いはビエンだから、(あ〜よいよい)はそのまま(アー・ビエン・ビエン)でしょ」「そうすると、(さのよい)は(サノ・ビエン・ビエン)サノは健康という意味だからぴったりね。健康良い、良い。うまいなあ。面白い、ぴったりの訳だわ」この部分はとてもうまくいった。メディーナ先生に細かい添削を受けて完成したのがこれだ。教室のみんなで唱和した。

『Ha salido ya la luna　ha salido ya　ha〜bien bien sobre Miike mina dejar〜on

　La chimenea es muy muy a〜lta　parece que la cara luna　se ahu〜mara　sano bien bien♪』

　(隆はこのスペイン語訳を今でもきちんと歌えるほど気に入っているらしいので、ここに敢えて掲げることにした。スペイン語圏の人にも知ってほしいからだ)

　メディーナ先生のおかげと言うべきか、この宿題のおかげで二人は自然と親しくなっていった。佳江は箱根湯本の割烹旅館［佳庭］の一人娘だった。『感じのいい人だなあ……』これが第一印象だった。人当たりや所作の

上品さは老舗旅館の女将である母親譲りなのだろうか。母親が女将として切りまわしているという。それがどうして船に乗ることになったのだろうか。だがわけありの様子は微塵も見せない。隆は努めて触れないようにした。やがて出港の日が近づくにつれて、連れ立って買い物に出かけるようになった。

＊　　＊　　＊

お約束のドラが鳴りテープが舞う出港のシーンはよく人生のスタートあるいは別れに譬えられるものだ。港生まれで昨年貨物船とはいえ欧州航路を終えたばかりの隆にはそれほど感慨はなかったのだが、佳江にはどこか特別なものがあるようだった。

船舶の通信士はこう見えても結構忙しい。無線通信は，船舶の効率的で安全な運航を図るために、日本国内の例えば銚子無線局のような陸上局や外国の海岸局、他の船舶との通信を行っている。常時海運事業者と連絡を取り合って運航管理を行っているのだ。さらに旅客や乗組員とその家族との間の電報や公衆通信のほかに，船内新聞の発行のサポートをする。ニュース・ソースは主にＮＨＫ短波放送から書き起こすのだ。勝呂通信士は新聞発行までは聞いていなかったのだが、気が付けば佳江アシスタント・パーサーとの共同作業になっていた。彼女は生け花の会も開いていて、寄港地の珍しい生花も取り入れた和洋のフラワー・アレンジメントが好評だった。

ハワイの輝く陽光にダイアモンド・ヘッドが誇らしげ

だ。この年からドルのレートが1ドル360円から308円に切り上げ。変動相場制が開始されたのだ。今では嘘のようだが日本からの観光客は皆無と言ってよい。そして初めて見る米国本土、眩しい限りのサンフランシスコ。ロングビーチには3本煙突が自慢のクイーン・メリー号が係留されている。このときすでに現役を退いている。やがて映画の殿堂ロサンゼルスへ、ハリウッドには行けず。ちょっと不気味な夜の黒人街。その頃のロスはまだスペイン語は通じない。その後パナマでは閘門式の運河のカラクリに驚嘆する。「親爺！　人間の凄さをここでも見たよ。土木技術の粋を集めて完成させたんだ……」勝呂は辺り構わず（わー）と声を張り上げた。感極まったときのいつもの癖だ。パナマ地峡は海抜の違いがあり、いくつもの水門の開け閉めで船を上下させながらゆっくり進む。スエズの運河とは構造がまったく違うのだ。『でも世界貿易が拡大したらどうしよう。パナマもスエズもこれでは超大型船が通れないよね……』隆はふとそんなことを思った。熱帯地方特有のまつわり付くような湿気に閉口する。

　ついにスペイン語圏に入った。パナマの夜は怖かった。「オオ、テンゴ・ミエド（おお怖っ）！」コロンの街から船に戻るとき、乗客のアルゼンチン女性が発っした言

葉だ。(なるほど、こんなふうに使うのか……)隆が初めて怖さをスペイン語で実体験できた瞬間だった。もうすぐ赤道を通過する。赤道祭りの準備に忙しい。クルーが最も張りきるイベントなのだ。佳江は茶道のお手前を披露した。隆は黒田節を舞った。こんなときのためにドーナツ盤を持参していた。赤道で起こる不思議な現象体験が大受けした。コロンブス（コロン）の卵ならぬ、卵が簡単に立つとか、洗面台の水の流れは渦を巻かないとか、北半球では右周りで南半球で逆周りとか。実際には移動している船上ではことごとくダメだったのだが、赤道付近では何かが違う気配に心を奪われる。この祭りが終わるともうそこはアマゾンの河口に到達する、ベレンの港がもうすぐだ。デッキに佇む隆の帽子を一陣の風がサッとさらっていった。通信士の制帽が飛ばされるくらいだから相当強い風だった。慌てて川面に遠ざかってゆく帽子を目で追いながら諦めかけていたそのときだった。川面が濁っている。ほんの少し前まで大西洋の澄み切った海を航行していたのがすごく黄土色に染まっている。今度はフアーと微風が隆の頬を撫ぜた。(あっそうか、これは淡水だ。アマゾンの水が海に流れ込んでいるのか)隆はこのときの直感を大事にしようと思った。この心地よい不思議な微風の感触を忘れたくなかったからだ。そしてそれは今でもなぜかときおり蘇る。なにか特別な力が隆をこの場所に導き、この瞬間何かと繋がったような気がしてならなかった。それは運命的な出会いに

似ていた。ずっと後になってこの場所での不思議な瞬間の出来事が隆に特別な意味を持つことになる。ここから河をさかのぼればマナウスの港があり、未開の土地アマゾン内陸に分け入ることができる。黄濁した川面はますます広がって行く。隆の帽子はとっくに視界から消えていた。上司の航海士に制帽の紛失届けをした。「今度からデッキに出るときは顎掛けをすることだ」と注意を受ける。黄濁した海のことを尋ねると、

「おう、君も気が付いたか。昔コロンブス（コロン）の大航海で船長だったピンソン兄弟の一人が、ちょうどこの船と同じように、大西洋を大陸ぞいに航海中ここに到達したんだ。そのとき淡水の流れに遭遇してそれが大河の流れであることに気付いたという。そしてこの河を『リオ・サンタ・マリア・デル・マル・ドゥルセ』と命名し、淡水の河口あたりを『甘い海（マル・ドゥルセ）』と名付けたんだ。丁度君の帽子が飛ばされた辺りかも知れないな。スペイン語のドゥルセとは（スイート）を意味するんだよね。その航海士の名をビセンテ・ジャニェス・ピンソンという。彼は後の1505年にはプエルト・リコの知事に任命されてもいる。もう500年も前のことだ」

さすがにベテランのパーサーだけのことはある。彼はさらに南米の謎の一つを解き明かしてくれた。南米の中でなぜブラジルだけがポルトガル語圏なのかということだった。

「それはね。1494年頃、海洋覇権争いをしていたスペインとポルトガルが勝手に線引きして決めたことなんだ。トルデシーリャス条約というのを聞いたことがあるかい勝呂君。南米大陸で言えば、ちょうど今のブラジルが入る東側をポルトガルの領土とし、西側全てをスペインが領有すると決めたんだ。その結果ポルトガルは南米大陸に関してはブラジルだけが自分の領土にできたというわけなんだ」「なるほどそうですか。だからブラジルだけがポルトガル語なんですね」隆は大きくうなずいた。

　さてそのリオ・デ・ジャネイロでは、キリスト像が見下ろすコルコバードの丘から目の覚めるような景観が胸を打つ。素晴らしい眺望、静寂、安寧。強烈なショックを受ける。誰しもを深い感動へいざなうその眺めは、きっとすべての人々が分かち合え、理解し合える瞬間や場面がまだ人間には残されていることを教えてくれる。だがこの美しさと隣り合わせにファヴェーラという貧民窟が共存していることも忘れてはならないのであった。

　パン・ジ・アスーカル（Pão de Açúcar）の奇岩はなぜこれを（砂糖パン）と呼ぶのか。隆はこんな形のパンをいまだに見たことがない。だが、ずっと後になって納得の場面に遭遇することになる。コルコバードの丘を下りながら、隆はこの街の方々でなにか甘酸っぱいアルコールの匂いが漂っていることに気付いた。ここではタクシーの多くがフォルクス・ワーゲンだ。運転手曰く、「ガソリンにサトウキビで造ったエタノールを混ぜてい

るのさ。適当に混ぜ合わせているけど、結構いい走りをするよ」ブラジルでは今で言うバイオ・エタノールのフレックス混合車がこんな昔から走っていたのだ。70年代になってオイルショックの影響と国のプロアルコール政策でエタノール車は急速に普及する。タクシーの車内は隆にはお酒の匂いで心地よかった。

　サントスはブラジル最大の港で、ここから北米やヨーロッパへコーヒーをどんと積み出している。ここでは一転してブラジル・コーヒーのアロマが漂っていた。サン・パウロではガルボン・ブエノ街で邦人移住者の苦労の一端を知る。そしていよいよ終着港ブエノス・アイレスへ。この頃、隆と佳江は結婚を決意し、ブエノスで船を降りることにした。復路の契約を破棄したのだ。パーサー同士の結婚に通信長やパーサー長からはこっぴどく叱られたが、内実は日本までの復路の乗客はほとんどいなく採算割れが確実だという事情もあって何とか認められたのだった。下船後の身元保証など会社は責任を負わないことが条件だった。同じ船で知り合った乗客の中に、ブエノス在住の人の後押しがあったことも大きかった。

Θ E-wink ⑯	HPビジュアル・ガイドへ

●トルデシーリャス条約
●リオからブエノス・アイレスへ

　アルゼンチンでは隆の特技である船舶通信機のメンテ

ナンス技術が物を言った。ブエノス・アイレス港を出入りする船舶の仕事が口コミで広がった。隆が勤めていた栄信電子工業の通信機がかなり普及していたことも幸いした。国防軍の通信設備のメンテナンス要員の指導も依頼されるようになる。そしてブエノス・アイレス港埠頭近くに事務所を開く。時は軍事政権下でアルゼンチンの経済は完全に行き詰まり、年間1,000％のハイパー・インフレ、つまり物価はなんと1年で10倍に跳ね上がる状況に陥って行った。そんな中で、突然マルビーナス諸島の領有権を巡って英国との間でフォークランド紛争が勃発する。1982年のことだ。アルゼンチン本国からマルビーナス諸島への補給船や輸送船の通信機整備の仕事が急遽舞い込む。不眠不休の傍ら隆は、日頃から通信機器のパーツなどを輸入している秋葉原の南洋通信機や海外の貿易商社を通して"暗視ゴーグル"の買い付けを急いだ。前線では夜陰に乗じて暗視ゴーグルを装備した英国の特殊部隊SASの投入が予測されたからだ。中古、新品にかかわらず世界中の在庫品を集めるように手配したが叶わなかった。わずか50個がブエノスに届いた頃は、時すでに遅く、サウス・ジョージア島の戦局はほぼ英国に掌握されていた。、英国はポーツマスから遠路8,000海里、大艦隊を派遣したのである。

　紛争は3ヶ月で終わり、軍事政権から民政に移行したが、失意のアルゼンチンに更なるハイパー・インフレが襲いかかった。そんなときに佳江の母親が倒れた。す

ぐに帰国せよという連絡を受ける。旅館の女将の仕事はもう無理だという。佳江は娘の美亜を連れて急遽帰国した。結局一人娘の佳江は割烹旅館［佳庭］を継がざるを得ないことになるのだった。隆はブエノスの仕事場をこれまで育ててきた後進にすべて譲って帰国した。1985年になっていた。

ΘE-wink ⑰	HPビジュアル・ガイドへ

●80年代のブエノス・アイレス

(4) 日本へ　1985～90年

『豊かな水と緑に満ちた山並み連なる美しい国、日本』
　　　　　　──ドナルド・キーン（鬼怒鳴門）（1922～）

　久しぶりに日本に帰国した勝呂隆を待っていたのはカルチャー・ショックの洗礼と予想以上の技術革新の波だった。時代は確実に変わっていた。船の通信設備一つ取ってみても技術は格段に進歩し、モールスによる無線電信や従来の無線電話などのアナログ時代の短波通信から，海事衛星通信（インマルサット）を中心としたデジタル時代へと激変していた。日本に戻った勝呂に果たして潰しが利くのか。現にそのあと船舶には通信士が不要になり、その代わりに航海士が資格を取れば通信士としても兼務できるように国際条約が改正（1997年）され、

1999年にはなんとモールス信号まで廃止されるに至る。さすがに大型の外航船や豪華客船だけは通信長または専任の通信士1名を必ず配乗することが義務付けられているのだが……。

　就職活動は思い通りにはいかなかった。苦戦を強いられた。慣れない面接トーク。この分ならセールス・トークもままならないので営業の仕事はまず無理だろう。通信士の仕事も望み薄。それに何よりも長いブランクで日本の習慣にもついてゆけそうにない。「マーク・シートなんか知るもんか。設問が滅茶苦茶多過ぎる。就職試験で昔はこんなものなかったぞ……」勝呂の嘆息の毎日が続いた。次第に焦りが出てきた。

「長いブランクでもう俺は日本社会に受け入れられないのか」とも思う。街を歩いていても誰も目を合わせてくれない。「なぜ皆俺を避けるのか」もし相手が男だったら（顔付けたな）となるからか。それが特に相手が女性の場合は一人として顔を合せない。「俺がジロジロ見るからなのか？」確かにブエノス・アイレスではそうするのが当たり前だった。あちらではタイプの女性だったら声まで掛けるのが礼儀というものだ。この嬉しい習慣を『ピロポ』という。日本でこれをやると、引っぱたかれるかストーカー扱いされるのがオチらしい。開き直った勝呂は、今の日本を知り社会に順応するのには面接の場が一番とばかりに、ほとんど駄目元で手当たり次第、会社訪問に精を出した。そのおかげでだいぶ日本の感覚を

3　勝呂の来歴

取り戻しつつあったが、いつまでもこうはしておれない。年齢も40に届く。

　結局、かつて世話になった五反田の栄信電子工業を訪ねた。当時の上司芹沢は昇進して今は海外事業部の部長になっていた。元の場所にすごい自社ビルが建っていた。
「おお、勝呂君じゃないか。すっかりラテン・アメリカ人になったのう。うちの関連会社で秋葉原の南洋通信機の秋山君からよく君の事を聞いていたよ。ブエノス・アイレスでは通信機器の技術が役立ったんだってなあ」恰幅のよい体躯は変わっていない。「そうなんです。芹沢さんに鍛えられたおかげです」

　会社内で恩師というのも変だが、それほど新卒の勝呂を叩き上げてくれたのだった。例えば芹沢の指導はこうだ。

「勝呂、電子機器につきものの（サーマル・ランナウエイ）現象というのをいつも頭に入れておくのだ」電子機器がコンパクトになればなるほど、内部は熱との戦いになる。何かの原因でパワー・トランジスタなどの部品の温度が上がり始めるとそれが引き金になって発熱が止まらなくなってしまう。これが熱暴走だ。パソコンのファンが時々作動するのは内部の熱を強制的に逃がしてやっているのだ。発熱し易い部品には必ずヒート・シンクという放熱板を取り付ける。

「熱を持ちやすい部品の放熱が設計の肝だ。故障の原因の多くは正にこの部分だからだ」ことあるごとにそう言

っては日本手ぬぐいを手にするのが常だった。汗っかきの芹沢が言うのだから説得力があった。

　勝呂がそれに続けた。「そしてもう一つ、トラブル・シューティングの肝は、故障症状をよく見極め、常に故障が起きたときの状況を知ること。そのとき何があったのか故障の時点に立ち返ろ。そして臭いを嗅ぐことでしたね」「その通りだ勝呂、わはははっ！　どうだ役に立っているだろう」勝呂はこの教えをしっかりと守ってきたと自負している。

　勝呂にとって幸運だったのは、海外事業部では中南米の販路を広げようにもスペイン語がこなせるエンジニアがいなくて困っているところだった。部長は渡りに船とばかりに飛びついた。勝呂はこんなことなら早くここに来ればと一瞬思った。遠回りだったがこれも社会復帰には避けて通れない儀式だったと思えばいいかと、ひと先ず安堵する勝呂だった。

　栄信電子工業は通信機の製造からスタートした会社だったが、船舶用機器では漁労機器と呼ばれる魚群探知機やソナー、潮流計、航海機器ではレーダーやサテライト・コンパス、気象ファクシミリ、そして更に最近では先行してエクディス（ECDIS電子海図情報表示システム）の開発を進めており、関連子会社では高度医療機器や多数の監視カメラを統合する広域監視システムにまで分野を広げていた。これは今後大型客船内の監視システムの大量受注を見込んでのことだ。本社での事業把握を

終えて、翌週には埼玉工場での通信器の技術研修に入った。横浜工場では船舶機器の実地研修で久しぶりに大型船に乗り込んだ。勝呂は中南米の代理店の技術力強化の現地トレーナーとして技術を教え込むだけではなく、場合によっては中南米に寄港する船舶に搭載している栄信電子の機器のメンテナンスも受け持つことになりそうだった。なんのことはない。勝呂がブエノス・アイレスでやっていたことの延長ではないか。(船舶の機材がメインだから、そうなると俺の勤務地は当然港湾都市だな……。これは楽しみになってきたぞ)勝呂は早くも思いを巡らす。(カリブ海が呼んでいる……)

　だがカリブの仕事はすぐにはまわってこなかった。ベトナムとフィリピンが主な出張先だった。その頃の日本は70年代に続き80年代も海運大不況に見舞われていた。新船の竣工量が大幅に減っており、船舶機材の需要ももろに煽りを食って、栄信電子の販売量も低下していた。景気回復には80年代後半まで待たなければならなかった。

　あれは88年のフィリピンでのことだった。休日のある日、マニラ代理店のエンジニア、ノエル・メンドーサがサンティアゴ要塞のあるイントラムーロ（城塞都市）に行ってみませんかと誘ってくれた。

　勝呂はそのとき（聖ヤコブ）を意味するサンティアゴの名前とイントラムーロ（壁の中）というスペイン語に引かれて行くことにした。そのマニラの要塞での出来事

だった。一基だけ残っている要塞の監視塔を見た勝呂に衝撃が走った。あのフリオの家族写真の背後の小塔にそっくりではないか。しかも水辺に立っている。忘れかけていた父親の〈厳命〉が蘇ってきた。ここにもスペインの過去の威光が残されていたのか……。勝呂は辺り構わず〈わー〉と叫んだ。ノエルはもうその声には慣れていて驚かなかった。

　1521年マゼランが統率するスペイン船団がこの地方に到達して以降、スペインはたびたび船団を送り込んだ。1543年になってルイ・ロペス・デ・ビリャロボス率いる船団がサマール島とレイテ島に到着するや、この島々にフェリーペ皇太子（後のフェリーペⅡ世で即位したのは1556年）に因んで『ラス・イスラス・フェリピーナス（Las Islas Felipinas、フェリピーナス諸島）』と命名した。これがフィリピン共和国の国名の由来となった。そして1565年頃からガレオン船によるマニラとアカプルコ（ヌエバ・エスパーニャ、現メキシコ）の航路が開かれる。通称マニラ・ガレオン貿易と呼ばれた。アカプルコからメキシコの内陸を通ってカリブ海に面したベラクルスの港に抜け、そこからまた海路でスペインに渡れることになったのだ。これによってマニラとスペインが繋がったのだ。そして1618年に慶長遣欧使節団の支倉常長一行が帰路ここに1年半滞在しているとノエル・メンドーサはエンジニアらしく手短にそう教えてくれた。

3　勝呂の来歴

| Θ E-wink ⑱ | HP ビジュアル・ガイドへ |

● サンチャゴ要塞（イントラムーロ）
● マニラ・ガレオン貿易

「まったく勉強不足だったなあ。なるほどね。これで納得だよ。ノエル、君もそうだがフィリピンの人たちの名前にスペイン系が多いわけが」「そうなんですよ。それにフィリピンの公用語のタガログ語にはスペイン語がたくさん交じっているのです。でも私たちの年代ではもうスペイン語は喋れませんがね」

　サンチャゴ要塞の監視塔（ガリータ）に思いがけなく出会えた勝呂は狂喜した。なんという巡り合わせだろうか。スペインはここにもイントラムロスと呼ばれる城塞都市を建設していたのだ。1573年頃からスペインは全植民地に標準都市計画勅令を発布している。

（それにしてもこの監視塔がどうしてこんなにもフリオの写真に似てるんだ？）そう思った勝呂は、ノエルが語ったマニラ・ガレオン貿易のことと支倉使節団のことを詳しく調べることにした。これらがきっとフリオの監視塔と密接に繋がっているに違いないと直感したのであった。16世紀当時、遣欧使節団の支倉一行がその過酷な任務を負って、苦難の旅から帰国するまでに7年も要したことを知った。そしてその旅の先々で支倉は堅固な要塞群に遭遇し、驚嘆したのだった。ここサンティアゴ（フィリピン）の要塞は元より、サン・ファン・デ・ウ

ルア（メキシコ）の要塞、ハバナ（キューバ）の要塞、もしかしてカディス（スペイン）の要塞も目撃したかもしれない。支倉はそれらのすべてがスペインの野望のもと、軍事目的で造られたことを知ることになったはずだ。
　だからその造りがみんな似ているのではないかと勝呂は直感したのであった。
（やはり『フリオの監視塔』が自分を導いてくれているに違いない。少しずつフリオの真相に近づいているぞ。いやきっと辿りつけるはずだ。そうだ港を辿って行けばいいのだ。僕が船の仕事に就けたのもそのためなのだ。すべての港は海で繋がっているのだから……。そのためには一刻も早くコロンビアのカルタヘーナに行かなければ……）と自分に言い聞かせるのだった。
　メンドーサ技師は後に日本に渡り勝呂のアシスタントとして活躍するも、日本の入国管理の厚い壁が立ちはだかることになるとはこのとき知る由もなかった。

4 遥かなるカルタヘーナ・デ・インディアス（コロンビア）1990年

『運命のなかに偶然はない。人間はある運命に出会う以前に、自分がそれを作っているのだ』
　　　　　　　　――第28代米大統領　ウッドロウ・ウィルソン

（1）東京

　1990年になって中米・カリブの仕事がやっと勝呂に巡って来た。栄信電子工業に再就職してから5年の歳月を要したことになる。芹沢部長に突然（カルタヘーナ）へ行けと言われた勝呂は耳を疑った。
「えっ！　カルタヘーナ、嘘でしょう！　コロンビアですか、それともスペインですか？」部長は怪訝な顔をする。「なに！　二つあるのかカルタヘーナは」勝呂は急かせる。「コロンビアですよね。カリブ海に面した……」「そうだ」いつもなら辺り構わず（やったぞ！）と叫ぶところだったが、ぐっと我慢する勝呂。ここは日本だ。
「そのあとはボゴタで1年位の短期駐在が濃厚だ」カルタヘーナではカリブ海に就航している豪華クルーズ船の定期検査が近づいていた。この頃すでに7万トンクラスの通称ファンタジー級といわれる客船が増えつつあったのだ。一方ボゴタでは監視カメラ・モニター・シス

テムと警察無線の近代化の国際入札を日本の商社と組んで勝ち取りに行くことになっている。
「丸菱物産の支店長が言っていたぞ。『コロンビアは愛が命取りになる街』だって。いいなあ。何かあったらすぐ飛んで行くからな。連絡は密にするんだぞ」「はいはい。分かってますよ部長。でもボゴタは冨士の７合目位の酸素だから部長には無理でしょう。残念でした」慌てて深呼吸をする部長。

　その頃栄信電子工業では着々と新製品開発に取り組んでいた。本業の船舶関連機器では近々大型船舶に搭載が義務化されるECDIS（電子海図情報表示システム）操舵室ブリッジ・システムの開発は終わり量産体制に入る。これは画面上に電子海図、AIS、IMOレーダー等の情報をはじめ、船位、方位、船速などの航海情報を表示し、航路計画、航行監視およびアラート・マネジメントを操舵ブリッジですべて行えるように操船者を総合的に支援する優れものだ。無線通信器の分野でも業界シェア上位を誇っていたが、米国モトローラ社には遅れを取っていた。監視カメラ・モニター・システムでは従来の船舶、ビル、空港、駅、ホテルなど屋内の監視システムから屋外広域統合監視、さらには顔認識・識別ソフト、Nシステム（自動車ナンバー自動読取装置）に広がり、海外での納入実績は右肩上がりになっている。日本のCCDカメラの性能と画像処理技術が格段に進歩しているのだ。

(2) ボゴタ

　コロンビアの初仕事はカルタヘーナだ。成田からANAの直行便でマイアミへ。カルタヘーナへは次の日の午後の直行便があるのだが、その前にボゴタの丸菱物産に商品見本と書類を届けなければならない。アビアンカ航空はKLMオランダ航空に次いで現存する世界で2番目に古い航空会社だという。ボゴタへはそのアビアンカ航空の早朝便なのでマイアミでは空港ホテルを取った。初めてのマイアミだ。フロリダ半島、マイアミ・ビーチ、コーラルゲーブルズ、そしてキー・ウェスト。みんな耳に心地よい響きだ。観光・港湾都市でもある。だが今回はすべておあずけだ。翌朝一路コロンビアのボゴタへ向かった。コロンビアをまだ知らない勝呂だったが、コロンビアのフラッグ・キャリアー（一国を代表する航空会社）であるアビアンカ航空の機内は乗った途端にもうこれがコロンビアかと思った。久しぶりに祖国に帰る人たちなのか皆が陽気だ。しかも美女でいっぱいだ。アビアンカ航空のテーマ曲"コロンビア・ティエラ・ケリーダ（コロンビア愛する国土）"が流れている。クンビアのリズム、コロンビアの代表曲だ。そしてサルサが流れ、アルゼンチンとはちょっと違うスペイン語が飛び交っている。久しく使っていなかったスペイン語で喋るチャンスだ。食事前に飲み物が配られる。アサファタ（客室乗務員）に「ティント？」と言われて「シー、ポル・ファ

ボール （はい、お願いします）」と答えたまではよかったが、出てきたのはブラック・コーヒー（カフェ・ティント）だった。勝呂が所望したのは赤ワイン（ビノ・ティント）のつもりだったのだが。お国の違いによる誤解の最初の一撃だった。（この分ならもっと違いがありそうだな……。楽しみだぞ。それにしても粒ぞろいの乗務員たち。やはり機内はすっかりコロンビアだ）通路側の座席は正解だったようだ。

　4時間弱のフライトで首都のボゴタ、エル・ドラド国際空港に着いた。降り立つと爽やかな午後が勝呂を待っていた。赤道近くでもアンデス山脈の一画の海抜2,700メートルもある都市だから、年中常春だが高地のために変わりやすい気候だそうだ。ここでよく引き合いに出されるのがこのボゴタの天候のことだ。アビアンカ機内のとなりのプレイボーイ風紳士が教えてくれた。（女心とボゴタの空だよ……。これもまたいいもんだよ……）だって。これは実体験らしく真に迫っていた。変わりやすいのは果たしてどちらなのか……。空港を出た頃には霧雨になっていた。

　丸菱物産のコロンビア支店はボゴタのダウンタウン（旧市街）にあった。何はともあれ事務所に向かう。物産は商社にしては珍しく、取り扱う機材や施設など商品のフォローができる技術者で固めたエンジニアリング会社を持っていた。場所は少し離れたノルテ（北部）にあり、そこが勝呂の仕事場になる。これから向かおうとし

4　遥かなるカルタヘーナ・デ・インディアス（コロンビア）

たが遅すぎた。ボゴタは通勤電車や地下鉄といった大量輸送機関がないので朝夕は特に交通渋滞に巻き込まれるからだ。後日カルタヘーナの仕事が終わり次第向かうことにした。

　勝呂の宿泊は事務所近くのホテル・テケンダマが予約されていた。ボゴタでも由緒あるホテルだが南部にあるこのあたりは治安がめっぽう悪いらしい。そのためなのかボゴタのビジネスの中心は徐々にノルテに移りつつあるという。夕刻になってどんどん人が詰めかけホテル内が騒然としてきた。勝呂は何事かとフロントに尋ねた。
「急遽祝賀会が開かれることになったのです。もう少し遅い時間になりますが……」

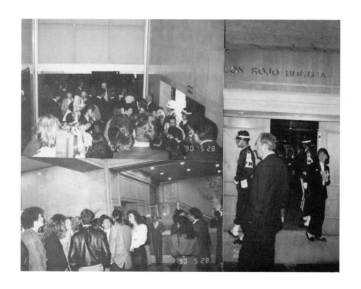

「あっ！　そうか大統領が決まったのか」先程まで部屋でテレビの開票速報を見ていた勝呂はすぐに合点がいった。フロント嬢はうなずいただけでそれ以上の説明はしなかった。おそらく箝口令が敷かれているのだろう。奇しくもその日はコロンビアの大統領選挙が行われ、自由党（partido liberal）のセサール・ガビリアが第55代大統領に選ばれたのだった。1990年5月28日の夜のことだった。ホテル・テケンダマの赤の客間（Salon Rojo Bogota）には続々と党員や支持者が集まり始めた。新大統領の到着を今か今かと待ち構えていた。ホテル内外に物々しい警備体制が敷かれた。勝呂はパスポートの提示を求められ、確かに宿泊客であるというフロントでの確認の後、「自室に戻るように」と言い渡された。（しかし、すごい警戒ぶりだな……）実はこの異常なまでの警備体制にはわけがある。48年に暗殺されたガイタンの遺志を継いで、現バルコ大統領の後継と目されていたガランが前年89年の8月に暗殺されたため、急遽ガビリアが自由党大統領候補に躍り出たのである。暗殺には麻薬マフィアとの抗争が絡んでいるという。従ってこの夜の厳重な警備は尚更のことだったのだ。勝呂はいったん自室に戻り、カメラと船の仕事で使う腕章を付けてサロンに潜りこんだ。祝賀会の熱気はすごいものだった。勝呂は幸運にも宿泊客として居合わせ、取材班を装ってその興奮の渦に浸ることができた。またとない機会だった。

「コロンビアはもう 30 年以上も極左武装ゲリラや麻薬マフィアや暴徒による騒乱などビオレンシア（暴力の連鎖）が渦巻く内戦が打ち続き、山積する課題で新大統領は前途多難なのだよ」とそばに居たエル・エスペクタドールの本物の記者が教えてくれた。

「でも次期首長が何の問題を抱えることなくすんなりと就任できる国なんてないですよ。日本だってそうですよ」

勝呂はそう言って片目をつぶりながら腕章を外した。その記者は勝呂が同業でないことを見抜いていたようだ。そしてこう言った。「明日からは違う日が来るんだ。（マニャーナ・セラ・オトロ・ディア）」

明日の朝刊には（新大統領に希望を託して）どういう活字が躍るのだろうか……。

(3) ついにカルタヘーナへ

翌日勝呂はボゴタのエル・ドラド空港に隣接するプエンテ・アエレオ国内線ターミナルに向かった。いよいよ待ちに待ったカルタヘーナだ。勝呂は涼しいボゴタではエンジニア・ジャケットに中折れのブレード・ハットだったがトロピカルな気候に備えてリネンのサマー・ジャケットとパナマ帽にした。仕事にはサハリ・ハットを用意している。ここコロンビアではカルタヘーナのことをわざわざカルタヘーナ・デ・インディアスと呼ぶ必要は

ない。(僕が勘違いするわけだよ。ましてや 25 年前なら無理もないと思わないか……) と勝呂の声が聞こえそうだ。空港の一角に無料のコーヒー・スタンドがあった。さすがはコーヒー大国コロンビアらしい。勝呂は、今度は自信を持って〈ティント〉を所望した。

　朝の便は定刻には出ないからと聞いていたが、やはりその通りだった。「せっかく朝早く出てきたのに……」と遅延の表示を見ていると男が声を掛けてきた。「エス・ウステッ・プロフェソール・キムラ(あなたは木村教授ですね)？」東洋人と見たら声を掛ける常習犯らしい。荷物を預かってくれというのだろう。「お生憎さま。僕はカルタヘーナまでだよ」

　ここは国内線ターミナルだが一部マイアミなど国際便も離発着しているのだった。検査はエル・ドラドの方が厳しいのだろうか。『預りものを持ってないか。機内持ち込み禁制品を入れていないか』何度も聞いてくるのだが国内線ならそういうこともない。だが (教授と呼ばれるのも悪くはないか) なんて言ってる場合ではないのだが。

　カルタヘーナまで小一時間の旅だったが着いたときには昼近くになっていた。クルーズ・ターミナルの大桟橋にほど近いホリデー・イン・エキスプレスというホテルがメンテナンス・クルーの宿舎として用意されていた。カルタヘーナ湾に面したボカ・グランデ地区である。マイアミとサント・ドミンゴからエンジニアたちが参集し

つつあった。2日後に検査の仕事が始まる。船側の都合で予定より1日遅れだ。勝呂には願ってもないチャンスだ。ホテルから旧市街まで普段ならゆっくりと景色を楽しみながら徒歩で行ける距離なのだが、はやる気持ちの勝呂はタクシーでカルタヘーナ城壁に囲まれた旧市街の入口に向かった。

　勝呂がカルタヘーナという地名を門司で初めて聞いてからやっとこの地に辿り着くまで実に25年が経過していた。『いまさら焦ってどうする』勝呂は自分の大変な遠回りを少しでも取り戻そうとするかのように運転手を急かした。さすがにカリブ海の暑い潮風が直撃してくる。勝呂はサハリ・ハットを被る。持ってきて正解だった。

　フリオの住所が実在することはすでに地図の上では確認できている。果たしてフリオの家はまだ残っているだろうか。はやる気持ちを抑えつつ目指す家に向かった。時計塔の入口から正面に大聖堂が見える。左側はサン・ペドロ・クラベル修道院だ。その間を縫ってサンタ・テレサ街148番へ急ぐ。旧い街並みがそのまま残っている。フリオ・ゴンサーレスの遠い祖先がおそらくこの要塞都市を死守してきたのであろうか……。滑りやすい石畳の道が勝呂をいらだたせる。普通ならこの道は古き良き時代を醸し出す最高の小道なのに。あった。ついに番地を見つけた。コロニアル風の平屋のドアを叩く。返答がない。しばらく待っていると、向かいの家から年配の人が。「ゴンサーレス爺さんに用かい？　爺さん夫妻ならこの

時間、教会のボランティアだがね」
「そうですか。ゴンサーレス爺さんって、まさかフリオ・ゴンサーレスさんですか？」
「いや、ルーベン・ダリオ・ゴンサーレスだ。親戚だよ。フリオの家はこの通りの１ブロック先だったが、フリオはずっと昔にいなくなってしもうた。残された奥さんと二人の子供はもう15年も前にボゴタに行ってしまい、フリオの家は人手に渡ってしまったと聞いている。じゃに、ここは親戚の家じゃて」
「フリオさんのこと何かご存じですか？　例えばどんな仕事をされていたとか……」
「いや知らん。わしはここに住んでまだ５年だ。前はセントロの方にいたからなあ」
「そうですか。じゃまた夕方来てみます。ムチャス・グラシアス（たいへんありがとう）」

　勝呂は今日のところはともかくフリオの家に辿り着けたことで良しとした。パスポートの住所はスペインではなくコロンビアの実在する住所だったのだ。それもフリオの親戚の番地だったことが知れた。
　大聖堂にサン・ペドロ・クラベル修道院、そして城塞の要所要所にある稜堡（りょうほ）は必見だと教えてくれた。元より勝呂がここにいるのはそのためなのだが。古書を置いた店もある。骨董屋にも行こう。旧市街に詳しい長老に尋ねるといいよと言われた。もっと早くここに来るべきだった。大収穫の予感がしたのだったが……。

| Θ E-wink ⑲ | HP ビジュアル・ガイドへ |

●カルタヘーナ・デ・インディアスの写真集

　　　　　　＊　　　＊　　　＊

　夕刻もう一度訪ねてみるとルーベン・ダリオ老夫妻は戻っていた。フリオの従兄弟に当たるという。ボゴタに行ってしまったフリオの家族のあと、この家を守っているという。

　勝呂はフリオが残した家族の写真を見せた。「確かにゴンサーレスの家族写真だ」それまでは突然の外国人の出現で警戒していた爺さんの顔が一気にほころんだ。しかしフリオが日本で非業の死を遂げたことを伝えると「覚悟はしていたが、そんなにも前に……」と言って老妻は勝呂の手を取った。ルーベン・ダリオ爺さんが奥から大事そうに持ってきたのは守備隊の古ぼけた軍服と軍旗（王室旗）だった。軍旗を見たときの勝呂の驚き様は尋常ではなかった。　軍旗に刻まれた紋章の刺繍は紛れもなくフリオが残した門司港の遺品にあったものと瓜二つだった。ルーベン・ダリオ爺さんは言った。

| Θ E-wink ⑳ | HP ビジュアル・ガイドへ |

◆フェリーペⅡ世の紋章

「これこそいとも高貴なフェリーペⅡ世の紋章が入っ

ているスペイン王室旗だ。16世紀にカルタヘーナの守備隊に託された軍旗なのだ」
「実はゴンサーレス家は代々ここカルタヘーナ守備隊の兵長だったのだ。フリオはずっと誇りに思いこれを後生大事にしていたようだ。息子のフリオがボゴタに行くときわしに託したのだ」
「それともう一つ『クブレ・ラス・タブレタス・レアル』というのがゴンサーレス家の代々伝わる家訓だ」
「えっ！　そのタブレットとはなんですか？」
「はっきりしたことは分からんが、昔からこのカルタヘーナにはある噂があってな。フェリーペⅡ世がカリブの守りの護符として守備隊に大きなエメラルドのタブレットを授けたという」
「えっ！　それってまるで『賢者の石』みたいな……」
「そうじゃな。あるいはこれはあの海賊たち、ことにドレイクをおびき寄せるための策略で各地の要塞におとりのエメラルド・タブレットを配ったとも」
「あっ！　だからゴンサーレス家の家訓ではラス・タブレタスと複数になっているのですね」勝呂は間髪を入れずに反応した。「その通りだ。そしてこの当時からスパイの暗躍がありその噂は直ぐに広まったというわけなのだ。1586年にドレイクはカルタヘーナを攻め、大聖堂を壊して48日間も居座ったのが何よりの証なのだ。このときは賠償金47,000ドゥカドスを払わせて4月1日に出て行ったのだが、ドレイクはこのときスペイン王室

のエメラルド・タブレットを探し回ったのではないかと言われているんじゃ」

　爺さんは久しぶりの大講釈でかなり興奮している。身振り手振りがそれを物語っている。勝呂の頭と顔はそれ以上に沸騰していた。

「さてこのゴンサーレス家の家訓じゃが『王家のタブレットを守れ』という意味なのか『本物のタブレットを隠せ』といっているのか定かでない。そしてドレイクの侵攻を許したスペイン王のフェリーペⅡ世は、急遽カリブ海の防衛にイタリアの城塞建築家バウティスタ・アントネリを派遣してカリブ防衛のマスター・プランの立案を命じ、各地の要塞の大々的補強に携わったのじゃ。同じ年の1586年のことだ。このときにアントネリに贈られたのが本物のエメラルド・タブレットではないかとも言われている」

「それでタブレットは今どこに？」「分からん。その鍵はフリオが握っていたと思っとったのじゃが……。じゃが死んだとなれば知っているのは残されたフリオの家族だけだということになる……」

（フェリーペⅡ世のエメラルド・タブレットなんて初めて聞くぞ。それにここでも要塞技師アントネリの名前が出てくるなんて……）今度は身体がムズムズしてきた。（エメラルドだって！　亡き親爺が書き残した翠玉板のことかもしれないぞ……）

「フリオのご遺族のボゴタの住所はお持ちですか？」

「うむ、これがそうだ」
「これでやっと遺族に会うことができます。ありがとうございます」勝呂はこれでようやく肩の荷を下ろすことができそうだった。
「ダリオさん、この写真はどこで撮られたかお分かりになりますか？」

　勝呂はもう一つの懸案を持ち出した。だが意外にも答えはノーだった。
「わしには分からん。どこかの要塞のガリータの前だが、カルタヘーナで見かけたことはないなあ……」
「そうですか。あっ、最後にもう一つだけよろしいですか？」
「うむ、なんじゃ」
「60年代にフリオさんにいったい何があったのですか？　そしてなぜ日本に行ったのかご存じですか？」

　勝呂は長い間ずっと心に引っ掛かっていた疑問の核心に迫った。しばらく考えていたルーベン・ダリオ爺さんはおもむろに、
「いろいろあってな。君は外国人だから知らないだろうが、1928年に起きた『バナナ農場虐殺事件』が関係しているんじゃ。コロンビア史の暗部の一つじゃな。ユナイテッド・フルーツ社という米国企業が20世紀はじめから中南米でバナナの大規模栽培を始め強大な権益を得るのじゃが、コロンビアではサンタ・マルタ地方やアンティオキア県トゥルボでやりたい放題を始めたのじゃ。

4　遙かなるカルタヘーナ・デ・インディアス（コロンビア）

このカルタヘーナのすぐ近くでの。トゥルボのすぐ隣はパナマじゃ。低賃金とあまりに劣悪な労働条件で搾取する会社に待遇改善を要求してストライキを起こしたところ、なんと米国の圧力を受けた時の政府は戒厳令まで発動して鎮圧を図ったのだ」

　ルーベン爺さんは段々と怒りに震えだした。勝呂は椅子に座らせて落ち着かせようとしたのだが、爺さんは先を急いだ。

「このストライキは共産主義の陰謀だとして政府は完全に会社側に立ち、軍隊を派遣して1,000人以上を殺害したのじゃ。フリオの父親はカルタヘーナ要塞の守備隊兵長の血筋をひいていて、それは筋金入りの男じゃった。そのころバナナ会社の労務監督をしていたんじゃが、労働者側に回ったために身辺が危うくなり、息子にも危害が及ぶことを恐れていち早くパナマに逃れさせたのじゃ。それが君が知っている日本で死んだフリオじゃ。フリオには二人の子供がいたが、その写真がそうじゃな。哀れ父親もそのとき軍隊に殺害されてしまったのじゃが、軍当局も会社も何事も起こらなかったとしたのじゃ。恐ろしい話じゃろう。この辺りの事情はガボの『百年の孤独』を読むといいぞ。わしはもう100回も読んだからよく憶えているんじゃが、フリオの父親はまるでホセ・アルカディオ・セグンドみたいだ。もっともホセの方は間一髪死なずに済むのじゃが……。このときの犠牲者は3,000人だったとガボは書いている。この悪名高きバナ

ナ会社は70年代までここに居座ったんじゃが、今では社名を変えて、チキータ・ブランドのバナナといえば日本でも知られているじゃろうが……」
「そんなことがあったのですね。ロ・シエント・ムーチョ（ごめんなさいそうとも知らずに……）それにしてもひどいことをするもんですね米国は。そうかバナナ戦争を仕掛け、中南米を『米国の裏庭』とか『バナナ共和国』と呼んだのはこのことだったのですね」
「まったくその通りじゃ」
　勝呂はそのときフリオが門司で死んだのは暴力団マフィアの抗争などではなくユナイテッド・フルーツ社が差し向けた刺客ではなかったかとさえ思った。（先を急がなくては。どうやらこの爺さんの話からもフェリーペⅡ世のエメラルド・タブレットも信憑性を帯びてきたぞ……）
　翌日、それでも勝呂は目指すフリオの写真の監視塔を追って歴史地区の中を歩いた。それに教えられたばかりのタブレットの噂も気になる。周りがムラージャ（城壁）に囲まれた堅牢な城塞都市は今も当時を丸ごと残しているのか。あったぞガリータだ。少し形は違うが紛れもなく監視塔だ。勝呂は2年前にフィリピンの要塞で似たような監視塔を見ている。だがフリオ一家の写真の塔とはやはりどこか違う。カリブ海の湿った空気は汗を拭いてはくれないが日本の梅雨時よりましだ。
　この旧市街から少し離れたサン・フェリーペ要塞にも

行ってみた。ここはイタリア式築城術を受け継いだスペイン工兵技術の最高傑作とさえ言われている堅固な要塞だ。これまでに幾度となく補強を重ねてきた屈強な砦は多くの謎を抱えたままこれからも風化に耐えることだろう。

　これまでずっと、フリオの家族写真は間違いなくここカルタヘーナで撮られたものと思い込んでいた勝呂だったが、背後に写っている見張り塔はここでは見当たらなかった。（ま、いいか！　なんと言ってもフリオの居所が分かったのだから……。それに方々の監視塔がよく似ているわけも分かってきたぞ。タブレットの謎もキーパーソンは要塞技師のアントネリだ。だがもう時間切れだ。明日からは船の仕事だ。あと3週間辛抱しよう……）

　　　　　　＊　　　＊　　　＊

　毎年のカリブ海域のハリケーンの季節は6月から11月頃だ。この時期を見計らって船を停めて点検整備をすればいいものを、船会社はさほど気にしていない。巨大ハリケーンが来たらどうするのか。そのときには一目散に逃げるという。新鋭のクルーズは船足が早いのだ。そのため寄港地の変更はよくあるので、煽りを食うのはいつも観光コースの土産物屋や免税店、レストランだ。何しろクルーズ船が着くたびに少なくとも2,000人の観光客が押し寄せるのだから……。

　翌日からクルーズ船の定期点検が始まる。メキシコのコングロマリット巨大企業ソンデオ・グループが所有す

るカリブ海周航の豪華船だ。当初の予定では3週間だった。勝呂のメンテナンス・クルーは全員揃っている。フィリピンのノエル・メンドーサ技師をはじめ、
マイアミやドミニカの代理店のエンジニアたちも召集している。大型客船だから点検作業はチームで取り組まなければならないのだ。特に操舵ブリッジにあるシステムは多くの構成機器が互いに連動しているのでシミュレーション・チェックが複雑なのだ。

　ところが突然の事態が発生した。同じソンデオ・グループのクルーズ船がカルタヘーナへの航行中に内燃機関の不具合が見つかったので急遽ここで停船して修理に入ることになったのだ。スケジュールでは1ヶ月後にプエルト・リコのサン・ファンで定期点検の予定だったが、この際早めてここで行おうということになったのだった。つまり勝呂たちはここで2艘のメンテナンスをやる羽目になったのである。「船舶業務に予定変更は毎度のことなのでどうってことはないのだが……。ボゴタの丸菱物産には連絡済みだが、参ったなあ！　この大事なときに……」勝呂は責任者の手前いつものオーバー・アクションは控えた。髪をかきあげる。（俺にも予定というものがあるんだぞ！　それも25年来の大事な予定が……）おや、そっちか。勝呂の気掛かりはてっきりボゴ

タの新規事業のことかと思いきや、フリオ探しの方だったようだ……。

　結局2艘の点検作業を終えたときには40日が経過していた。勝呂は整備クルーを解散し、ようやくカルタヘーナでやり残した調査にかかった。その初日の朝、ホテルを出ようとしていたところに電話が入った。相手はフリオ・ゴンサーレスと名乗った。長いこと探し続けてきたあの家族だ。まるで勝呂の仕事の目処を見計らったようにフリオがカルタヘーナに現れたのだった。
「実は先日（カルタヘーナにジパングの海賊ドレイクが現れたぞ）というルーベン・ダリオ爺さんから電話がありましてね。何のことかとよく聞いてみますと、（日本人が今カルタヘーナに来ていてお前たちを探しているぞ）ということだったんです。居ても立ってもいられないのでこうして押しかけてきたのです」
「よくこのホテルが分かりましたね」
「爺さんはあなたのお名前を憶えていなくて、いろんなホテルを当たってやっと見つけたというわけなのです」
「そうですか。私はエルネスト・スグロと申します。ルーベン爺さんがおっしゃる通りジパング・ハポネス（日本人）です。海賊ドレイクではありません」

　笑いながらフリオの方が落ち合う場所を指定した。旧市街城塞の中の大聖堂のそばだった。勝呂は慣れない街なので少し早めに行くことにした。赤紫に咲き誇っているブーゲンビリアの前で佇んでいたそのときだった。突

然一陣の風がさっと勝呂の帽子をさらった。「いかん！」勝呂は帽子が飛ばされたことよりも、ずっと前にも感じたことのある心地よい風の感触に気を取られていた。気が付くと帽子を追うとても形のよい脚が。「お似合いですよ」とその女性が微笑(ほほえ)みながら帽子を渡してくれた。そのとき勝呂に電撃が走ったのは静電気のせいではない。受け取った帽子が一瞬アマゾン河口でなくした通信士の制帽に見えたのだ。それに、おそらく彼女を見て平静でいられる男は滅多にいないだろうからだった。
「ムチシマス・グラシアス（どうもありがとう）」
　勝呂は最上級で御礼を言うのが精一杯だった。そしてそれからが大変だった。彼女の方は矢継ぎ早に話しかけてくる。
「よかった！　あなたはハポネス（日本人）ですね。お侍さんですね。フリオ、フリオ・ゴンサーレスとお待ち合わせですか？　カルタヘーナはお仕事ですか？　いつまでいらっしゃるのですか？」
　一つずつ答えながら勝呂はフリオがすぐには現れないことを願っていた。しかしその願いもむなしく、彼女は後ろを振り向きこちらにやって来る青年に手を振った。それがフリオだった。
「お待たせしました。あなたはエルネストさんとお見受けしましたが。僕はフリオ・ゴンサーレスです。ムーチョ・グスト（はじめまして）。そしてこちらがマリア・ドゥルセ・ピンソンさんです」

「えっ！　マル・ドゥルセさんですよね、あのときの！」

　そう言って勝呂は懐かしそうにマリアを見つめる。その時マリアとフリオが同時に答えた。

「はい、そうです」と言ったのはマリアだった。そして「いいえ、マリア、マリア・ドゥルセさんですよ」と答えたのはフリオだった。「僕がジパングのドレイクです。またの名をエルネスト・スグロと申します。エルネストと呼んでください」

　3人は笑い合った。不思議なことにこのとき、勝呂とマリアはムーチョ・グスト（はじめまして）と初対面の挨拶をしなかった。その代わり二人は旧知の仲のように「タント・ティエンポ・ノ（久しぶりですね）！」と交わした。その時だった。400年という長い歳月を一気に取り戻す瞬間が訪れたのは。

　この二人の不思議な再会のわけをフリオはあとで知ることになるのだが、どこまで信じたかは分からない。

「フリオさん、永いことあなたを探していました」安堵する勝呂。「エルネスト、ここではなんですからどうぞこちらへ」

　3人はコーヒー連合会が経営する"カフェ・デ・コロンビア"のオープン・テラス席に座った。そこは戸外なのに紛れもなくコロンビア・コーヒーのまろやかなアロマの香りが満ちていた。

「せっかくだからあなたがここカルタヘーナにいる間にと思い、それで押しかけて来たというわけです」

勝呂はうなずきながらもまだ合点がいっていない。(なるほど。だけどどうしてこのタイミングなの？　誰に聞いたのか、まるで私の仕事が終わるのを見計らっていたようだ……。でもこれでフリオを探す手間が省けたぞ……)

「僕が息子のフリオ・ゴンサーレスです。親父とまったく同じ名前なんです。母は親父の失踪3年後に心労で亡くなりました。そして妹のサラ・アンヘリータはボゴタにいます」

「ロ・シエント・ムーチョ（ごめんなさい)。それは大変でしたね」

勝呂はバッグから親父から託されたフリオの父親の遺品を差し出した。そして日本で非業の死を遂げたこと、そして遺骨は門司港の和布刈に埋葬されていることを伝えると、

「やはりそうだったのですか……。そんなにも前に……覚悟はしていましたが……」

落胆は無理もない。痛々しい。遺品はフリオのスペインのパスポート、船員手帳、外国人登録証、フェリーペII世の紋章が入った守備隊の軍旗（王室旗）の切れ端とフリオ一家の写真だった。写真の方はコピーを取ってずっと持ち歩いている。フリオは長く絶句したまま遺品を一つずつ子細に見つめていた。

「僕たちの写真に間違いありません。軍旗も見覚えがあります。でもパスポートと船員手帳と外人登録証は父の

ものではありません」

　フリオはきっぱりと言った。フリオにもう落胆の様子はなくなっていた。だがルーベン・ダリオ爺さんからこの家族に降りかかった当時の過酷な状況を聞いていなければ、勝呂はこのときのフリオの心中を察することができなかっただろう。やはり父親は偽造パスポートで身を隠す必要があったのだった。

　勝呂が写真を指さしながら撮影場所を確かめようしたとき、マリアが割って入ってきた。
「ジパングのラスト・サムライにこうしてやっと会えたわ。これもフリオのおかげよ。私までここに押しかけてしまって……。やはり思った通りだったわ」

　フリオはこの突然のマリアの言動を理解できなかった。勝呂はと言えば先程の帽子を飛ばした一陣の風ですぐに合点がいった。17年前のアマゾン河口でのマル・ドゥルセの体験と重なったのだ。（それはマリアの先祖ビセンテ・ジャニェスが遭遇した400年前のアマゾン河口の出来事に繋がっているのだった）
「こうして突然押しかけたわけは、エルネスト、僕らならこのカルタヘーナ要塞をうまく案内できると思ったからからなんですよ」

　そう言ってフリオは、ゴンサーレス家が代々要塞の守備隊兵長の末裔であり、マリアのピンソン一族も代々カルタヘーナ要塞の維持・改修に努めた要塞建築技師の血筋だったことを明かした。二人の先祖は共にこのカルタ

ヘーナ要塞の守りを固めてきたことになる。
「そういうことだったのか……。そうするとお二人ともカルタヘーナの生まれなんですね！」
「これから要塞の中を案内しましょう」

こうして勝呂には最強のガイドが二人つくことになったのだった。

周りがムラージャ（城壁）に囲まれた堅牢な城塞都市で今も当時を丸ごと残している。1984年にカルタヘーナの港、要塞、歴史的建造物群として世界文化遺産に登録されているという。城壁の要所要所には、外側に突き出ていて敵の攻撃からの死角をなくす稜堡(りょうほ)が設けられている。多くの場合そこに堅固な砦を設け監視塔を配置して守りを固めている。そしてサン・ホセ砦とかサンタ・クルス砦などそれぞれに聖人の名前が付けられている。
「親父に託されたこの写真のおかげで、ガリータ探しがまるで僕のライフワークのようになってしまったのです。でもどうやらカルタヘーナではないようですね」

勝呂はどこの要塞なのか知りたくて仕方がない。だが二人は取り合わず続ける。
「カリブ海に点在するスペイン植民地からは定期的に運搬船団が行き来してスペイン本国に金銀や真珠などの財宝を送りつけていたの

ですが、そのなかでもカルタヘーナは重要な集積・中継地だったのです。そして各地の要塞や財宝船団は幾度となく英国、フランス、オランダの脅威にさらされていました。1586年には英国公認の海賊ドレイクによってサント・ドミンゴやカルタヘーナが甚大な被害を被り、ついに業を煮やしたフェリーペⅡ世は、イタリアの軍事技術者バウティスタ・アントネリを急遽派遣してカリブ海全域の防衛網の強化を命じたのです。（王室勅令1586年2月15日）」

フリオからマリアが引き継いだ。「こうして16世紀当時最先端のイタリアの要塞・築城技術を発展させた稜堡式城郭要塞に仕上がっていきます。この旧市街から少し離れたサン・フェリーペ要塞はイタリア式築城術を受け継いだスペイン工兵技術の最高傑作とさえ言われている堅固な要塞なのです。キューバのハバナやプエルト・リコのサン・ファンにも強固な要塞が残っていますよ」

マリアが一呼吸入れたとき勝呂はすかさず続けた。「イタリアとスペインの合作、今風でいうハイブリッド要塞なわけですね。僕は去年フィリピンでサンティアゴ要塞のイントラムーロ（城塞都市）でガリータを見て感激しましたよ。やはりフェリーペⅡ世の時代で、フィリピンの国名がフェリーペに因んでいると教わりました」

勝呂は少しく得意げに喋った。フリオが引き取る。「スペインの領土拡張はカリブ海だけではなかったので

すね。それは確か1565年頃からマニラとアカプルコが結ばれ通称マニラ・ガレオン貿易と呼ばれたのです」

　勝呂は興奮気味に「そうか、そういうことか。各地のスペイン要塞の構造や監視塔の形がみんな似ているわけがやっと分かったぞ。イタリア式スペイン工兵技術の同時多発プロジェクトだったわけなんですね！」

　先刻承知の二人に無理やりハイタッチする勝呂。そして（結局のところフェリーペⅡ世は自分が侵略した土地を、今度は敵対する他国や海賊からどう防衛するかに腐心する羽目になったわけか……）と勝呂は自分の胸の中だけに収めた。

　一同は1586年に海賊ドレイクに襲われたという大聖堂に向かった。背の高い塔に優美なバロック様式のクプラ（ドーム）を戴く印象的な鐘塔はこの歴史地区の中でもサン・ペドロ・クラベル修道院のドームと共に異彩を放っている。（この大聖堂や修道院の中のどこかにタブレットが隠されているのかもしれないがやはり手のつけようがない……）

　奴隷貿易の中心地となったカルタヘーナにあって黒人奴隷に寄り添い、終生奴隷のために戦った勇気あるイエズス会の神父がいた。1654年にこの修道院で死去したサン・ペドロ・クラベルである。コロンビアでこの名を知らない人はいない。

「要塞の建設は西アフリカから連れてこられた大変な数の黒人奴隷の犠牲の上に成り立っているのよ。これは巨

大要塞の負の遺産なのよ……」

 マリアのこんなに曇った顔は初めてだ。サン・ペドロ・クラベル修道院回廊のアーチが悲しみを誘う。
「ところでエルネスト、しばらくここにいるのならホテルを替えたらどうですか？ この旧市街の探索にお薦めのホテルがありますよ」とフリオが言った。

 紹介されたのは『ホテル・クアドリフォリオ（Hotel Quadrifolio）』だった。コロニアル時代の上流階級の邸宅を改修したというこのホテルは、勝呂が最も好むスタイルだった。その上ホテルと同じブロックにカルタヘーナ大学と図書館があるという。16世紀以降のカルタヘーナの歴史、要塞建築の詳細や攻防の歴史などの資料を漁るには最適だ。一方マリアはカルタヘーナ大学に旧友がいるので行ってみようということになった。ラ・メルセ修道院（Claustro de La Merced）は北側のラ・メルセ砦のすぐそばにあった。なんと修道院がカルタヘーナ大学の本部にもなっているのだ。さすが歴史地区の大学だ。建築家だった何代か前の総長がカルタヘーナ要塞の権威で資料が残っているはずだとマリアが言った。マリアの旧友ジョランダはカルタヘーナ大学の人間科学部の教授をしている。要塞の資料は大学の図書館に移されているということだった。
「分かりました。あなたが欲しい資料は全部そろえて焼いて（複写）おきますから来週おいでください。テ・バー・ア・グスタール（きっとお気に召すと思いますよ）」

勝呂は満面の笑みで応えた。「ありがとう、お会いできてよかったです。よろしくお願いします」

　3人が2階の執務室を出て回廊から中庭を見下ろしているときだった。「あっ！」と声をあげたのは勝呂だった。一陣の風が勝呂たちを襲ったのだ。そして勝呂の帽子が中庭の真ん中に落ちていった。

「今度は大丈夫よシオ、あとで拾えるわ」そう言ったのはマリアだった。「ハリケーンの季節でもないのにおかしいわね。ここの中庭に風が舞うなんて滅多にないことよ」そう言ったのはジョランダだった。そして続けた。「この修道院はフェリーペIII世の頃造られたから400年以上になるのですが、よく保存されているでしょう。そう言えばガボ（ガルシア・マルケス）はこの大学に在籍していたことがあるのよ。すぐ近くにはガボの家もあるわ。ここからほんの数ブロックのところよ」

「そうでしたか。あとで行ってみますよ。もちろんガボは住んでいませんよね」勝呂はそう言いながら（これは早いとこ『百年の孤独』を読んでおかなくては……）と自分に言い聞かせたのだった。

　階下に下りてマリアが勝呂の帽子を拾ってくれた。その時勝呂はマリアが一瞬眉間にしわを寄せたのを見逃さなかった。案の定、しばらくしてマリアがつぶやいた。『この中庭には何かがあるわ……』

（☉ E-wink ⑲カルタヘーナ・デ・インディアスの写真

集：カルタヘーナ大学／ラ・メルセ修道院の回廊／中庭をご覧あれ）

　その言葉に勝呂は驚かなかった。マリアに一陣の風が吹けば何かが起こることを勝呂は知っていたからだ。アマゾン河口でのこともある。だが（その何か）が判明するのはずっと後になってからのことになる。

⊖ E-wink ㉑	HPビジュアル・ガイドへ

◆カルタヘーナ・デ・インディアスの歴史図鑑：市の土木・建築、軍事、宗教の移り変わり
（当時入手できた資料の一部：今ならネットでも検索できる）

　カリブ海から入江になっているカルタヘーナ湾に入るには二つの入口がある。ボカ・グランデ（大きな口）とボカ・チカ（小さな口）という名がついている。これまでに何度も海賊の侵入を許している所だ。そのためボカ・グランデには、海賊の侵入を防ぐのに海底に石を敷き詰め浅瀬にして太い鉄の鎖を渡したのだ。今ではグーグル・マップで浅瀬の様子が読み取れる。この鎖の防衛システムはハバナ湾運河入口にも敷設されたという。

　今回この二人が故意に外した場所があることに勝呂は気づいていた。その前を通りながらもそそくさと通り過ぎたのは旧宗教裁判所だった。初期コロニアル・バロック様式のファサードのある厳しい表情の建物だ。後から

分かったことだが、海賊ドレイクでさえ襲撃を諦めたいわく付きの所らしい。拷問の恐怖の奇っ怪な用具が展示されている異端審問・宗教裁判所跡なのだ。ということは、ここは大事なものを隠すのに最適な場所だということになる。勝呂は完全に"失われしタブレット"の探索モードに入っていた。

「あのルーベン頑固爺さんがよくもまあ初対面のあなたにスペイン王室のタブレットの秘密をすらすらと話したもんだと驚いています。ですがそれは単なる噂、今となっては伝説に過ぎません」

そう言ってフリオはこれで終わりにしたがっているようだった。（僕はジパングの海賊ではないが、あの家族写真のことも含め、ますます興味が湧くではないか。だがフリオはことさら触れないようにしている……）手の内を明かさないフリオに勝呂はますますタブレットの存在を確信した。

「エルネスト、私たちは明日ボゴタに戻ります。あなたはあと数日ここにいらっしゃいますか？　それ以上は絶対に駄目ですよ」とマリアがまた不可解なことを口走った。このあとさらなるサプライズが待っていた。

「そうだ、まだ名刺を差し上げていなかったわね。私たちは丸菱エンジニアリング社に勤めています。どうぞよろしく」「僕は栄信電子工業の勝呂です」このとき3人が一様に飛び上がって驚いたのは言うまでもない。

　二人がボゴタに戻ったあとも勝呂は古書を扱う昔なが

らの書店、骨董屋などを探し回った。だが"失われしタブレット"に関するそう言った資料はどこにも見当たらず、500年の歳月がその噂さえも風化させてしまったようだった。フリオの監視塔も空振りに終わった。いったいどこの要塞で撮った写真だろうか。結局勝呂のカルタヘーナでの滞在日数はきっかり48日になっていた。勝呂はルーベン・ダリオ爺さんの話しを思い出した。

（これは1586年に海賊ドレイクがカルタヘーナ要塞に居座った日数とまったく同じじゃないか！　面白い。やはりドレイクもフェリーペのエメラルド・タブレットを探し回ったに違いない）（あっ、このことだったのかマリアが言いたかったのは……。もう少しでひんしゅくを買う（笑いものになる）ところだったぞ。『ジパングの海賊がドレイクよりも長々と居座ったぞとね……』）

⊖ E-wink ㉒	HPビジュアル・ガイドへ

◆カルタヘーナの歴史を辿る

（4）再びボゴタへ

　それまでのカリブ海のトロピカルな気候から一転してボゴタでは春先位の凌ぎやすい日差しに戻った。赤道近くでもやはり海抜が2,700メートルも違えばこんなにも変わるのだ。勝呂は帽子を夏物のサハリ・ハットから中折れのブレード・ハットに替えた。それとエンジニ

ア・ジャケットだ。さあこれでもう一つの仕事モードに入れるぞ。カルタヘーナの仕事が少し長引いたが、さあいよいよだ。監視カメラ・モニター・システムと警察無線の近代化の国際入札を丸菱物産と組んで勝ち取りに行くのだ。フリオは丸菱エンジニアリング社の技術者だった。

マリアはボゴタ上下水道局からの出向でボゴタ川の浄化プロジェクトに関わっていたのだ。勝呂はすぐにセドラ（身分証明書）を取得し、就労ビザの手続きをした。向こう2年有効だ。運転免許証は実技試験もなく簡単に取れるという。「セグーロ・ノッ（確かかい）！」思わず勝呂は問い質す。すると「シー、エストイ・セグーロ（はい、確かですよ）」と返ってきた。スペイン語で確信、安全、確実、信頼できる、保険などを意味する〈セグーロ〉はひんぱんに使われる語句なのだ。

勝呂峻（すぐろたかし）は外地ではエルネスト・タカシ・スグロと呼ばれたかったのだが、いつとはなしに〈セグーロ〉になっていた。重要な局面に出てくる言葉なので『まっ！　いいか』と思っているうちにすっかりその気になって、今では違和感はない。だがマリアだけは勝呂のことをなぜか〈シオ〉と呼ぶ。1週間後、勝呂は試験もなく運転免許証を受け取ることができた。確かに〈セグーロ〉だった。

警察無線の方はこれまで米国モトローラ社の無線システムが中南米のシェアをほぼ独占しており、今回一応公

平な国際入札をうたっているのだが、勝ち目がないのは明白だった。そこで丸菱・栄信電子連合は監視カメラ・モニター・システムの入札に注力することにした。この頃ボゴタでは治安が悪化するばかりで、数少ない監視カメラの老朽化も激しく最新システムの導入が急務だった。競争入札とはいえ価格だけではなく、いかにメリットを盛り込んで提案できるかも入札評価の重要なポイントになっていた。そのため勝呂のチームはハイ・エンドのシステム構成で監視センターを充実させ、極めて重要な監視地区と地点の選定のためにきめ細かく現地調査を行った。勝呂の通勤の朝夕は車の込み具合を織り込んでもおよそ30分の距離だった。この頃日本人駐在員の多くは通勤コースを毎日変えて運転するようにと通達を受けていた。頻発する誘拐事件に対する危機管理の一つだ。
勝呂は会社の地下駐車場で見かける真紅のルノー・ゴルディーニをいつも気にかけていた。この車を初めて見たとき勝呂は素っ頓狂な声をあげた。『えっ！　今どき、しかもコロンビアで！　この車の持ち主はいったい誰なんだ！』手入れがよく行き届いている。マリアが持ち主を知っているかもしれない。なんとフリオだったのである。

「いやこれはドルフィン・モデルですよ」同じ車の愛好者の出現にフリオは嬉しそうに言った。わずかな仕様の違いがあるだけで外形はまったく同じなのだ。勝呂がブエノス・アイレス時代に持っていたのは白のゴルディー

ニだった。イルカのような愛らしさからするとドルフィンのネーミングはピタリだ。1958年製作の往年の名画『死刑台のエレベーター』でジャンヌ・モロー扮する企業家の妻が運転するセカンド・カーがこのゴルディーニだった。車の色までは分からない。マイルス・デイビスの即興演奏をバックに60年代のパリが白黒映像で醸し出される。

| ⊖ E-wink ㉓ | HPビジュアル・ガイドへ |

◆ドルフィンとゴルディーニ

　マリアの弟アロンソが一時帰国した。
　前年からドミニカ共和国サント・ドミンゴでコロン（コロンブス）記念灯台の建設に携わっている。教会・聖堂建築のエキスパートとして世界各地の教会の修復、再建に携わるかたわら、世界遺産のイコモス - 国際記念物遺跡会議（ICOMOS）の国際学術委員会（ISC）の委員になったばかりである。世界各地に招聘されてはなぜか事件に巻き込まれるのが常だった。
「私の自慢の弟よ。代々建築家の血筋を守り通しているピンソン家の跡取りよ」といって紹介された。第一印象で勝呂はアロンソの最大の弱点はそのイケメンにありと直感した。大聖堂のような地味な仕事にはそれが邪魔になると踏んだのだが、どうやら間違いのようだった。自然な立ち振る舞いのイケメンはあらゆところでその利点

4　遥かなるカルタヘーナ・デ・インディアス（コロンビア）

が発揮されて悔しくとも勝呂の格好の手本になった。

　一方アロンソは勝呂の高い技術力を読み取っていた。『ピンソン家にすごい助っ人が現れたぞ。マリア、ついに作戦実行の時来たるだ……』そう言ってアロンソはドミニカに戻る前にマリアと勝呂と何やら入念な打合せを重ねた。それに3日もかけるという念の入れようだった。

　翌年社長がボゴタを訪れることになった。芹沢部長がお供だ。国際入札を首尾良く勝ち取ったのでいよいよ業者契約にやって来るのだった。超肥満の二人とも酸素の薄いボゴタには向いていない。何しろここは海抜2,700メートルを超えている。案の定ホテル予約に注文が付いてきた。「できるだけ低い1階の部屋を取ってくれ」ときた。4,000メートル級のボリビアのラ・パスなら部屋には酸素ボンベが常備されているが、ボゴタではそうでもない。それに大体1階に客室のある高級ホテルなんて皆無だろう。やっとのことで103号室と107号室の予約が取れた。二人がやって来てこの部屋が2階だとバレてもそのときはそのときだ。中南米では1階をプランタ・バッハ（PB）といい、2階から101、102などと数えるからだ。勝呂はそれでもなるべく広い部屋を選び、コンシェルジュには別途マットレスの手配を依頼しておいた。（せめて床に寝てもらえば、ベッドの分だけ低くなるよね……）

　無事契約を終えた社長と部長をコロンビア自慢の黄金博物館（ムセオ・デ・オロ）に案内した。ホテル予約の

償いのつもりだった。そこはプレ・コロンビーノと呼ばれるコロン（コロンブス）到来以前の古代文化の様々な様式を伝える石造彫刻、土器、骨細工、そして極め付きは黄金の工芸品が展示されている。中でも圧巻は3階のサラ・デ・ソル（太陽の部屋）だった。まるで銀行の大金庫を思わせる扉の前で、見学者を10人ずつ集めては、館員と言うより警備員と言った方がよい屈強な係員がおもむろに重そうな扉を開けて中へ誘導した。実際のところこの黄金博物館は銀行が経営しているらしい。そこは真っ暗だった。しばらく闇に佇んでいると、次第に照明が灯されて、黄金の品々が燦然と輝き始めるのだった。それは正に息を飲む瞬間だった。コロン以来、多くのスペイン人たちがエル・ドラド（黄金郷・黄金伝説）に取りつかれたのもむべなるかなと思われるものだった。それはボゴタのエル・ドラド伝説を別の形で今に伝え、再現して見せる憎い演出だった。日本からの二人の

4　遙かなるカルタヘーナ・デ・インディアス（コロンビア）

VIPはここでまた一段と酸素不足になったようだった……。それを少しは和らげようと勝呂は賓客を、近くのボゴタ旧市街、カンデラリア歴史地区に案内した。そこは400年前のコロニアル時代に間違いなくタイムスリップできるとても落ち着いた建物が建ち並ぶ地域だ。ここにある語学学校で勝呂はスペイン語を学んだ。勝呂がボゴタの中でも大好きな場所だ。二人の賓客が喜んだのは言うまでもない。

5 コロン（コロンブス）の涙 1991〜92年

『だれがコロンを発見したか』
　——アート・バックウォルド 米エッセイスト（1925〜2007）

(1) コロン記念灯台(サント・ドミンゴ／ドミニカ共和国)

『新大陸は新世界だったか』
　　　　　　——フェルナンド・峻・世在（1942年〜）

　それは、コロンビアの建築家であるアロンソが、ここドミニカ共和国の首都サント・ドミンゴで巨大建造物の建設工事に参加してから3年目のことだった。コロンブス（以下スペイン語でコロン）記念灯台の建設に多くは中南米各国から建築家や建設業者・工事屋が参集していた。1992年と言えば、コロンのカリブ海到着後500年にあたる記念の年で、スペインのセビリア万博やバルセロナ・オリンピックのビッグ・イベントは言うに及ばず、コロンにゆかりのある国々では記念行事が目白押しだった。なかでも特にコロンに縁のあるサント・ドミンゴでは、この記念碑灯台を500年祭に向けた一大国家プロジェクトと位置付け完成を目指していたのだった。因みにこの巨大なモニュメント建設の構想は1850年代に一度持ち上がったのだが、結局1892年の400年祭には間に合わなかったことになる。

| Θ E-wink ㉔ | HP ビジュアル・ガイドへ |

◆**コロン記念灯台**

　完成に向けてのタイムリミットである1992年10月に余すところ1年のある日、アロンソはコロニアル時代の旧市街にあるサント・ドミンゴ大聖堂の部分修復を言い渡された。その夜アロンソはコロンビアにいる姉のマリア・ドゥルセに国際電話でそのことを伝えた。
「すごいわね、アロンソ！　それってアメリカ大陸最古の大聖堂だわ。やっと念願がかなったわね。そこを任されるなんて……。でも来年の記念行事の舞台になるのは、確か今建設中の記念灯台とドミニカ東部ヒグエイ市のアルタグラシア教会のはずだったわね。だったらなぜ今この大聖堂に手を入れる必要があるのかしら？　きっと相当傷みが激しくなったのね」
　すかさず突っ込みを入れてくるマリア。いつものことだった。いや少し違った。言葉を選んでいる。
「今度の僕の仕事は、表向きは聖堂の修復ということになっているんだが、実はこの大聖堂にあるコロンの霊廟をそっくりそのまま今建設中の灯台に移すことなんだ」
「えっ！　やっぱり。そうだと思ったわ！　これこそ貴方の役目よ！」マリアの頭をよぎったのは［作戦開始］だった。（コロンの遺骨を葬る霊廟の移設——ついにその時がきたようね……）

「でもその前に……」と言いかけてアロンソはなんとか思い止まった。「その前にって？　ああ、いけない。そうだったわね」すかさず話題を変えるアロンソとマリア。コロンビアとの時差は1時間、電話の回線は問題なく継っているようだが何か変だ。音が吸い取られている気配が……。盗聴か……。

「灯台の方の僕の持ち場はロサ・コンスエラの作業チームが後を引き継いでいるんだ。もう2週間になるがね」ロサ・コンスエラはマリアたちの妹だ。建築家の多いピンソン家の一人だ。元より教会建築を得意とするアロンソにとって、この移動に異存のあるはずもなかった。それに当初から契約にはこの移設工事が含まれていたことなのだ。「そうなんだ。妹によろしくね。ああ、そうそう。シオ（勝呂）が今東京からここボゴタに来ているのよ」マリアは殊の外浮き浮きした様子。

「やはり君とはセグーロの話をするに限るね」

アロンソはしめたとばかりに矛先を変えた。先程から盗聴の気配を感じていたのだ。

「来週からそちらに向かうそうよ。記念灯台の中の日本パビリオンのブースにコロンや大航海時代にゆかりのある物品を収める仕事だって」

「セグ～ロ（本当か）？　えっ、セグーロはそんな仕事もしているのか。いいタイミングだなあ……」

「そうなのよ。でもその仕事は簡単だからと言われて急遽丸菱物産に頼まれた仕事のようよ。その割には、いっ

ぱいの手荷物だったわね。シオはなんでも安請合いするんだから。せっかくシオをボゴタに長く引き留めようと思ったのに……」

「まあ、そう言うな、マリア。これからいくらでもチャンスがあるから。それから『いよいよ開始する。万事うまく行くから』と親父に伝えてな。チャオ、マリア」そう言って電話を切った。（携帯電話の普及はもう少し先になる）

　アロンソ率いるコロンビアの建築チームの内の5人が記念灯台そばの仮設工事キャンプからソーナ・コロニアルと呼ばれる旧市街のコロン公園に面するコンデ・デ・ペニャルバ・ホテルに移動した。アロンソの妹のグループは残りのメンバーに合流して記念灯台の完成を目指す。このホテルはサント・ドミンゴ大聖堂（カテドラル・プリマーダ・デ・アメリカ）とは目と鼻の先なのだ。その辺り一帯は新大陸最古の町で多くの歴史的建造物が植民地時代の面影を今も色濃く残している。

　アロンソ・チームは直ちに移設計画の検討に入った。そのときからアロンソ・チームの周りの空気がにわかに張り詰めてきた。身辺警護がつくことになったのだ。アロンソにはその意味が飲み込めていた。護衛と称しているが、実は自分たちを監視するのが当局の本当の目的に違いないと。コロンの霊廟は国家機密に関わるからだ。警護SPが監視役も兼ねるのだから当局は尾行を付ける手間が省けることになる。

優に築90年になるというこの4階建てのホテルは、1階全部がレストランでオープン・テラスはコロン広場に面しているので、地元民と観光客の溜まり場、憩いの場になっている。2階の一角がレセプションの他は、全部が客室で、何度も改築を重ねているにも拘わらずエレベーターはない。

　サント・ドミンゴ大聖堂は正式名をサンタ・マリア・ラ・メノール大聖堂（アメリカ首座大司教座聖堂）Catedral Santa Maria la Menor（Primada de America）と言い、新大陸最初の教会建築として、1510年頃からスペイン人建築家アロンソ・ロドリゲスの設計をもとで建築に着手し、1540年頃に完成したもので、ファサードは半円アーチが印象的なロマネスク様式でプラテレスコ装飾が施されている。セビーリャ大聖堂を模したとも言われる内部身廊の特に天井の優美な曲線とそれを支える列柱のデザインはゴシック様式である。もっとも、前代未聞の圧倒的な威容を誇り、スペイン最大にして世界でも第三番目と言われるセビーリャ大聖堂に比べれば、

サント・ドミンゴ大聖堂

コロン広場

5　コロン（コロンブス）の涙

ここはさしずめプチ・カテドラルと言ってもよい。両者ともに正面祭壇に聖母マリアを祀っている。サント・ドミンゴ大聖堂は1990年にはユネスコ世界遺産に登録されたアメリカ大陸最古のカテドラルなのである。

| ⊖ E-wink ㉕ | HPビジュアル・ガイドへ |

◆サント・ドミンゴ大聖堂とセビーリャ大聖堂そしてコロン提督の霊廟

　奇しくもこの二つの大聖堂には"コロンの霊廟（墓）"にまつわる深い因縁があるのだった。そしてこのときからアロンソとマリア、そして勝呂の三人は500年の時空を超えてコロンの墓にまつわるミステリーの深みに飲み込まれてゆく。もしかしたら歴史のひとコマを塗り替えることになるかも知れないことにまったく気付かずに……。

(2) 大聖堂の謎かけ（サント・ドミンゴ／ドミニカ共和国）

『大聖堂は世のすべて、時のすべてを包み隠してくれる』
　　　　　　　　　　　——アロンソ・ピンソン（1955～）

　アロンソの動きは俊敏だった。聖堂内の礼拝堂には見事な装飾が施された総大理石の霊廟があり、その中にコロン提督の棺（遺骨の箱）が安置されていた。霊廟はカ

タルーニャの建築家と彫刻家によって1892年に完成をみているので、かれこれ100年は経過していた。アロンソはひび割れのあるパーツの製作と大理石霊廟の解体・移送時の不測の事態に備えてスペインあるいはイタリアから大理石専門の石工・職人の呼び寄せが必要と踏んだ。移設の準備は思いのほか順調に進んだ。

　一方、勝呂は東京を発ってからマイアミを経てボゴタに立ち寄った後、サント・ドミンゴに到着した。勝呂は早速、記念灯台の日本パビリオン展示ブースの物品の確認作業を行った。

　すでに日本から送られて来ている常設展示品を開梱し、機材リストと照合しつつ物品の確認、員数チェックを済ました。パビリオンの内装が完成すれば所定のブースに展示されることになっているのだが、展示パネルの一部に間違いがあったので、差替えのパネルを勝呂が持参したのだ。こんな仕事なら物産の現地職員だってできるでしょうと勝呂は拒んだのだが、確実に処理できるのはあなたしかいないとかなんとかで押し切られてしまったのだった。

　物品の中味を見るとドミニカ政府に宛てた当時の宮沢喜一首相からの祝辞や日本の戦国甲冑、火縄銃と刀剣、キリスト教伝来（ザビエル）の歴史や能面のパネル、七福神や茶の湯の解説に交

5　コロン（コロンブス）の涙　　157

じって、銀閣寺の写真があるではないか……。ここで勝呂ははたと固まってしまった。「マルコ・ポーロの東方見聞録に登場するおそらくは中尊寺金色堂の存在が、当時大きくジパング黄金伝説を膨らまし、それがコロン以降の大航海時代に及ぼした影響（プルス・ウルトラだ）を思うとき、ここは銀閣寺ではなく、中尊寺金色堂のでかいパネルでしょ」と。展示機材の選定に難があったと言わざるを得ないが、時すでに遅しだった。なにしろこれは、コロン500年祭に向けて日本の91年度予算の中から文化無償援助として特別に組まれたものだからだ。プロジェクト名は『コロンブス記念灯台博物館に対する歴史教育機材供与プログラム』という。今さら追加は難しい。

　誰も気にはしないさ。（マリアならきっと突っ込みを入れてくるだろうな……。彼女には言わんとこう……）勝呂は胸の奥にしまうことにした。因みにこの灯台の中にはコロンに由のあるスペインは元よりコロンビアやドミニカなど48ヵ国のブースが設けられ、それらの国の文化や歴史のなかでコロンとの関わりを紹介することになっている。また各国からの拠出金、一説によれば、1億ドルが記念灯台の建設費に当てられている。

Θ E-wink ㉖	HPビジュアル・ガイドへ

●コロン記念灯台の日本パビリオンと夜景

⊖ D-nod: フェルナンド・峻・世在の日記より

> コチコチのゴシック教会建築家のアロンソの見立てでは、エル・エスコリアル修道院と同様に、この記念灯台のデザインもエレーラ様式の延長であまり芳しくないという。なにしろこの記念灯台はコンクリートの塊の馬鹿でかい代物のようだ。何やらでかいグロテスクなマンション風情なのだ。上から見ると非常に大きな十字架を型どっている。夜にはライトアップされ、上空に向かってレーザー・ホログラフで巨大な十字架が投影される仕掛けになっているまるで十字架の灯台（Faro）なのだ。だがこの灯台の明かりは慢性的な電力不足で灯されることは滅多にないという。これはまるで日本のODAが供与後相手に多大な負担（ランニング・コスト）を強いている事例を思い起こさせて心苦しいものがある。
> 1992年10月

　日本パビリオンの展示ブースの仕事を終えた勝呂はアロンソと再会した。
「いやあ、荷物が多すぎてまいったよ。エクセス（超過料金）も相当取られたぞ。君の好きなサケまで持ってきたからね。吟醸酒だ。最近は酒まで紙パックになってね。持ち運びにはいいんだがね」と勝呂。
「ケー・ビエン（いいね）！　そうか、それはありがたい。じゃードミニカ自慢のロン・ブルガル（ラム酒）と

交換だ。コロンビアのロンに負けていないよ。君の好きなヘレス（シェリー）はしばらくおあずけだ。すぐにスペイン行きだからな」

「ムイ・ビエン（いいね）、例のもの全部そろったぞアロンソ……」言いかけた勝呂に、アロンソは慌てて、壁に耳ありの仕草をした。勝呂は黙って親指を差し出す。二人はホテルからオサマ砦に向かった。徒歩で10分とかからない。観光だと言って警備を振り切る。門を潜ると直ぐにトーレ・デ・オメナーへ（敬意の塔）が目に入る。そこは定番のアルマス（軍事）広場のようだった。

「ここなら大丈夫だ、セグーロ」

「ほんとにセグーロ（安全）かい？」

　笑いながらアロンソは大丈夫だと広場を指し示す。勝呂がずっと追っかけているガリータ（監視塔）や大砲も見える。観光客はまばらだ。ここなら人に聞かれる心配はない。

「例の撮影特殊機材は全部揃ったぞ。持ち運びができるように携行仕様にしてもらったのだが結構重くてね、これが」と勝呂は片目をつぶった。

「特殊ユニットの写り具合はどうだい？　大分苦労したようだが……」

「うまくいったよ。それに日本向けテレビ番組の方もや

っとのことで企画を取り上げてもらったよ。各局は大分前から500年祭特番を組んでいて、割り込むのに大変だったんだぞ。娘のクレスセンシア・美亜と撮影スタッフ三人は東京からメキシコ経由でハバナに入ることになっている」
「よしよし、これで準備万端だ」
「まずここでの計画だが……」アロンソは大聖堂に立ち向かう建築家の顔になっていた。コロン提督の棺（遺骨の箱）は、大統領命令で、調査はおろか一般公開も厳禁。門外不出の代物なのである。今回の霊廟の移設工事を請け負うにあたって、アロンソはドミニカ政府にある条件を申し入れていた。霊廟の大理石構造体の一部の修復または作り直しと、棺の中の遺骨と箱の傷み具合をこの機会に厳重チェックすることだった。だが棺を触ること、開けることに関しては、当局は頑として譲らなかった。いよいよ移設の年の今頃になってようやく折れてきた。
『骨箱の寿命はもうとっくに超えているので、この際、特殊な機械で非破壊検査を慎重に行い、結果次第では箱の更新をすること。遺骨の方は絶対に触れてはならないこと。そしてすべての作業は当局の立会いで行うこと』
「これでようやく決着したよ。総責任者の僕に特別な許可が下りたのだ。そのために一度だけ骨箱を開けることができることになった。これは千載一遇のチャンスだ。この機会を逃すと地震か戦争でもない限りもう二度とやって来ないのだ」

大聖堂の霊廟が完成したのが1898年。その時に新たに造られた棺はもうすぐ100年を迎える。おそらくこの中には500年前のオリジナルのままの骨箱が入っているに違いない。そしておそらく外箱はブロンズ製、中の箱は鉛でできているとアロンソは踏んでいるのだった。
「検査にあたっては、当然ドミニカ側の立会いが入る。そこで君の使命だが、君には非破壊検査技師になってもらう。『箱の非破壊検査を日本の技術でやる』そういう触れ込みになっているのだからだ。（鉛はX線を通さない。もし箱が鉛製であれば、箱を開けずに内部の撮影は不可能だった。最初は残骨用X線異物検査と画像処理解析技術でなんとかこの最大のネックを切り抜けるつもりだったのだが……）遺骨の状態のチェックはドミニカの専門家、カブレラ医師が担当する。人骨の数は206本が普通だ」アロンソはここで一息つく。

　（しかし、いったい何のためにここまでするのか……）勝呂はアロンソの真意をはかりかねていた。そう言えば半年程前にアロンソから厄介な相談を持ちかけられていた。古い人骨のDNA鑑定の信頼性についてだ。勝呂が内外の分析機器メーカーに問い合わせた結果、『この当時DNA技術はまだ発展途上であり（1990年代後半から急速に進歩する）、何百年も経った遺骨の鑑定は、たとえ火葬されてなくても（遺灰ではなく遺骨）、エンバーミングといって遺体の防腐処置がなされていなくても、傷みと経年変化からしてDNA鑑定はとても無理

だ』という結論だったことをアロンソに伝えている。つまりコロンの遺骨のDNA鑑定はその後の技術革新に待たなければならなかったのだ。アロンソにしてみれば、ここに来るまでに紆余曲折の連続だった。移設を機会にこの際DNA鑑定をしたらという議論が浮上し、ならば信頼できる比較相手を誰にするのか？ 親子、兄弟？……。コロン提督の血縁者ではここサント・ドミンゴ大聖堂に提督の"長男"ディエゴが葬られている。そしてサン・フランシスコ修道院には"次弟"バルトロメがひっそりと埋葬されている。一方セビーリャの大聖堂には"もう一人の息子"フェルナンドが安置されている。さらにカルトゥーハのサンタ・アナ修道院には"末弟"のディエゴが埋葬されているのだった。

　これとてみんな500年を経過しているのだ。そう言えば2009年からMLB米大リーグで活躍しているバルトロ・コロン投手はドミニカ共和国のプエルト・プラタ州アルタミラの出身だ。コロン提督が最初に砦を築いたところでもある。なにやらコロン提督の超末裔ではと思いたくなる。

　結局DNA鑑定を諦めたアロンソ。それではいったい彼は何を企てているのだろうか……。

「いずれにしても極秘ミッションなので最少人数で行うことになる。一時はどうなることかと思ったが、うまく行きそうだ」

「ああ、エスペラ・ウン・モメント（ちょっと待て）セ

グーロ。観光客が入って来た」アロンソが遮る。大丈夫だ。「遺骨の検査はやっと写真撮影が許されたので、ここでの僕たちの目的は達成されるよ。棺箱の非破壊検査は形通りやって、棺はこの際新しくするように進言しよう。このあと僕たちはハバナに向かう。そこでも大聖堂が対象になるが、ありきたりの取材だけで済みそうだ。ハバナにはコロン墓地（Cementerio de Cristobal Colon）というのがあるのだが、来週にはマリアと娘のリアナ・マグダレーナ・リベラがハバナに飛んで調べてくれるよ」

「えっ！　なに！　向こうでみんなと合流できるのか！えっ！　それになに！　ハバナにもコロンの墓地があるのか？　聞いてないぞ」

　こんな勝呂のリアクションは日本では絶対に見られない。リアナ・マグダレーナはマリアの長女でファッション・モデルを経て建築士。コロンビアのメデジンで活躍している。1女の母親。

「ハバナでの君は日本からの撮影クルーのプロデューサーという触れ込みだ。ディレクターは君の娘の美亜さんだ。ブエノス・アイレスの生まれだって？　美しいアルゼンチンという意味か。それにクレセンシアもいい名前だね。ブエン・グスト（良いセンス）だ。ハバナの要塞群が君を待っているよ」アロンソは休みなく続ける。

「さてと、今回の締めくくりはセビーリャの難しいミッションだ。知っての通りここにもコロン提督の墓所があ

る……」

「おいおいアロンソ、そうするといったいいくつあるんだ、コロンの墓所は？」

「うーん、話せば長いことになるんだなあ、これが。コロンは新大陸に４度の大航海をしているが、実は死後もそれに勝るとも劣らない移動をしているんだ。これについてはマリアのメモをあげるよ」

「うーん、たしかにこれが事実ならコロンは生前４度の大航海と、死後は今度の改葬を加えると６回もの旅をしたことになるのか……」

　コロンの遺骨は数奇な運命を辿り移設改葬されるたびごとに謎を深めていったのだった。

　勝呂のような東洋人には、世界各地に点在する仏舎利のように、複数の墓所に分骨されることに何ら不思議はないのだが……。「結局のところ問題はセビーリャ／スペインとサント・ドミンゴ／ドミニカ両国のどちらが本物かという、本家争いになっていることなんだ」むろん、どちらも引く気配は見せない。コロン提督はスペインにとって、スペイン人かイタリア人？　出自に異論はあるものの、間違いなく新大陸到達の功労者であり、一方でドミニカにとっては侵略者として永久に赦せない存在なのだから放棄してもと思うだろうが、みすみすこの美味しい観光資源を手放すはずもない。だからこの作戦ではドミニカとスペインそしてキューバに波風を立てないように配慮しなければならないのだ。

⊖ D-nod：マリアのメモ：

> 1506年5月20日：コロン提督スペインのヴァジャドリィで死去。失意と病の晩年。ヴァジャドリィで埋葬された。(Convento de SanFrancisco)
> 1509年：セビーリャ／ラス・クェヴァス修道院に改葬（Cartuja de Sevilla）
> 1526年：コロンの長男ディエゴ死去、トレドに埋葬。
> 1542年：ディエゴの未亡人マリア・デ・トレド・ロハスがコロンの遺言に従いドミニカ共和国／サント・ドミンゴ大聖堂に夫ディエゴとコロンの遺骨を移送し改葬。
> 1795年6月：仏西戦争勃発（バーゼル講和条約）
> 1796年1月：コロンの遺骨を急遽キューバ／ハバナのサン・クリストバル大聖堂に移送。3度目の改葬。
> 1877年：サント・ドミンゴ大聖堂でコロンの棺（鉛の箱）が発見される。
> サント・ドミンゴ大聖堂の地下で見つかったコロンブスの棺には「高貴にして、著名なるドン・クリストバル・コロン」と書かれていた。ないはずの遺骨の発見ゆえ4回目の改葬とカウントする。
> ⊖ E-wink ㉕　HPビジュアル・ガイド　サント・ドミンゴで発見当時の写真参照
> 1898年：米西戦争勃発、キューバから今度はスペ

イン／セビーリャ大聖堂に移送され5度目の改葬となる。(Catedral de Sevilla)

1992年：500年祭コロン記念灯台が完成。サント・ドミンゴ大聖堂から記念灯台に移送されて通算6度目の改葬となる。(Faro a Colón)

| ⊖ E-wink ㉗ | HP ビジュアル・ガイドへ |

◆**コロン改葬歴図**

(マリアのメモから勝呂が作成したコロンの改葬歴：コロンの家系図と合わせてご覧あれ)

⊖ D-nod: コロン提督家系図　(勝呂作成)

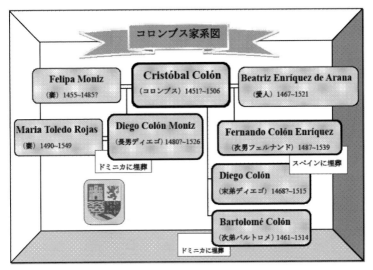

「で、セビーリャでは僕は何を？」勝呂は念のために尋ねる。

「もう分かっているくせに……。いよいよ君が東京で苦労して調達した機材の出番だよ」

それは残骨用Ｘ線異物検査ができる特殊な機材で画像処理解析をすればさらに精度を上げることができる。著名な博物館ではお宝の内部を調べるのに特殊CTスキャナーが配備されている。勝呂たちが特注したのはこれの小型携行モデルと思えばよい。

「セビーリャの棺（骨箱）は鉛ではなくブロンズ製だとの情報は得ている。あそこでは棺を開けるのは絶対不可能だからね。墓所の下から棺を出してもらうのが精一杯なのだ。サント・ドミンゴの棺の箱のチェックは予行演習だということさ」

なにやら入口が騒がしい。学童たちが大挙して砦の見学らしい。日本のＴＶ局の特番の目玉が霊廟の台座のパネルを外してコロンの棺を特別に引き出して、その姿を見せてもらうのだ。ただし『棺の箱は絶対に開けてはならぬ』という条件で。棺はスペインの国旗に包まれているはずだ。撮影は国旗を外して箱を写すところまでだ。ＴＶ集録している間に君は箱を開けずにこの特殊機材で内部の遺骨を撮影するのだ。実のところＴＶカメラはカモフラージュで箱を引っ張りだすための方便にすぎないのだ。

「了解だ。難しい撮影になるが、TV局のクルーとじっくり作戦を練るよ……」
「じゃ、そろそろホテルに戻るとしょうか。これからサプライズがいっぱい待っているから。テ・バス・ア・グスタール、エー（きっと気に入るから）！」
「OK。でも僕は折角だからしばらくここの監視塔のチェックをするよ、チャオ、アスタ・ルエゴ（またあとで）」

　今やガリータ収集魔の勝呂はサント・ドミンゴの守りの中枢だったオサマ砦を一人歩く。
「明日からは、かつては城塞都市だったサント・ドミンゴの外壁を巡ってみよう……」勝呂はそのときしきりにお宝が待っている予感がしていた。
「アロンソの言うサプライズって、いったいなんだろうか。それにしてもアロンソの今回の一連の意図がイマイチ読めないなあ。今回のサント・ドミンゴの改葬を前にしてなぜハバナとセビーリャの墓所を見ておく必要があるというのだろうか？　それにテレビ番組の制作費用はまだしも、あの特殊機材の費用は、いったいどこから捻出したのだろうか？　残骨用X線異物検査機と非破壊検査機を合体した特注品だ。だからえらく高いものについてしまった。趣旨から言ってドミニカ政府やスペイン政府から出るわけはない。500年記念委員会 Jubilee Commission からか？　これだって NO でしょう……。アロンソはいったい何を企てているのだろうか。この隠

密調査はいったい誰の差し金なのだろうか？」

 古い砦の中にいる勝呂はそのせいか、ますます疑心暗鬼に陥っていった。

＊　　＊　　＊

 翌日勝呂は一人でサント・ドミンゴの城塞の外壁に沿って歩いてみた。ブラタモリならぬブラタカシを決め込んだのだった。

 カルタヘーナやプエルト・リコのサン・ファンのような街を守る城壁はここではほとんど残されていない。サント・ドミンゴの旧市街はカリブ海に面し、オサマ川を境に東西に広がった町で、コロンの弟バルトロメが1496年にオサマ川の東側に町を建設した。新世界最古の植民都市なのだ。総督として派遣されたニコラス・デ・オバンドが1502年にオサマ川の西側に町を移し、サント・ドミンゴと命名した。この旧市街（ソーナ・コロニアル）にはおよそ300の史跡があるという。

 オサマ要塞をはじめ、サンタ・マリア・ラ・メノール大聖堂、ドミニコ修道院、歴代の総督や英雄が安置されているパンテオン（霊廟）、廃墟になっている修道院や新世界最古の病院、コロンブスの息子で2代目総督になったディエゴ・コロンとその妻マリア・トレドの私邸だったアルカサル宮殿、アルタグラシア教会などなど。1990年にはユネスコの「世界人類遺産」に認定されている。

 ガイドブックには載っていない、勝呂にはとても嬉し

いいくつかの発見もあった。途中勝呂は、城壁の一部が剥き出しなったところを発見した。残された城塞都市の壁の構造を知ることのできる貴重な箇所だ。さらにスーパーマーケットの中の壁の一部に、外壁の石組みがしっかりと残されていた。

　南側のカリブ海に面したマレコン（海岸通り）を歩いていた時、保存されている監視塔と砲台の前にいきなり現れたドミニコ会のアントン・デ・モンテシーノス修道士の巨大な像に心底驚かされた。その表情は当時の先住民に対する不条理な事々を断固訴える強烈な意志に満ちたものだった。その先の小さなサン・ヒル砦に向かう途中で勝呂は「あれっ！」と引き返した。そこには見覚えのある笑顔の像が置かれていた。

　（こんな所になぜ？　あり得ない）それは紛れもないガルデル像だった。アルゼンチン・タンゴの神様と言われる伝説の名歌手カルロス・ガルデルだ。銘板にはドミニカ国民 1890 ― 1990 とある。ガルデル生誕 100 年を祝ってドミニカの愛好者たちから送られたものだろう。コロンビアにタンゲーロ（タンゴ好き）が多いことはよく知られているが、ドミニカでもそうだったことがこれで知れる。

　ガルデルは海外公演で 1935 年コロンビアのメデジンから故郷アルゼンチンへ戻るときプロペラ機が離陸に失敗して炎上、急逝している。勝呂にとってこれも予期せぬ嬉しい発見だった。

　　　　　　　　　　　　5　コロン（コロンブス）の涙

その2町裏手のスペイン料理店ラ・マシアでスペインから直送されたバスク地方の高級食材アングーラス（シラスウナギの稚魚）を初めて味わった。美味だ。白ワインもいけたが銘柄は忘れた。そして所々に要塞の守りを偲ばせる砲台や監視塔やゲートを見ることができる。フリオの家族写真のような水辺に面した低い監視塔を見つけたが、よく見ると違っていた。こうなったらとことん探すぞ。フリオの家族が写真を撮ってから高々5、60年の間に取り壊されたとは考えにくい。きっとどこかにあるはずだ。

　1586年にこのサント・ドミンゴもあの海賊ドレイクに襲撃されている。ガイド・ブックにはAntonelliの記載がなかった。だが建築家の集まりである旧市街を保存する会の資料に要塞技師アントネリの名前を見つけた。やはりアントネリはここにも派遣されている。

　翌日勝呂とアロンソは事前の打合せ通りサント・ドミンゴ大聖堂のコロン霊廟の棺の非破壊検査と遺骨の撮影を行った。ドミニカ政府の厳重な立会いのもと、その結果ドミニカ文化庁とは棺を新しくすることで合意した。

　勝呂もアロンソも「ひょっとするとコロンの棺の中にエメラルド・タブレットが……」と淡い期待を抱いていたが、それはなかった。

Θ D-nod: ガルデル−タンゴの神様

カルロス・ガルデル（Carlos Gardel, 1890年12月11日？〜1935年6月24日）不世出のタンゴ歌手、タンゴの神様とも呼ばれるアルゼンチンの歌手・俳優・作曲家。パリ、ニューヨーク、バルセロナ、ウルグアイ、チリ、プエルト・リコ、ブラジル、ベネズエラ、コロンビアなど広く海外にも巡演し、その人気の絶頂期に帰途コロンビアのメデジン空港離陸時の事故で急逝した。映画にも多数出演し、その美貌と名声は現在なお語り継がれている。アルゼンチンの国民的英雄。慣用句のアジェール・オイ・イ・シエンプレ（昨日・今日そして永遠に）と言えばガルデルのことを指すことも。

ⓒ Pablic Domain

Θ E-wink ㉘	HPビジュアル・ガイドへ

■サント・ドミンゴ旧市街歴史地区写真集

(3) ハバナのサプライズ（キューバ）

『とにかく、新しい毎日なんだ』『ただ動くだけが行動だと勘違いするな』　──アーネスト・ヘミングウェイ（1899～1961）

　勝呂とアロンソの二人はサント・ドミンゴからハバナまでアエロ・カリビアン航空の直行便を利用した。「よしよし、今度はハバナのモロ要塞にお目にかかれるぞ！」勝呂と言えばのんきに心躍らせた。ほんとのところは『マリアたちに会えるぞ』と言うべきか。わずか2時間の旅だ。ドミニカの警備兼監視のSPがご丁寧に2人付くことになった。勝呂には携行機材がたくさんあったので好都合だった。入国審査では日本からの観光キャンペーンのための取材班という触れ込みだった。事実前日には日本から5人の撮影クルーがメキシコ経由でハバナ入りしていた。ディレクターは勝呂の娘で映画監督の美亜だ。パスポートには入国スタンプは押さず、ロシアやイスラエルと同じようにツーリスト・カードで入出国した。

　携行機材が多かったので通関に少し手間取った。勝呂は非破壊検査の特殊機材の税関検査をどうクリアーしたものかと頭を痛めていた。案の定ある物品が持ち込み制限で空港預かりとして取り上げられてしまった。だがそれは"おとり"の方だった。引っ掛かったのは荷物チェックですぐに気が付くように目立つところに置いてお

た"ラーメン・ポット"の方だった。事情を知る勝呂は小型の電熱湯沸かし器をダミーとして入れておいたのだ。昔から電力事情の悪いキューバでは大電力を食う電熱器の類の持ち込みに厳しい制限があるからだ。この電熱器に気をとられた税関士は他の荷物にはさほど気を配らず撮影機材ということで通してくれた。

空港では先発隊のマリアと長女リアナ・マグダレーナ（リアナ）が飛びついて出迎えてくれた。彼女らは3日前から事前の調査にかかっていた。ハバナ大聖堂のかつてコロンの遺骨を埋葬していたと伝えられていた側廊とハバナ・コロン墓地（Necrópolis de Cristóbal Colón de La Habana）の下調べだ。教会の中でも、墓地の中でも女の魅力が遺憾なく発揮されたと見えて、短い間に二人はもう調べ上げていた。マリアは彼女一流の好奇心と人を和ます魅力的な笑顔が、長女のリアナは建築家の専門知識に加えて元モデルの人を惹きつける魅力度を全開させて……。

バロック様式のハバナ大聖堂は1750～76年にかけて建立されたという。コロンの遺骨は1898年までここに安置されていたのだ。リアナが早速聖堂のうんちくを語り始める。「正面のファサードは典型的なローマ・バロック建築のイル・ジェズ教会の流れを汲むものだわ。左右上方のスクロール模様に注目よ。あの渦巻き型はイエズス会の本山であるイル・ジェズ教会の象徴なのよ。イエズス会の影響はここにまで及んでいるってことね。

三層構造の鐘楼が左右対称でないのはなにか理由があるはずよ。左の鐘楼がいかにも細いわね」

| ⊖ E-wink ㉙ | HP ビジュアル・ガイドへ |

◆ハバナ大聖堂

　リアナは母親のマリアに負けていない。母親譲りの好奇心が頭をもたげている。「コロンのお墓はもうここにはないわ。1898年に米西戦争が勃発してスペイン危うしとなり、結果キューバが独立した時に、スペインは急遽コロンの遺骨を今度はセビーリャに移したの」そう言ってリアナは3枚の写真を広げた。マリアたちはキューバのジャーナリストの集まりである"キューバ・ジャーナリスト連盟"で首尾よく入手したという『キューバの写真報道／決定的瞬間』の中から『クリストバル・コロンの遺骨』と題した記事の中に貴重な写真を見つけ出したのだった。1枚は『コロン提督のタブレット（石碑）』だ。これは当時、大聖堂側廊の壁面に掲げられ、その背後（背障）の壁龕（ニッチ）に棺（骨箱）が納められていたという。2枚目は1898年にハバナから急遽セビーリャに移す時に撮られた写真だ。骨箱を取り出すために大理石の石碑が取り外された壁龕の様子が良く分かる。

<u>Θ E-wink ㉚</u>　　　HP ビジュアル・ガイドへ
■コロン提督の遺骨の移送（キューバからスペインへ）
1898年

　棺とタブレットは急ぎ艦船コンデ・デ・ベナディート号でスペインのカディスへ、そこからヒラルダ号に乗り換えてグアダルキビル川をさかのぼりセビーリャに送られた。哀れ提督の棺の荷姿が3枚目の写真だ。「グラン・エキスト！　よく手に入ったなあ。でかしたぞ」アロンソと勝呂は、マリアたち二人がこれらの写真を見つけるのにいったいどんな手を使ったのか聞き出すのは憚(はばか)れた。「いやあ、参ったな！」「だからここには提督の遺骨は何も残されていないということなの。セビーリャでも確かめなければならないけど、このコロンの大理石のタブレットはその後行方知らずになっていて、文字通りこれも "タブレタ・ペルディーダ(ロスト・タブレット)（失われしタブレット）" なのよ。その時のどさくさに紛れて遺骨が散逸した可能性もあるそうよ」「つまりコロンの遺骨は1795年の仏西戦争でドミニカからキューバへ、1898年の米西戦争ではキューバからスペインへ移されたのだけど、その時の戦争の勝敗の分かれ目になったのが『ガルシアへの書簡』♣だったのよ」「リアナ、前にその『ガルシアへの書簡』という短い物語を読んだことがあったわね。覚えているでしょ。米西戦争の時のローワンという男の話でしょ」「ええ、よく覚えているわ。今社会に必要と

される人間はローワンのように『ガルシアへ手紙を届けられる人』なんだって」話がしばしば脱線する親子だ。こういうときもなかなか美しい。そしてこの米西戦争の結果、キューバは独立を勝ち取りフィリピン、グアム、プエルト・リコのアメリカへの割譲が決まった。

　一方、ハバナ・クリストバル・コロン墓地（Necrópolis de Cristóbal Colón de La Habana）の方は、そもそもからハバナ市の著名人を葬る高級共同墓地だったようだ。「コロンの名が付いているので紛らわしい限りだけれど、ここはコロン提督のお墓ではないのよ。誰だってここにコロンが埋葬されていると思うわよね」

「えっなんだそういうことか」

　翌日の午後みんなは『ラ・ボデギィータ・デル・メディオ』に参集した。かつてアーネスト・ヘミングウェイが足繁く通ったレストランだ。勝呂は集合時刻通りに来たのに入口にセラード（閉店）の札が掛かっている。おかしいなあと思いながら裏口に回ってみる。なんとそこには『ビエンベニード・エルネスト（ようこそエルネスト）！』と書かれているではないか。「まてよ、エルネストって僕のこと？　ヘミングウェイじゃないよね。こ

♣　『ガルシアへの書簡』：米西戦争時米国大統領マッキンレーがキューバの革命家カリスト・ガルシアに勝敗を決しかねない緊急連絡をする話。ガルシアの居所さえ聞かずに単独で敵地に入り込みそのミッションを見事に成し遂げたローワンという男にフォーカスされている。不平不満も言いわけも言わず、他に依存することなく自ら道を切り開く人物として当時の若者にやる気を起こさせる逸話として一世を風靡した。エルバート・ハバード（米国作家、哲学者 1856〜1915）

こから入れってことか……」

　ノックもしないでドアを開けた途端に警報ベルが鳴り響く。「おいおい、怪しいもんじゃないよ。僕はエルネストだよ！　ようこそと書いてるじゃないか。ヘミングウェイはいつも裏口から入っていたのか。聞いてないぞ」大声をあげながら真っ暗な店に入った途端『フェリス・クンプレ・アーニョス（ハッピー・バースデイ）』の大合唱と共に灯りがついた。そう今日は勝呂の誕生会だったのだ。「今日だけだぞ」とアロンソがみんなに言った。いつもはセグーロなのに今日に限ってみんなは勝呂のことをエルネストと呼んでいる。オーナーが勝呂に店のTシャツをプレゼントしてくれた。"モヒート"のレシピが背中に詳しく書かれている。ハバナの嬉しいサプライズだった。

　壁一面がもうこれ以上書き込みができないほど訪問者のサインやコメントで埋もれていて、ついついなぜか知っている名前をもしやと探してしまう。

　一同乾杯の後、エルネストに特別のプレゼントがあると言ってアロンソが立ち上がった。

「エルネストが昔からずっとアントネリの監視塔を探し回っていることは皆よく知っているよね。今回ここハバナの要塞群にもアントネリ型の監視塔がいくつも残されているのが確認できたわけだけれど、今日はアントネリ一家の知られざるハバナでの業績の一つを披露しようと思う。昨日行ったハバナ大聖堂の建設前の敷地一帯はひとたび雨になれば大水浸しの湿地帯だったところで、かつてはPlaza de la Ciénaga（沼地広場）と呼ばれていたそうだ。その頃スペイン本国からフェリーペⅡ世の命によりカリブ全域の防衛網構築目的で派遣されていたアントネリ築城技師一家が一帯の給排水溝工事を完成させたのだ。ハバナ旧市街のこの辺りは昔から重要地区だったからだ。1592年のことだ。当時の築城・軍事技師の守備範囲は広く、要塞、土木、水利・浚渫技術などなんでもこなすことができたようだ。そしてこの工事はアメリカ大陸初のZanja Real（スペイン王室による水利事業）となったと言われているそうだ。その後1748年から1777年の間にこの場所に大聖堂が建てられPlaza de la

Catedral（カテドラル広場）と呼ばれるに至った。今日San Ignacio 通りと Empedrado 通りの角でこの辺りは今でも Callejón del Chorro（水が滴る横丁）の別名が残っているくらいだ」

　アロンソは一息ついて続けた。先程からずっと日本人スタッフの通訳に追われる美亜。

「どうだいエルネスト、アントネリ一家を信奉する君にはとって置きのいい話だろ」

「うーん参ったなー。さすがはアントネリ一族だね。要塞以外の仕事もこなしていたんだね。ところでアロンソ、僕はその大聖堂からすぐ鼻の先にあるフエルサ要塞・城（Castillo de Real Fuerza）に行ってみたのだが、そこでいい話を聞いてきたぞ。僕の誕生日祝いのお返しになりそうなので聞いてくれるかな」

　一同は（何なに）とはやし立てた。

「ブエノ、諸君、ハバナの観光ガイドには必ず載っているけれど、ここハバナにはある夫婦愛の伝説があってね、昔キューバを統治していたエルナンド・デ・ソト総督はフロリダ遠征で原住民の反撃に遭い落命したんだ。プエルト・リコの最初の統治者ポンセ・デ・レオンが『生命の泉』を探し求めた土地だ。そうとも知らずに夫の帰りの船を要塞の塔からいつまでも探し求めていたイサベル夫人の様子が夫婦愛の鏡として伝説となって残されているんだ。この伝説から着想を得てブロンズ像で再現したのがハバナ生まれの彫刻家ヘロニモ・マルティ

ン・ピンソンだった。そして後の総督ビトリアンがこの像を監視塔の先端に付けさせて夫人の思いを永遠のものにしたのだ。この時ビトリアン総督は故郷セビーリャのヒラルダの塔の先端にある女神の風見像ヒラルディージョに因んで『ハバナのヒラルディージャ』と命名しハバナのシンボルになったというわけさ」
「そのブロンズ像が二つあるというのはどういうこと？ ピンソンのもう一つのブロンズ像って？」
　うるうるのマリアがすかさず突っ込む。
「いま塔の上にあるのはレプリカなんだ。彫刻家ピンソンのオリジナルは市立博物館（旧提督官邸）に収蔵されているよ」
　好奇心丸出しのマリアが「ピンソンの家系に彫刻家がいたなんてね。ありがとうシオ、いやエルネスト！　このあと行ってみるわ。パティオにコロン提督の像があるというあの博物館ね」
「そうだよマリア。ではなぜ今塔の上にあるのがレプリカなのかって？　それはね、ある時強力なハリケーンがカリブ海を襲いオリジナルの夫人像を塔の上から引き下ろしてしまったんだって」
　その時ラム酒のボトルを指さしたのは美亜だった。
「見てあのボトルを。ハバナ・クラブのラベルになって

いるのがイサベル夫人なのね！　そしてキューバで初の女性提督って彼女のことだったのか……」

　皆は一斉に納得の表情。モヒートやクーバ・リブレを飲んでいる。自由なキューバを意味するクーバ・リブレはラム・ベースのロング・カクテルで氷を浮かしたコーラにライム・ジュースを加える。1902年にキューバがスペインから独立したときに米軍兵士がバカルディ・ラムにコカ・コーラを加えて乾杯したのが始まりだという。
「1898年に勃発した米西戦争の時だ。テ・アコルダス？（憶えているかい）」

　コロン提督の遺骨が急遽ハバナからセビーリャに移される羽目になった戦争だ。これでキューバは米国のおかげで自由になったと一時は喜んだものの、キューバ危機を経て米国と敵対関係になり、経済封鎖が長く続いていく。そんな中でキューバ人にはコカ・コーラやペプシコーラ入りのカクテルは敵国のものであり、本物のクーバ・リブレはこのハバナ・クラブにキューバ産のトロピ・コーラかテゥ・コーラでなくてはならないと言うわけなのだ。だがこの起源に立ち返ってキューバ人も元のコカ・コーラ入りで仲良く乾杯できる日が来るのも悪くはない。コカ・コーラでもトロピ・コーラでもどちらでも構わない。自由な時代はきっと到来する。これこそほんとのクーバ・リブレ（自由のキューバ）だ。

　フエルサ要塞のイサベル夫人は今も監視塔から海を見つめ総督の帰りを待っている。そしてハバナ・クラブの

イサベル夫人もまたキューバの真の自由を待ち望んでいるのだ。

| ⊖ E-wink ㉛ | HP ビジュアル・ガイドへ |

◇『ハバナのヒラルディージャ』

「これで明日から向かうセビーリャと繋がったね。ヒラルダの塔も楽しみになって来たね。ところでリアナ、ハバナ大聖堂の鐘楼の謎解きをやってよ」
　リアナは自分の出番とばかりに口を開いた。
「イエズス会様式のファサードの左右に、まったく非対称な鐘楼をわざわざ据えたのはなぜなんだろうかという問いかけだったわね。右側が左の倍はあろうかという非常にインパクトのある鐘楼だ。ファサードが南向きであることに着目するとその謎が解けるかもしれないわね。だけどその前に大聖堂の予備知識をおさらいしておきましょう。皆さんにも分かり易いように」と言って日本人スタッフに語りかけた。その分美亜は通訳で大わらわとなった。
「正面のファサードのデザインはなんとイタリア・バロック建築の大御所フランチェスコ・ボッロミーニ（1599～1667）の手になるものなのよね、アロンソ叔父さん！」
　ここでやはり教会建築のプロのアロンソの登場となった。

「そうなんだ。ローマ・バロック建築の3大巨匠はマデルノ、ベルニーニ、そしてこのボッロミーニだ。とくに凹みや膨らみのある独特なうねりがボッロミーニのファサードの特徴だ。この大聖堂の中央の正面ファサードは正にボッロミーニの特徴が出たイエズス教会バロックの建築だ。キューバの作家アレホ・カルペンティエルに『石の中で音楽が息づいている（Musica grabada en piedra）』と言わせたファサードだ。間近から見上げるとこの音楽のうねりがよく分かるよ。ハバナにボッロミーニの聖堂があるなんてほとんど奇蹟と言ってもいいんだよ。両脇の非対称な鐘楼そのものにはうねりの要素がないのでボッロミーニ作ではないかもしれないが、十分中央のファサードを圧倒しているよね。リアナが言うように、結果的にはこの極端な非対象がうねりを演出しているとも思えるね」

「教会堂や大聖堂を建設するときの大原則の一つに、まず始めに方位を確かめなくてはならないのだよ。東西を軸にして東側に祭壇を設けること。これを（オリエンテーション）という。西の端を扉口（メイン・エントランス）とし、ここを西正面呼び、ここを建物の正面（ファサード）に相応しい装飾で飾ることになるわけなのだ」

　美亜がまた口をはさんだ。「あ！　アロンソ、ひょっとしてオリエンテーションって言葉はここから来たのかしら？　先ず方位をオリエントに向けること。あなたが今している建築の講義が正にオリエンテーションなの

5　コロン（コロンブス）の涙　　185

ね」

「その通〜りだよ、美亜監督！」

「さらに厳密に言えば、（建てる大聖堂の守護聖人の祝日若しくは定礎式当日に太陽が昇る方角を東とする）のだよ」ここで皆の予想通りにマリアの出番になった。

「聖母マリアのことなら私に任せてね。聖母マリアを祀る大聖堂なら聖母被昇天の祝日である8月15日の日の出の方角が正しいオリエントなのよ。聖母マリアを祀る大聖堂が世界各地にたくさんあるわね。なかでもノートル・ダムと名がつくのはみんなそうよ。なぜってノートル・ダムは聖母マリアを意味するからよ」

「さて翻ってこのハバナ大聖堂の方位を見てみると、なんと今言った原則から完全に外れていることが分かるだろう。正面扉口とファサードは南向き、祭壇は北向きなんだ。最初はこの場所に学校を建てる計画から教会堂の話になり、その後本国から大聖堂にするようにとの通達が来る。すでに区画整理がとっくに終わり周辺には郵便局などの建物が建っており、原則通りに東西を軸にすると、せっかくの西正面のファサードは狭い道路の向かい側の建物に遮られることになる。そのためカテドラル広場（旧沼地広場）に面する南側を正面ファサードにもってきたと考えられる。ところがこの南正面の間口が西正面に比べ狭いから堪らない。加えて右側の鐘楼にはスペイン本国から送られた7トンもの大きな鐘と地元のマタンサスで製作した大小の鐘を2層、3層に吊るすのに

十分な大きさを先ず確保しなければならなかった。つまり始めに中央ファサードと右側鐘楼ありきで、左側の時計塔は辛うじて余りのサイズに納めたので小さくせざるを得なかったのではないかと考えられる」

　アロンソは今きたばかりのモヒートで一息入れるとさらに続けた。
「教会や聖堂の両脇に鐘楼を据えるデザインは、イル・ジェズ教会バロック様式に限ってみるとイタリア本国や周辺国ではほとんど見当たらないんだ。ところが中南米各地の教会や聖堂の多くは双塔で安定感を演出しているよね。多分それはイエズス会が中南米布教で建設したときの教会堂・聖堂輸出モデルだったのかもしれない。今風に言うとね。これから先はまたリアナの話に耳を傾けてみよう」

　リアナは間髪を入れずに引き継いだ。
「そんな中でこの大聖堂の鐘楼の非対称。私はこれこそがウルトラ・バロックの発露ではないかと思うのよ。イエズス会などの布教は、ヨーロッパは元より新世界にも広がり、その結果、教会建築が中南米の各地に残されたわけだけれど、現地の様式や装飾や材料が巧みに取り入れられ、融合されて、より大胆に、より鮮烈になっているのよ。中南米では特にこれをウルトラ・バロックと表現する人もいるわ。今、私はこのハバナ大聖堂のファサードと鐘塔はウルトラ・バロックのはしりだと確信したわ」

この突然のアロンソとリアナのサプライズ講演に一同アプラウソ（拍手）。

| ⊖ E-wink ㉜ | HP ビジュアル・ガイドへ |

♣ウルトラ・バロック

　夜になってみんな連れ立って対岸のラ・カバーニャ要塞に入った。
『シレンシオ（静粛に）！　これから守備隊のお出ましだ。お静かに……』ラ・カバーニャ要塞では毎晩守備隊のセレモニーが行われている。150年以上続いている大砲の儀式だ。9時に砲声が響きわたる。昔はこの時、敵の攻撃を避けるために砦城壁の扉が閉められる。今ではもうこの扉は失われている。このイベントは要塞の観光の目玉になっている。
「ケ・ディビーナ・ノ（いいわね）！」マリアはここでも飛び上がらんばかりに狂喜した。「マリア！　シレンシオ（静かに）！」

　勝呂のクルーがこの行事の様子をビデオ撮りしたのは言うまでもない。ラ・カ

バーニャ、プンタ、フエルサ、モロの4つ要塞がハバナの守りを固める。16世紀に建設が始まり、ここでもイタリアの要塞建築士バウティスタ・アントネリがフェリーペⅡ世の命を受け、砦を最強なものにし、

ハバナの監視塔

カリブのスペイン領海全域の防衛網を構築した。甥のクリストバル・ローダ・アントネリ、息子のフアン・バウティスタ・アントネリもこれに献身的に参加している。ハバナの旧市街とそれを守る堅固な要塞群は1982年に世界遺産に登録されている。

　自由時間となっていた翌日の午前中、勝呂はマリアを誘って残りの要塞巡りに出かけた。プンタとモロの要塞だ。それにハバナの東にある漁師の町コヒマルの小さな要塞にも足を運んだ。そこで3基の監視塔を認めたが、やはりここでもあのフリオが残した写真の監視塔とは違っていた。この近くにはヘミングウェイの家があり、今は博物館になっている。

　そのあと二人は市立博物館（旧提督官邸）に向かった。
　勝呂が昨日話した彫刻家ピンソンのオリジナル『ハバナのヒラルディージャ』が展示されているところだ。途中の広場に古本市が出ていた。絵葉書や絵画も売っていた。勝呂はハバナ旧市街の崩れそうな家屋を描いた絵に

目がとまった。画家自ら売り込みをしていた。名をポトリリェと言った。この絵はいずれキューバが米国と縒りを戻せば、真っ先に取り壊される風景だろうか。ペーソスを醸しているこの絵は勝呂の横浜のピソ（フラット）に掛けられている。

　移動は60年代のアメ車で初期の頃のバットマン・モービルに似て後部両端が大分はねあがった黒のタクシーだった。トニー・アブレイユという運転手だった。マリアは旧市街の地図を見ながらトニーに行き先を指示した。フエルサ要塞とプンタ要塞の中間の運河の面したところだ。そこから対岸に前の晩に行ったラ・カバーニャ要塞が見える。

「ここよシオ、サムライ・ハセクラがここに立って目的地のローマの方角を指していたのよ……1614年のことよ」

　ハセクラとは慶長遣欧使節の支倉常長のことだ。常長はメキシコからスペインに渡る途中ハバナに立ち寄ったのだった。ここでもアントネリのイタリア／スペイン要塞築城技術を驚嘆の目で見たのであった。「シオ、私がずっと昔にサムライに会ったことがあると言ったでしょ。400年前のあなたよ。この場所で……」珍しく真面目顔のマリアだった。勝呂はこの時アマゾン河口で出会っ

たマリアの一陣の風を思い出していた。「するとマリアに出会ったのはあのときで2度目だったということか！ 1973年のことだよ……」「マリア、サムライと魔法使いの出会いってあるんだね。時空を超えることができるんだ」車内で聞いていた運転手トニーはこの会話をキチンと理解できたようだった。しきりにうなずいていた。なんとなればバットマン・タクシーの運ちゃんだからだ。

| ⊖ E-wink ㉝ | HPビジュアル・ガイドへ |

▶ハバナの支倉常長ブロンズ像 2001年

(4) セビーリャの攻防（スペイン）

『あなたの傷を知恵に変えなさい』
——オプラ・ウィンフリー　米テレビ司会者・女優

　マリア、リアナ、アロンソ、勝呂と美亜の撮影クルーの一行に随行する護衛の二人はハバナからアビアンカ航空でボゴタへ、そこからマドリッドに到着。今度はイベリア航空に乗り継いでセビーリャに降り立った。行く先々で芸能人セレブの一行と間違えられる。美男美女と撮影スタッフにSPのエスコートがついているから無理もない。勝呂はくれぐれも目立たないように、今回の旅は隠密行動なのだからと釘を刺していたのだが……。もともと陽気なコロンビアのサルサ、クンビアの乗りにハ

バナのサルサやソンやさらにはレゲトンが相乗してそのままここに持ち込んできている。これはもう誰が見ても日本のバラエティ番組の収録のようだ。日本からハバナの音楽特集とセビーリャではコロン特集番組の収録に来たのはクレスセンシア・美亜ディレクターを入れて5名のクルーだった。名前からも分かるようにディレクターは勝呂の一人娘で映画監督をしている。今回のセビーリャ・ミッションでもうまく立ち回ってくれるはずだ。マリアたちとはハバナですっかり打ち解けている。

　目指すはセビーリャ大聖堂のコロン霊廟だ。アロンソと勝呂は撮影日程の調整に向かった。いよいよ翌年に500年祭を迎える時に、余り派手な立ち回りは避けたいということで、撮影は非公開で行うことで決着した。元よりこれは望むところだった。

　セビーリャ大聖堂は1987年アルカサル、インディアス古文書館をひっくるめてユネスコの世界遺産に登録された。ルネッサンスとゴシックの混合様式の巨大寺院で建設には1403年から約100年を要した。サンピエトロ大聖堂、ロンドンのセントポール大聖堂とともに世界の3大カテドラルとして数えられる。写真真ん中はヒラルダの塔でかつてはモスクの尖塔（ミナレット）だった。この大聖堂はイスラム様式の影響を見ることができる。写真右側の建物がインディアス古文書館だ。大聖堂の内部に入ればなおさらその壮大さに驚かされる。王室礼拝堂やサン・ペドロ礼拝堂のある主礼拝堂と交差する

いわゆる交差廊の南側正面にコロン提督の霊廟がある。聖堂入口のサン・クリストバルの扉を入ってすぐだ。当時スペインを統治していたカスティージャ、アラゴン、ナバラ、レオンの４人の国王がコロンの棺を担いでいる。

　観光客が少ない早い時刻を狙い午前中いっぱいを霊廟の整備工事中のアビソ（お知らせ）を掲げた。コロンの霊廟の台座の扉を開いて棺（骨箱）を取り出し、スペイン国旗で包んだ。非公式・非公開とは言え国儀に準じている。そしてすぐそばの聖具室に移した。ここを入室禁止とし特別に撮影場所としたのだ。すべては厳重な監視の元に行われた。立会いの高官たちには老朽化した骨箱の非破壊検査が目的であることが通達されていた。これはサント・ドミンゴと同じ作戦だ。だがこの時、居合わせた誰もが一様に驚きと違和感を覚えたはずだ。骨箱がいかにも小さいのだ。火葬されていない遺骨ならばこんな箱には入りきらない。棺は予め用意された特殊プレートの上に恭しく置かれ、国旗が外されてコロン提督の棺が映し出された。そのと

5　コロン（コロンブス）の涙　　193

きだった。マリアとアロンソは一瞬だが勝呂のほころぶ口元を見逃さなかった。美亜には「しめた」と聞き取れた。果たせるかな棺は鉛製ではなかったのだ。撮影クルーに交じって一風変わった撮影機材を棺の上にセットして慎重に撮影した。勝呂が日本から持ち込んだ特殊仕様のあの機材だった。非破壊で残骨を検出できるＸ線異物検査器だ。棺の下のプレートはＦＰＤと言ってＸ線画像を検出する最新鋭のカセッテが入っている。箱を開けないで遺骨を撮影しているのだった。絶対に開けないで棺を撮影することが条件だった。勝呂は冷静を装い、監視員に気付かれないようにモニターのデジタル画面を見て愕然とした。「いかにも骨が少な過ぎる……。うまく撮れていないのか……」勝呂は何度も撮り直したが結果は同じだった。日本のＴＶクルーの美亜ディレクターがうまく時間稼ぎとカモフラージュをしてくれた。この部屋は本来ミサに使用される聖杯や聖衣などを保管するためのものだが多くの宗教画や美術品の宝庫になっており、スルバランの『慈悲の聖母』やゴヤの絵画などすごい作品が掲げられている。骨箱はやはり鉛ではなくブロンズ製だった。そのため蓋を開けなくても間違いなくＸ線を透過する。画像処理で画像の解像度を上げなくても十分な精度が得られた。ようやく勝呂は撮影終了をみんなに告げた。機材の片づけをスタッフに任せて勝呂はアロンソを聖具室の外に呼んだ。いつになく蒼白な勝呂を見てアロンソは「やはりそうだったか。コロンの遺骨の数が

少なすぎると言いたいんだろう、セグーロ」図星だった。人間の骨は普通206本あると言われている。「どうしてだ。中の遺骨はその15％も満たしていないぞ。残りはどこにあるのだ！」勝呂はアロンソに詰め寄る。「まあまあ、落ち着けセグーロ。これは僕の予想通りのことだ、機材の不具合でも何でもないよ。良くやってくれたセグーロ」アロンソには想定内の事だという。納得いかないのは勝呂。アロンソに突っかかるところでマリアが聖具室から出てきた。半信半疑の勝呂。「ケ・ディチャ・ノ（ありがたいことです）！　コロン提督の遺骨をこんなそばで拝めるなんて……。おや、どうしたのシオ、浮かない顔をして……」我が意を得たりとご満悦のアロンソの傍らでまったく腑に落ちない勝呂。対象的な二人を見たマリアが言った。

「遺骨を前にしたら、西洋人は喜び、東洋人は悲しむのね……」この空気がまったく読めていないかのマリアはそう言って微笑んだ。だがその笑顔には、いつもとは違う堅さ、もしかしてこの事態のすべてを取り仕切っているのはマリアではないかと思わせる（なにか堅い意志を感じる）笑顔だった。

（🜨 E-wink ㉕　サント・ドミンゴ大聖堂とセビーリャ大聖堂そしてコロン提督の霊廟をご覧あれ）

　翌日マリアとリアナは提督の遺骨がハバナからセビーリャに移されてからの資料を追いかけた。特に提督のタ

ブレット大理石碑がどうなったのか。セビーリャ大聖堂には見当たらない。コロン図書館にも行ってみた。大聖堂北側の大きな"密柑樹の中庭<ruby>"<rt>パティオ・デ・ロス・ナランホス</rt></ruby>の東側にある。ここはコロンの次男フェルナンドが父親の死後収集したコロンに関する膨大な図書を納めている。3万冊以上の蔵書があるという。さすがにコロン改葬の資料は得られなかった。大聖堂の直ぐそばにあるインディアス古文書館で老司書が興味深い文書を紹介してくれた。タイトルは『クリストバル・コロン：セビーリャへの改葬（Cristóbal Colón: traslación de sus restos mortales a la cuidad de Sevilla)』とある。これによると、ハバナでは何度か調査のために、例えば1822年に骨箱が開けられ、その遺骨の欠損のあることを驚きの表現で伝えている。棺は二重になっており、内部の骨箱には鍵が付いていたという。そしてハバナの祭壇の大理石碑のタブレットと共にセビーリャへ可及的速やかに送られたと書かれている。勝呂は浅草にある靴クリームで有名なコロンブス社を訪れたことがある。先代の社長が蒐集したコロンブス伝記文庫（810冊所蔵／2007年）があるのだ。なかでもコロン提督の人間像が描かれその時代の貴重な図版や資料がふんだんに盛り込まれたフェルナンデス・アルメスト著『コロンブス』をここで閲覧できる。

「オラ、セグーロ。アンダルシアに来て本場のヘレス（シェリー酒）を飲<ruby>ら<rt>や</rt></ruby>ない手はないよな。バモス・セグ

ーロ！」「うん、いいね、ベティス通りにはいいバルが軒並みにあるんだってさ」

　勝呂の大好物のヘレスの産地はここセビーリャから100キロも離れていない。カディスの手前にヘレス・デ・フロンテーラがそうだ。バルのはしごが始まった。勝呂は絶対ヘレスだ。それもキンキンに冷やした奴を生で飲むのを良しとしている。だが本場ではあまり冷やしては飲らないようで「だったらロックにする？」と言われた。「いやいい」と我慢する。タパスやピンチョスのつまみがまたいい。セビーリャは海に近いせいか、魚介類のタパスがイケる。アロンソはヘレスではなく白ワインだ。「コロンビアでピンチョスと言えば、鳥や肉や野菜の串焼きなのに、ここでは串なしでもピンチョスと呼んでるぞ」「ここではタパスもピンチョスも同じようなもんだろう」ご機嫌な二人。「さあ、次行くぞセグーロ！」

　飲み会の時の勝呂の足取りはいつでもどこでも軽快だった。アロンソもなかなかの飲みっぷりだった。5軒目のバルのことだった。

「ヘレスを楽しんでいるようだなセグーロ。さすがは産地だけあってこんなバルでもいい酒を置いているなあ。それにさすがだね。先程から君はきちんとヘレスを飲み分けているようだね」

「だってこんなチャンスは滅多にないからね。生きていてよかったよ」

5　コロン（コロンブス）の涙

アロンソは大げさなと言わんばかりに両手を広げて言った。「フィノのイノセンテから始まってマンサニージャのアレグリア、3軒目はアモンティジャードのノン・プルス・ウルトラ、そしてオロローソのゴベルナドール、これから飲むのがソレラのアルミランテだからね。おもなヘレスを全部試そうというわけか。やるもんだ」
　アロンソは人の飲み方まで頭に入れているのか。その時だった。バルの喧騒をかき消す叫び声が響いた。勝呂には聞き覚えのある声だ。
「アッこれよ！　そうだったのか！　そういうことだったのね」
　美亜が壁の方を指差して叫んでいる。周りの客が聞き慣れない歓声で一斉に振り向いた。壁には"ヘレス生産地の地図"をジグソー・パネルにした額がかけてある。かなり旧いものとみえて3つほどピースが欠け落ちていた。振り向いた客の中にはいつから来ていたのかマリアたちもいた。手を振りながら笑っている。叫び声の主はやはり勝呂の娘クレスセンシア・美亜だった。みんなでわいわいやっているようだった。

⊖ E-wink ㉞	HPビジュアル・ガイドへ

■シェリー生産地地図

　翌日、勝呂は撮り終わった映像の解析に入った。最新の画像処理技術でより鮮明に映し出された提督の遺骨は

500年の歳月と度重なる数奇な移動で無残にも砕けていた。提督の遺骨は土葬でも火葬でもなく、当時よく行われたデスカルナシオンといって、骨から肉をそぎ取って保存されたといわれている。その時に傷が付き、加えて長い年月による風化が傷みを激しくしている。この時何よりもその数の少なさに驚かされた。だが勝呂はセビーリャとサント・ドミンゴの骨の画像を三次元的にモニター上で自由に組み合わせができるコンピューター・モデリング・ツールにかけた。通常人体は多少の個人差はあるものの、対称・非対称含めて約206個の骨でできている。かなりの欠損部を補いつつ、両方を組み合わせると、ちょうど人ひとり一体分と符合した。人骨の復元ができたのである。果たせるかな、これでコロンの遺骨がセビーリャとサント・ドミンゴに分骨されていることがはっきりした。これこそがアロンソたちの究極の目論見だったのだ。ジグソー・パズルよろしく"はめ込み検証"を済ましたのだった。昨晩バルで美亜が納得の雄叫びをあげたあれだ。6回も改葬を重ねてさ迷っていた提督はここにきてようやく安らぎを得ることになったのだ。500年も経過していた。かれらの作戦名は『Operacion Descanse en Paz（安らかに眠れ作戦）』と言う。そしてついにコロンとピンソンが時空を超えて和解した瞬間だ。コロン提督は死後も歴史に翻弄され、遺骨は度重なる改葬で分散された。提督が500年以上もの間片時も安らぎを得られなかったのは、望まれた正規の分骨ではなか

ったからだ。ピンソン家の末裔たちは協力してこの難問に立ち向かい、ついにコロンの鎮魂帰神を成し遂げピンソンとの和解を果たしたのだった。それはマリアの父アンブロシオがこだわっていた立体ジグソー・パズルで暗示した作戦の実行だった。これでマリアの今は亡き父親アンブロシオ・ピンソンも安らかに眠れるだろう。アンブロシオは生前、コロン提督の三艘の帆船が大海原に現れる夢をたびたび見ていたという……。500年もの長い間、時代に翻弄され、スペインやドミニカやキューバで望みもしない改葬をなんども余儀なくされ煉獄にさ迷ったコロン提督と、言われなきコロンへの背信という汚名を背負ったピンソン家が時空を超えて和解を果たすことだった。今頃コロン提督とピンソン3兄弟は安らかに眠っていることだろう。かつて2度の単独航行でコロンの不興を買い、マルティン・アロンソ・ピンソンのコロンに対する背信とも言われた汚名もこれで晴らすことができたのだった。

　アロンソはドミニカ共和国とスペイン当局の文化庁にこの結果を、決定的な証拠ではないけれども、分骨の例証の一つとして報告書を提出した。両当局ともに、はじめはそんな調査を依頼した覚えはないと受け取りを拒否したが、一研究レポートとしてしぶしぶ受理した。それゆえこの成果は今日まで日の目を見るまでには至っていない。いつの日にか何かのきっかけでこの顛末が明かされる日がやって来るかも知れない。

「セグーロ、今日までよくやってくれた。感謝するよ」
アロンソとマリアは満面の笑みで勝呂を抱擁する。
「おめでとう。うまくいったんだね。しかしなんで僕を巻き込んだの？」勝呂はこの作戦が遠大で歴史的に何を意味するのか本当のところ分かっていないようだった。
「それはね。君の技術者としての腕が必要だったことは言うまでもないよね」
「えっ、それ以外に何が……」

アロンソが続けた。「セグーロ、それに君はコロン提督やピンソン兄弟に似て『さらに向こうを』目指す船乗りだったからさ！　プルス・ウルトラだよ」

そしてマリアも続けた。「シオ、それだけではないのよ。あなたがジパングそのものだからよ！」
「…………！」

1993 年、ピンタ号の船長マルティン・アロンソ・ピンソン没後 500 年にあたり、コロンビアやチリやドイツに在住のアンブロシオ・ピンソン家一族がアンダルシアのウエルバの漁村パロス・デ・ラ・フロンテーラに参集した。そこにはコロン提督の偉業を陰で支えたピンソン兄弟の生家と記念碑がある。ピンタ号の航海士だったフランシスコ・マルティン・ピンソンと末弟でニーニャ号の船長を務めたビセンテ・ジャニェス・ピンソンと共に。ビセンテ・ジャニェスは後に単独でアマゾン河口に到達している。そしてその時淡水の流れに遭遇してそれ

が大河の流れであることに気付いたという。そしてこの淡水の河口あたりを『甘い海（マル・ドゥルセ）』と名付けたのだ。アンブロシオはこれに因んで長女をマリア・ドゥルセと名付けることにした因縁の場所だ。スペイン語のドゥルセとは（スイート）を意味する。そして勝呂はずっと後になってこの同じ場所に到達し、この時マリアの一陣の風を受けアマゾンの淡水に気付く。ビセンテ・ジャニェスとはおよそ400年後、マリアとは40年来の出来事である。

『第3章　勝呂の来歴（3）アルゼンチンへ』からそのときの様子を再現してみよう。

（デッキに佇む勝呂の帽子を一陣の風がサッとさらっていった。通信士の制帽が飛ばされるくらいだから相当強い風だった。慌てて川面に遠ざかってゆく帽子を目で追いながら諦めかけていたその時だった。川面が濁っている。ほんの少し前まで大西洋の澄み切った海を航行していたのがすごく黄土色に染まっている。今度はフアーと微風が勝呂の頬を撫ぜた。「あっそうか、これは淡水だ。アマゾンの水が海に流れ込んでいるのか」勝呂はこの時の直感を大事にしようと思った。この心地よい不思議な微風の感触を忘れたくなかったからだ。そしてそれは今でもなぜかときおり蘇る。なにか特別な力が勝呂をこの場所に導き、この瞬間何かと繋がったような気がしてならなかった。それは運命的な出会いに似ていた。ずっと後になってこの場所での不思議な瞬間の出来事が勝呂に

特別な意味を持つことになる)

　こうしてマリアたちはコロン提督の遺骨が、遺言通り間違いなくサント・ドミンゴに埋葬されていたこと、そして新装なったコロン記念灯台に安置されたこと、さらにはその一部は確かにセビーリャの大聖堂に分骨されている旨の報告を先祖に済ませることができたのであった。かくして500年前の役者を全部揃えることによって『安らかに眠れ作戦』は平面のジグソー・パズルから立体の3Dとなり、500年という長い時間軸を加えた4Dジグソー・パズルで完成を見たのだった。

⊖D -nod: マルティン・アロンソ・ピンソン

> ● (Martín Alonso Pinzón, 1441年頃〜93年11月)
> 　スペイン・パロスの船主の息子だったマルティン・アロンソ・ピンソンは、1492年、クリストバル・コロンが新大陸に向けた最初の航海に先立って、難航していたカラベラ船や乗組員の調達に力を発揮すると共に、それまでの地中海やアフリカ大西洋岸の航海の経験を生かしてピンタ号の船長としてコロンの航海に多大な貢献を果たした。弟のフランシスコ・マルティンとビセンテ・ジャニェスの2人もコロンの航海に参加している。ピンタ号はこのピンソン兄弟にちなんで名付けられた。肖像画は口絵参照。

⊖D -nod: ビセンテ・ジャニェス・ピンソン

> ● (Vicente Yáñez Pinzón, 1460年頃～没年不明)
> 　ビセンテ・ジャニェス・ピンソンは1492年、コロンによる新大陸に向けた最初の航海でニーニャ号の船長として兄であるマルティン・アロンソ・ピンソン、フランシスコ・マルティン・ピンソンとともにコロンの偉業を陰で支えた。1499年には南アメリカに向けて航海し、アマゾン川の河口一帯を探索した最初の探検者となった。ビセンテ・ジャニェスはこの河をリオ・サンタ・マリア・デ・ラ・マル・ドゥルセ「(Río Santa María de la Mar Dulce, "甘い海のサンタ・マリア川")」と命名した。1505年、ビセンテ・ジャニェスはプエルト・リコの知事に任命され、1508年にはフアン・ディアス・デ・ソリースとともに南米を探索したと言われている。それ以降の消息については定かではない。肖像画は口絵参照。

(5) コロンブス記念灯台落成　1992年

『世界は新世界からの挑戦を受けたままになっている』
　　　　　　　　　──フェルナンド・峻・世在（1942～）

　1992年10月6日、コロン500年記念灯台はこの日晴れて落成開会した。アメリカ宣教500周年記念司牧

的訪問でドミニカ共和国を訪れていたローマ教皇、フアン・パブロⅡ世はここで祝別の儀式を執り行った。またラテン・アメリカ司教会議総会（CELAM）を開催し、ドミニカ東部ヒグエイ市のアルタグラシア教会でもミサを行っている。フアン・パブロⅡ世のドミニカ共和国訪問はこれで3度目だった。使用された特別仕立てのパパ・モビル（教皇特別車輛）が灯台前に展示されている。

　フアン・パブロⅡ世はこの時ローマ教皇としてはじめて、過去の征服と先住民に対する犯罪行為に言及し謝罪した。一方で、先住民に寄り添って布教を続けた司教や司祭、修道士がいたことも忘れないでほしいと訴えた。事実エスパニョーラ島（ドミニカ）ではドミニコ会師のアントン・デ・モンテシーノスが、初めて先住民の虐殺や強制労働などの不当な扱いを非難し、先住民人権擁護の先鞭をつけた。それを受けたバルトロメ・デ・ラス・カサス神父は身の危険をものともせずにスペイン支配の不当性を本国に訴え続け、後に『インディオの保護者』と讃えられる。が、その一方で『スペイン祖国への裏切り者・破壊者』と非難されてもいる。開拓者と言えどもエル・ドラド（黄金）を前にしたら誰がルールなど気にするんだというわけだ。ラス・カサスは『インディアス史』でコロン航海日誌の抄編を著し『インディアスの破壊についての簡潔な報告』などでスペインの植民・征服事業を告発している。因みに2007年のベネディクト

16世のブラジル訪問時では教会擁護の発言が不評を買っている。

　勝呂はサント・ドミンゴ旧市街のかつては城塞（ムラージャス）だった外壁に沿ってブラタモリよろしく散策しているとき、南側に残された監視塔と砲台の前にいきなり現れた巨大なモンテシーノス修道士の像にギクリとした。それは当時の理不尽な出来事を断固訴える強烈な意志に満ちたものだった。そして勝呂はもう一人忘れてはならないイエズス会神父がいたことを思い出していた。カルタヘーナ・デ・インディアス（コロンビア）で黒人

ドミニコ会師　アントン・デ・モンテシーノス（先住民人権擁護の先駆者）

奴隷の扱いに心を痛め勇敢に戦ったサン・ペドロ・クラベル神父だ。当時は西アフリカ海岸から驚くべき数の奴隷がカルタヘーナに送り込まれて奴隷市場が活況を呈していたのだ。奴隷の扱いは市場で動く物品のそれよりも大変酷(ひど)いものだったのである。

⊖ E-wink ㉟	HPビジュアル・ガイドへ

◇中南米征服の歴史「謙虚に謝罪したい」(朝日新聞)
(サンタ・クルス／ボリビア　2015年7月10日　南米歴訪中のフランシスコ教皇)

　500年祭が近づくにつれて、セビリア万博やバルセロナ・オリンピックといったスペイン主導の祝賀ムードが高まっていった。そんなとき、これまでの「新大陸発見またはアメリカ大陸発見(Descbrimiento de America)」というテーマ表現が西欧中心の一方的な見方であるということで、とりわけ先住民を抱える中南米各国から抗議の声があがった。元々あった俺たちの大陸に勝手に侵入しておいて発見とは何事だ。挙句の果て俺たち先住民を従属させ強制労働、略奪の限りを尽くし、文化まで奪ったではないか。現にドミニカ共和国では先住民のタイノ族は絶滅している。つまりこの日からスペインによる侵略と殺戮、略奪が始まり、同時にこの日から先住民の長い抵抗の歴史が始まったのだ。この声は世界中に届き、ようやくこのときから『二つの文化の遭遇(Encuentro)』と言い改める機運が生まれた。そしてコ

ロンのアメリカ大陸到達から端を発した植民地主義という近代を問い質す契機となった。ことにドミニカ共和国での反発は強かった。1986年頃から記念灯台とその周辺の敷地確保に20万人に及ぶ住民の強制立ち退きが強行されたのだった。多くのスラムも対象になった。莫大な建設費がさらに輪をかけて、建設に反対する運動が巻き起こった。その反感の奥には、人々のコロンに対する嫌悪感が関係している。この国ではコロンを決して英雄とは見ていない。だからこの記念灯台は現在でも多くの市民にとって誇るべき建造物ではないようなのだ。

　こうしたことで今では中南米の多くの国ではこの日10月12日（または直近の月曜日）をコロンブス・デーとは呼ばず、『民族の日（Dia de la Raza）』としている。ベネズエラではずばり『先住民抵抗の日』と定めているほどだ。米国の州によってはコロンブス・デー／アメリカ先住民の日と定めている。ニューヨークでは大規模なパレードで祝うようだが。

　そんななかで日本のある西洋史家がコロン以降の新大陸発見の時期を総称して『大航海時代』と名付けた。それは（夢と冒険の時代）といったニュアンスを醸し出していて、西欧中心のかなり上から目線の時代認識を包み隠してくれてはいる。スペイン統治から実に500年が経った今日だが、こうして見ると、世界はいまだ新世界からの挑戦を受けたままになっている。

6 ブエノス・アイレスの迷宮 1994年(アルゼンチン)

『バラーダ・パラ・ウン・ロコ（いかれた男のバラード）』
——オラシオ・フェレール作詞／アストル・ピアソラ作曲

　日本で生まれ育った人間にとって、暑さに茹だる南半球の正月ほど日本の良さを気付かせてくれる時はないだろう。「いくら派手なカウントダウンをして新年を迎えても、この暑さじゃ正月気分に浸れないよ。お節もなければ、三箇日の休みもないんだから……」と言いながら、勝呂はブエノス・アイレス港で年またぎの仕事に掛かりきりだった。栄信電子工業が契約をしている代理店で技術指導を兼ねて、大型貨物船の無線機の修理と運行モニター装置の更新の作業だった。思えば勝呂は数年前までここで同じような仕事をしていたのだった。中旬にようやく予定の作業から解放された勝呂は、久しぶりのブエノス・アイレスのセントロ（都心）に繰り出した。やはり１月は暑い。勝呂は汗を拭き拭きメキシコ街564の国立図書館に向かった。ボルヘスが隠したかもしれないあの『砂の本』を本気で探すためだ。だが図書館は92年にアグエロ街2502の新館に移っていた。そこはとてもユニークな外観なので「もしやここが新しい『バベルの図書館』♣か」と一瞬思ってしまった。

　何しろたくさんの本がまるで空中高く持ち上がっているようなのだ。新館を機に電子化された蔵書検索をかけ

てみたがヒットしなかったので、ベテランらしき司書に聞いてみることにした。

　書名は［聖書（ホーリー・リット）ボンベイ］。だがニエベス司書はこの種の問い合わせにはもううんざりという風でつれなかった。どうやら彼は「天才的な司書」ではなかったようだ。それでも何とかヒントを引き出した。

　移設時に分かったのは、紛失した本の数が膨大だったことだ。そしてなぜかその時図書館所蔵ではないいくつかの本も見つかり、それらは今も図書館の蔵書に収まっているらしい。「おっ！　それだ。きっとその中の一つに違いない」と勝呂は色めき立ったのだが昔の蔵書目録にも掲載されていなかった。

　諦め切れない勝呂は汗をかきかき、そのあと3日をかけて図書館中を探しまくったが無駄だった。「だからそう言ったでしょう……。何しろ蔵書は200万冊近くあるのですよ」とニエベス司書。そして曰く「ボルヘス先生は55年から73年までの間、間違いなくメキシコ街当時の国立図書館の館長だったのですよ」大収穫だった。その時勝呂は確信したのだった。『砂の本』に出てくる「わたし」とはやはりボルヘス自身に違いないと。ボルヘスは強調しているではないか。「これは真実だと

♣　「バベルの図書館」（La biblioteca de Babel）ホルヘ・ルイス・ボルヘスの短編小説。そしてそれに登場する宇宙と呼ばれる奇妙な架空の図書館。

主張するのが、いまや、あらゆる架空の物語の慣例である。しかしながら、私の話は、本当に本当なのである」と。『砂の本』は実在するのだ。(ならば『砂の本』は、いったい今どこに眠っているのだろうか?)ため息をつく勝呂。(今は国立音楽センターになっているメキシコ街の旧図書館の中なのか? まさか大英博物館の中とか?)それとも(「バベルの図書館」という迷宮から出られないでいるのか?)かくしてこの時も勝呂の"お宝探し"はお預けとなったのであった。

| ⊖ E-wink ㊱ | HP ビジュアル・ガイドへ |

●ブエノス・アイレスの迷宮

[ボルヘス短篇集『砂の本』抜粋]

　ある日の夕暮れに突然見知らぬ男がわたしを訪ねてきた。ビカネールで手に入れたという神聖な本を見て欲しいというのだ。ねずみ色の服を着て憂愁の気がたちこめる見知らぬ男だった。

「この本は『砂の本』というのです。砂と同じくその本には、はじめもなければ終わりもないのです」

　開いてみると、それはまるで、本からページがどんどん湧き出てくるようだ。結局、わたしはその本のとりことなって、ほとんど家から出なかった。夜は、不眠症の許すわずかの合間に、本を夢見た。わたしは、わたしの宝物をだれにも見せなかった。わたしには数人の友人し

か残っていない。その友人にも会うのをやめた。夏が過ぎ去る頃、その本は怪物だと気づいた。

　一枚の葉をかくす最上の場所は森であると、どこかで読んだのを、わたしは思い出した。退職するまえ、わたしはメキシコ通りの国立図書館に勤めていて、そこには九十万冊の本があった。玄関ホールの右手に、螺旋階段が地下に通じていて、地下には、定期刊行物と地図があった。館員の不注意につけこんで、『砂の本』を、湿った棚の一つにかくした。これで少しは気が楽になった。しかし、いま、わたしはメキシコ通りを通るのもいやだ。

ボルヘス短篇集『砂の本』　篠田一士訳（1980年12月発行）から抜粋（集英社）

1975年　ブエノス・アイレス　ホルヘ・ルイス・ボルヘス（1899〜1986）

　　　　　　＊　　　＊　　　＊

　ベラクルス（メキシコ）に向かう前に、勝呂はもう一つのブエノス探索をした。コリエンテス通り348番地だ。派手な馬鹿でかい看板が架かっているではないか。なんとそこは今や観光スポットと化していたのだ。かれこれ10年前に見た時は、348の番地表示の楕円形の銘板だけが何とも憂いを漂わせていたのだが……。この3階には今はどんな人が住んでいるのだろうか。歌詞の通りエレベーターもなければポルテーロ（アパートの管理人）もお隣もいない。そう、一世を風靡したタンゴの名曲〈A media luz（淡き光に）〉の冒頭だ。有名なこの番地は今も確かに健在だったが勝呂の気持ちは複雑だった。その上、最近では屋号を（Corrientes 348）と名乗るア

ルゼンチン料理店（アサード焼肉レストラン）が国内だけではなくスペインやペルーあたりにまでもできているらしい。歌詞の趣旨からすれば、そっとしておいてあげたい気持ちなのに……。そこは密会の館だったという説もあるくらいだから。「ま、これも仕方ないか」勝呂はこんなとき甘いものに手を伸ばす。ボナフィデ菓子店があった。アルファフォーレス（チョコパイ）を買い求める。「残念、ナビダッ（クリスマス）に間に合えばパン・ドゥルセ（パネトーネ）も食べられたのに……」イタリアのパネトーネとレシピは全く同じだ。アルゼンチンはスペイン語の他にこんなところにもイタリアの影響が見られるのだった。スイーツで息を吹き返した勝呂は気を取り直し、そこから一町先のラバージェ街のレコード店で LP 盤を漁った。あった！　1982 年のライブ録音盤だ。［Astor Piazzolla／Roberto Goyeneche en Teatro Regina（レジーナ劇場のピアソラ／ゴジェネチェ）］だった。「これこれ……」すぐさま勝呂は試聴のヘッドフォンを着けて、その中の 1 曲〈La ultima curda（最後の酔狂）〉を聴く。まざまざとあの時が蘇る。大歌手ロベルト・ゴジェネチェとピアソラのバンドネオンの掛け合いだ。男の悔恨と悲哀を歌い上げる。バンドネオンが執拗に絡みつき、突き放し、そして慰める。鳴り止まぬ拍手と歓声。「僕らは確実にそこにいた。あの時の僕の想いがそのままここに閉じ込められている。あの人はそばにいてくれた……」もう 1 曲にも針を落とす。

〈Balada para un loco（いかれた男《ロコ》のバラード）〉だ。ゴジェネチェの語りからもうあの時間が蘇った。勝呂はこの時ブエノス・アイレスの戦時下の異様な雰囲気のレジーナ劇場にいたのだった。それは忘れがたき 1982 年 5 月 29 日のことだった。時あたかもマルビーナス（フォークランド）紛争の真っ只中。戦況は刻一刻とアルゼンチン敗色に向かっていた。聴衆は各々複雑な思いを抱えながら聴いていたに相違ない。そんな中勝呂は拍手と歓声のなかに自分と隣の声がはっきりと刻まれているのを感じて狂喜した。いやまるで「いかれた男《ロコ》」ようだった。なんとあの歴史的な瞬間がライブ録音されていたのだ。これは勝呂にとってものすごいお宝の永久保存版なのだった。幸運にも 2 枚買い求めることができた。店の売り子まで一緒に飛び上がってくれた。これぞ「いかれた男のバラード」の再現だった。劇場では全く余裕がなかったのだが、あの時の状況を思いながら今改めてこの曲を聴く。歌詞は少しく難解だが当時のブエノス・アイレスを重ね合わすと分かり易い。そしてそれは何かまるで戦争の愚かさを揶揄しているようでもあった。この LP は大切にしよう。そしてもう一枚はあの人に届けよう……。

| ⊖ E-wink ㊲ | HP ビジュアル・ガイドへ |

●レジーナ劇場のピアソラ／ゴジェネチェ 1982 年（5 月 29 日ライブ録音）

(3分50秒からの歓声に注目)

[いかれた男《ロコ》のバラード（Balada para un loco）]
〈レジーナ劇場のピアソラ／ゴジェネチェ　1982年　ブエノス・アイレス〉

『それはブエノス・アイレスの午後のこと。う〜ん、知るもんか。僕はいつものようにアレナーレス街の家を出たところ、木陰から突然半割りのメロンを被ったおまわりが出てきたのさ。何かおかしい。客待ちのタクシーが停まっている。はっ！　はっ！　はっ！　はっ！　自分だけが見たのかも。マネキンが僕にウインクしている。角の果物屋がオレンジやメロンを投げてくれた。さいなら。分かっているよ。僕はいかれている。宇宙飛行士や子供たちがワルツを踊りながら唱和している。雀の巣みたいなブエノス・アイレス。悲しそうに君を見ている。おいで、飛ぶんだ。そして感じるのだ。いかれた頑固者は君のためだってことさ……。〔1982年3月19日突如アルゼンンチン海軍はマルビーナス（フォークランド）諸島の英領サウス・ジョージア島に侵攻した。奪還を図るべく英国は急遽大艦隊を編成して海路1万3000キロを航行中。あの豪華客船クイーンエリザベス号を改装してまでも。まさかここまでやってくるとは。英国病を患っているというのに〕ロ〜コ、ロ〜コ、ロ〜コ、なんてお馬鹿なんだろう。南米の最南端、戦争など一番縁遠い国アルゼンチン。自由（Libertad）が高らかに歌われている崇高なる国歌。ブエノス・アイレス。ビエイテス

通りのタンゴ・バーからViva, viva（万歳、万歳）が聞こえる。失政の軍事政権、国民の目を逸らす挙に出たのか。エンジェルや兵士や子供たちがワルツを踊っている。いつものようにコレクティーボ（乗合バス）が街を騒がしている。レストラン、劇場は普段のまま。パレルモの競馬場までやっている。懸命に平静を装っているのか。そう、僕はヘンな男（Piantao）。教会の鐘が僕を挑発する。僕はやっぱりおかしいと。戦況はどうなっているの。英軍は今どこだ？　なんで西側陣営同士が戦うの？　隣国ウルグアイ・モンテビデオのラジオが聞こえない。アナウンサーのいつもの口癖〈Hay más informaciones（もっとニュースがあります）〉がスクランブルの雑音まみれ。新聞は大本営発表ばかり。頼りになるのはNHK海外放送とらぷらた報知（邦字新聞）だけ。各国のコミュニティがプラカードを掲げてアルゼンチン支持を訴える。日本人会も立ち上がった。支持表明なくば、我身が危ない。英国人は早々と脱出している。娘の学校も危ない。イングリッシュ・ハイスクールの小学部。それと分かる制服は厳禁。送り迎えもきっちりしないと。そう、いらっしゃい。僕はヘンな男。ひばりのかつらを付けている。おかしくても内心は優しさを持っているのに。テレビでは国民団結の大募金キャンペーンを始めた。大女優ミルタ・レグランの昼番組も健在だ「Almorzando con Mirta Regran（ミルタ・レグランと昼食を）」。田舎の若者が戦地に駆り出される。日本は

中立から英米に追随。在留邦人の立場が危うい。夜間照明の統制が始まった。ブエノス・アイレスにも火船を放つ海賊が襲って来るの？ なぜってまたぞろ英軍の大航海、まるで海賊ドレイクと同じでしょ！ ロ〜コ、ロ〜コ、ロ〜コ、なんてお馬鹿なんだろう。そう、おいで。僕はこんなにヘンな男。痛ましい狂気から生き返るため、なんとかしてみよう。おいで！ 飛びなさい！ おいで！ とら……。らら……。らら……』

　——Vivaピアソラ、ゴジェネチェ、そしてオラシオ・フェレール（作詞）。やっぱりいい。申し訳ないオラシオさん、あなたの歌詞を勝手に解釈してしまって……。

　6月14日、マルビーナス紛争は両国に甚大な犠牲を出して一応の終結をみた。勃発から74日を要した。

　領有権問題は今もって片づいていない。これもかつての大英帝国が抱える亡霊の一つだ。あのジブラルタルと同じように……。

＊　　＊　　＊

　アエロメヒコ航空でメキシコに向かう。その頃の勝呂はヘビー・スモーカーだったので当然座席は喫煙席（全席禁煙になるのは1999年以降）。麗しき女性が乗り込んで来た。すぐ隣の席だった。勝呂は懸命に笑顔で迎えた。その人は歯科医でブエノスでの学会の後アカプルコ（メキシコ）へ戻ると言う。中南米の女性に喫煙者は多いと聞くが歯科医のこの人までもが……。少し緊張して

いる様子。やがて機が離陸の態勢に入り機首を上げ始めると、彼女は手をいきなり勝呂の手の上に重ねてきた。一瞬自分の手を引っ込めようとする勝呂。それに応じるべきかどうか、勝呂はためらいながらも重ね返すことにした。顔を向けることはしなかった。飛行機が怖いのだと言った。勝呂もかなり動揺したことは間違いない。到着までずっとこうしていていいのかなあ……。この予期せぬ出来事は、結局は離陸と着陸の時だけだったのだが、彼女が飛行機を怖がっていたのは本当のようだった。

　その国の、多くは国有のフラグ・キャリア（旗艦航空会社）の直行便では、乗り込んだ瞬間から、もうその国に入ったような錯覚に陥ることがよくある。乗務員は元より乗客の多くがその国の人間だからだ。交わされる言葉と機内臭。民族臭と言ってもよい。エアー・インディアではサリー着用で本格インド・カレーを供する。

　このフライトでは（アエロメヒコに搭乗するとそこはもうメキシコだった）というわけにはいかなかったが、機内食はさすがにメキシコ特有のピリ辛のサルサ（ソース）付きでテキーラも所望できた。このアエロメヒコの機内ビデオはメキシコが誇る往年のコメディアン、カンティンフラス主演映画やエル・チャボ・デル・オチョの喜劇番組が満載だったがそれどころではなかった。およそ10時間のフライトだったが、カロリーナ・ロペス女医とは話が弾んだ。すこぶる美人だっただけではなく、何よりもアカプルコの出だったからだ。勝呂は2年程

前にアカプルコを訪れている。今度は勝呂の方から手を伸ばしてみたが微笑と共にとても上手につねられた。完敗だった。
「あっ！　僕のガリータだ！」勝呂は思わず叫んだ。機内のスクリーンでカンペチェの観光ビデオを放映している。要塞の監視塔だ。かつては敵（海賊）の襲来を見張る小尖塔が今では観光の目玉となっている。勝呂のこの喜び様をカロリーナは好感の目で見たようだった。

⊖ E-wink ㊳	HP ビジュアル・ガイドへ
●**カンペチェ要塞**	

　うつらうつらする内に支倉常長の銅像が夢に出てきた。それはアカプルコの海（太平洋）を見下ろすように立っていた。（2010年には日墨交流400周年を記念して日本広場に移転した）カロリーナが案内してくれていた……。というところで目が覚めた。（あれっ、今のはマリアではなくカロリーナだったのか）
　さていよいよ着陸の時だ。だがしかし機が着陸態勢に入ってからランディングまでの何と短かったことか。勝呂は標高2,000m級のメキシコ・シティのベニート・フアレス空港を呪った。
「アプロバード、エルネスト（合格よ、エルネスト）！エントンセス、プロント・ポデーモスベルノス（それでは、またすぐ会えるわね）、セグーロ、ノー（確か

6　ブエノス・アイレスの迷宮

ね）？」

　こうしてカロリーナとの再会を約して別れたのはいいのだが、勝呂はしきりに反芻した。「合格だって？　一体何のことだ？」それに「セグーロだって？」名乗ってないのになぜ僕の苗字を……？「あゝ待て、そうか（確かね？　きっとよ！）と言う意味なのか！？　……。しかし彼女はいったい何者なのだろうか……」

　ブエノスからおよそ10時間。北半球に舞い戻りだ。メキシコと言えば大変熱くて辛い（辛ムーチョ）灼熱の情熱をイメージするが、2,240mの高原盆地に位置するメキシコ・シティは年中大体が常春で夜半は冷え込むこともある。ボゴタやキトなど中南米の多くの都市も2,000m以上の高原に立地している。かつては大気汚染の代名詞だったメキシコ・シティは今では嘘のように改善されている。日本の献身の賜物だ。地上に降り立つとバンコクやジャカルタのあのむっと襲いかかって来る熱気とはまるで違い、ここでは穏やかに迎えてくれる。日中の体感温度で20度前後だろうか。ここには3日程の滞在だ。勝呂はセントロ（旧市街）のソーナ・ロッサにあるホテルHotel Genovaへ向かった。差し向けられた車に乗り込む時、通り越した車に一瞬カロリーナを見た。男と一緒だ。男の方の顔は見えなかったが輪郭に心当たりがあった。本当に彼女はアカプルコに戻るのだろうか……。

7 サン・ファン・デ・ウルア要塞の怨念
1994年（ベラクルス／メキシコ）

「汝平和を欲さば、戦への備えをせよ」——フラウィウス・ウェゲティウス・レナトゥス（Flavius Vegetius Renatus）（4世紀のローマ軍事学者）

（1）ベラクルスの男

『友よ　人は憐憫なしには絶対に生きられない』
　　　　　　　　　　　　　　　——ドストエフスキー

　メキシコの主要な港湾都市の一つであるベラクルスへはメキシコ・シティから飛行機で1時間弱。メキシコ最古のスペイン植民都市だ。ベラクルスの2月はメキシコ最大のカルナバル（カーニバル）で賑わう。毎年、国の内外から観光客を呼び込む一大イベントになっている。勝呂がこの時期にここを訪れたのには、カルナバルに合わせて入港するある豪華クルーズ船の（アフター・フォロー）という名目で搭載されている運航装置の部品交換が目的だった。特に不具合は報告されていないが、先手を打って社内リコールを実施しているのだ。リコール対象台数が圧倒的に多い自動車などと違って限られた台数なので対策は容易だ。（リコール隠し）だと指摘される心配もない。3日の停泊中に対処すればよかったので特に勝呂には特段のプレッシャーのない仕事だった。

この豪華クルーズ船はソンデオ・グループの持ち船だった。
　ホテル・ベラクルス。指定されたホテルはそのままずばりの分かりやすい名前だ。微笑み涼し気なフロント係から伝言を受け取った勝呂は早速ホテル周辺の探索に出かけた。明後日にはアロンソが到着するという。午后のベラクルスは散策には上着なしでも少し汗ばむ程度で、心なしかメキシコ湾からの潮風を感じ取った。トロピカルな気候をイメージしていた勝呂には少しく拍子抜けだった。勝呂のホテルはベラクルスのほぼ中心部にあり、近くには18世紀に建てられたカテドラルやアルマス広場がスペイン植民時代を今に残し、周りには、通りに張り出したカフェテラスやレストラン、バーが軒を連ね昔の雰囲気を添えている。
「きっとリノ・ヴァンチュラもここを通ったんだろうな……」勝呂はベラクルス出張が決まったとき往年の映画『ベラクルスの男』（1968年）をDVDで観ていた。主人公リノ・ヴァンチュラ演じる殺し屋『禿タカ』が中米の独裁大統領を亡きものにするという話だ。『友よ　人は憐憫(れんびん)なしには絶対に生きられない』映画の冒頭のエピグラフ（引用句）だ。渋い男が演じるペーソスに満ちたラストが印象的だった。勝呂もリノ・ヴァンチュラと同じような山高帽子を被っている。
「いいなあ」勝呂好みの空間だった。年に一度のカルナバルを明後日に控え、街は一段と高揚しているようだ。

一人カフェを楽しんでいるところに案の定マリアッチのバンドが近寄ってきた。口髭の小太りの男が「旦那、

一曲どう？」「いいね。じゃあ、[Cielito lindo] と [Maria Elena] をたのむよ」勝呂は待ってましたとばかりに2曲をリクエストした後、お礼のチップをはずみながら、何やら夜の情報収集を。「あさってアロンソが来る前にやっておかねば……」

　ベラクルスは音楽やダンスの宝庫だ。特にスペイン植民時代になってから、メキシコ伝統音楽にキューバのソンが交じりアフリカ黒人奴隷の流入によって生まれたのがソンハローチョ（son jarocho）だ。1987年の映画でもブレークしたリッチー・ヴァレンスのヒット曲「ラ・バンバ」の原曲がソンハローチョだと言えば分かりやすい。ダンソン（danzón）やコンパルサ（comparsa）もベラクルスらしい。大理石のタイルがいっぱいに敷きつめられたアルマス広場では、毎晩ダンスが繰り広げられる。正にこれぞ〈ベラクルスの夜〉だ。そして、やはりここでもマリンバやマリアッチの楽団が昼夜を盛り上げる。ベラクルスはカルナバルの時期だけではなく年中が

お祭りのおすすめ観光スポットだ。

　元々はキリスト教の謝肉祭の行事だったカーニバル。余りにも世界に知れ渡っているのがリオのカーニバル。しかし、それだけでなくラテン諸国はカーニバルの宝庫でもある。キューバのサンティアゴ・デ・クーバ、コロンビアのバランキージャ、ブラジルのサルバドール、そしてメキシコのベラクルス。おらが街の小さなカルナバルならそれこそ至るところで催されている。

　アロンソ・ピンソンが勝呂より2日遅れで到着した。コロンビア生まれで教会建築のエキスパートだ。世界遺産、国際記念物遺跡会議イコモス（ICOMOS）の専門機関である国際学術委員会（ISC）のメンバーになっている。マリアの兄で勝呂とは旧知の間柄である。

Θ D-nod: イコモス（国際記念物遺跡会議）

> 　イコモス（国際記念物遺跡会議、International Council on Monuments and Sites；ICOMOS）は、遺跡や歴史的建造物の保存を目的とする国際的な非政府組織（NGO）で1965年に設立された。1964年の「記念物と遺跡の保存に関する国際憲章（ヴェニス憲章）」の発効を受けてパリに本部を置いた。ユネスコ（国連教育科学文化機関）の諮問機関の一つ。2011年時点で、参加国は127カ国、会員は1万人以上。各国の文化遺産保存分野の第一線のエキスパートや専門団体によって構成されている。ユネ

> スコなど国際機関と連携しながら、文化遺産の保護・保存の理論、方法論、応用、研究を行うと共に、世界遺産条約に基づき世界遺産登録の審査やモニタリングを実施する機関である。

「オラ！ セグーロ。久しぶり。ブエノスからの空旅はどうだった？ いい女だっただろうカロリーナは！ うまくパスできたようだね。おめでとうセグーロ！」笑いながらアロンソは片目をつぶってみせた。

「ちょっと待てよアロンソ。カロリーナって！ あの歯科医の？ いったいどういうことだ？」

なぜアロンソがカロリーナのことを知っているのか。「おめでとうって？」両手を広げて、まったく心当たりのない勝呂。

「去年僕が君をソンデオ・グループに推薦したのを覚えているかい？」

「ああ、確かメキシコのコングロマリットの会社だったね」

「うん、そこの CSR 社会貢献部門の社外評議員として、君を是非迎えたいということで、もう決定だってさ。CSR♣ は表向きで、内実は非常勤技術顧問だ。君が所属している栄信電子とはいずれ業務提携するから問題な

♣ CSR 部門： 企業の社会的責任・貢献を推進することで企業のイメージ・アップに繋げる。

いよ」

 事実勝呂が所属する栄信電子工業は中南米を牛耳るソンデオ・グループとは電子機器部門で取引を加速していた。それでも勝呂は不満顔で「えっ！ なんとね。面接もしないでか？」

「ああ、それならこの間のアエロメヒコの機内で終わっているよ」とアロンソはにやにや。

 勝呂はカロリーナ女医の心地よい手の感触を思い出し、まんざらでもない様子。彼女は会社のまわし者だったのか。「やられたな！ 女医だなんて真っ赤な嘘か！ それにしても面接に10時間もかけよって……」

「君がとっさの判断ができ、自制でき、危機の対応と優しさを兼ね備え、なによりも堅物ではないできる男だと証明できたからだってさ」

「おや、いいことずくめだな」 それにしてなんと大胆で大雑把な採用試験だろうか。さすがは世界の大富豪のオーナーが取り仕切る巨大企業のやることだ。

「そうか、もう仕事は始まっていたのか！ 今回の航空チケットの手配といい、予約されていたホテルは、そう言えば、メキシコ・シティではソーナ・ロッサにある Hotel Genova だった。ここは Hotel Veracruz。しかもカルナバルの最も混む時期なのに……。「そうだ、あの時カロリーナはアカプルコでは Hotel Acapulco Beach がお薦めよと言ったぞ」みんな ソンデオ・ホテル・グループ系列のものだった。

さてベラクルスのカルナバルを覗いて見よう。アフロ・キューバ系の多い元々底抜けに陽気な土地柄にカルナバル特有の高揚感がこの街の昨日までの涼しさから一転熱く最高の祭りにしている。海岸沿いの目抜き通りはみんな場所取りに忙しい。ここを練り歩くのは仮装行列や各々趣向を凝らした山車のパレードだ。極めつけはカルナバルにお約束のキレイなお姉さんたちのセクシーポーズ。外国人観光客の多いこと。老若男女。この幸せを共にできる一体感。みんな踊っている。
「カルナバルは我々カトリック教徒にとってやっと羽目を外せるお祭りなんだ」とアロンソは、らしくないことを……。
「……うぐっ！　よく言うよ！　君たちは年中羽目を外しているくせに」とすかさず勝呂は返す。セルベッサ（ビール）やエラード（アイス）が飛ぶように売れている。さすがに海外にも知れ渡っているメキシコ最大の行事だ。（……やはりマリアを呼ぶべきだった……）
　カルナバルの興奮がまだ冷めやらぬ次の日、勝呂はベラクルスの南東90kmに位置するパパロアパン川下流のコロニアル都市に移動した。アロンソの案内だ。ここはまだカルナバルの最中だ。10日続くという。ベラクルスに比べれば小さな街だけに祭りも小規模だ。聖人の川下りのイベントあり、カバルガタ（騎馬行列）ありで、ここでも皆が羽目を外している。16世紀半ばからのスペイン植民地時代の面影を色濃く残す歴史的建造物群が、

先住民の言葉で「水に囲まれた土地」トラコタルパンに現存するのだ。 勝呂はてっきり古色蒼然とした建造物を想像していたのだが、サラゴサ広場の教会やそこから広がる街並みの何とカラフルなことか。

「本当に植民地当時からこんな色彩だったのだろうか？」勝呂は真顔でアロンソに尋ねた。世界遺産ISC専門家のアロンソによれば「今残されているのは1790年に大火に見舞われた後一部修復されたものなんだ。おそらくその際に特徴的なアフリカの記憶が消えることのないカリブ海文化の色彩が融合したのかもしれないね」勝呂はコロンビア北部の落ち着きのあるモンポスの街と比べながら、同じコロニアル時代でも文化融合の匙加減（とは言っても歴史に翻弄された結果なのだが）によってはこうも微妙な違いが出てくるのかと、感慨に浸るのだった。アロンソが続けた。「メキシコ政府からは世界遺産の登録申請がなされているんだ」

　不満そうな勝呂が言った。「なに、そうするとベラクルスの方は申請されていないのか。僕が思うにベラクルスのカルナバルにサン・ファン・デ・ウルアの要塞とここトラコタルパンとを統合したらどうかね」

「う〜ん、そうだね。その方が良かったかもね。何しろメキシコの世界遺産登録数は世界3位で、もうすでに30件を数えているんだ。だからこれ以上は難しいだろうからね」

　勝呂に言わせればウルア要塞が世界遺産に登録されて

いないのはおかしいというわけだ。（1998年になってこのトラコタルパンの歴史的建造物群は世界文化遺産に登録されている）
　アロンソが珍しくいつになく自分の仕事の難しさをこぼした。
「歴史的建造物というものはいつの時代でも部分修復や全面改修が避けられないよね。もしもその時の記録が残されていなければ、我々建築家や後の歴史家の頭を大変悩ますことになる。この改修の年代をいかに判定するかという難問だ。それがこの分野の研究が不確かなものにしているんだ」
「そうか浮世離れした道楽のような君の仕事にも苦労があるんだね……」
「浮世離れか。確かに大聖堂の中ではね。だからそこから一歩出れば浮世を楽しみたくなるのさ」
「分かるような気もするがね」ここで勝呂はアロンソにいつか訊いてみたかったことを持ち出してみた。（世の中には遠く離れた場所で、年代も明らかに違う、まったく繋がりがないと思われているのにそっくりなものがあるのはなぜなのか？）というものだ。『文化の類似性』についてだ。
「うん、それには2つの説があるようだよ。『伝播説』というのが、模倣や複製によって遠方にも伝わったものだ。そして、独自の創意と偶然によって似たものができたというのが『独自創造説』なんだ。セグーロ、君が言

いたいのはスペイン要塞と監視塔のことだろう？　それは明らかにフェリーペのカリブ海防衛戦略という意図をもって各地に造られたから『同時多発型の伝搬説』になるのかな。今風に言うならば同時多発プロジェクトだね」
「なるほど、スペイン要塞がみんな似ていて当たり前なわけなんだね」
　それはさておき、サラゴサ広場近くにはアグスティン・ララの生家や博物館を見落としてはいけない。メキシコが誇る大作曲家でグラナダをはじめソラメンテ・ウナ・ベス、マリア・ボニータ、ノーチェ・デ・ロンダなど往年の名曲をたくさん残している。勝呂が昨夜ベラクルスのもう一つの広場ラ・カンパーナで、飛び入りで歌った曲がソラメンテ・ウナ・ベス（只一度だけ）だ。昼間マリアッチのギタリストに教わった広場のステージだった。生バンドをバックに歌う快感はカラオケとは一味違う。一度体現するともう止められない。カリブでは至るところに飛び入りの舞台がある。
「セグーロ、何か良いことでもあったのか？」
「いや何、昨夜(ゆうべ)ベラクルスで食べたシーフードがとてもいけたんでね。ワチナンゴと言うんだ」そこは広場に面した地元の名物レストランで、勝呂はそこで飛び入りの出番を待っていたと言うわけだ。（ほんとうならマリアに聴いてほしかったのだが……）

(2) サン・ファン・デ・ウルア要塞

『祖国の存亡がかかっているような場合は、いかなる手段もその目的にとって有効ならば正当化される』──マキアヴェッリ語録

　アロンソはメキシコ中央部の高原の街ケレタロに向かうため、ベラクルスで勝呂と別れた。ケレタロも歴史的建造物地区が文化遺産の候補に挙がっており、その調査に加わるのだという。「じゃーな、セグーロ！　次に会えるのはコロンビアのカルタヘーナかな」「そうだね、ブエン・ビアヘ（よい旅を）！　アロンソ」

　一方、勝呂は一人ここに残り、いよいよ念願のメキシコ湾に面したサン・ファン・デ・ウルア要塞の探訪に専念した。街の地図を見る限りでは、ホテルからでも歩いて行けると思いきや、要塞までは意外と遠いと言う。微笑み涼し気なフロント係がタクシーを呼んでくれた。勤務時間外ならお供してくれそうな気配はあった……。「そうか、敵（海賊）から街を守る要塞なんだから、そう簡単には街に侵入できない配置になっているのか……」なるほど街から要塞の入口に通じる一本だけの道路はわざと大きく迂回していた。勝呂ははやる気持ちを抑えながら要塞の見張り塔を追う。「見えた！　あれだ！　監視塔だ！」この位置からも２層の塔がはっきりと見える。そして星型要塞の要所である角堡に据えられた少しせり出している小さな監視塔が目に入った。「僕のガ

リータだ！　見ろよドレイク、これがお前を見張るアントネリの監視塔だ！」拳を振り上げる勝呂。運ちゃんも同調してくれた。地元の運転手だ。かなり高齢にみえるから海賊ドレイクぐらいは知っているのだろう。「ついに来たぞ。サン・ファン・デ・ウルア要塞だ」勝呂は要塞の外周を回りながら2基の小さな詰所の前で立ち止まった。この2つも勝呂が探している監視塔にそっくりだ。「ここだ。映画『ベラクルスの男』の冒頭で2層の"騎士の塔"が大写しになり、殺し屋『禿タカ』がランチで波止場に現れるシーンがここだ……。このおそらくは税関の詰所の前をたくさんの人が行き来していたな……」

1518年にスペイン人が船団を率いて初めて到達したとき、ここは島だったという。やがてここに要塞を築き

始める。翌年にはエルナン・コルテスが都市建設を始め、ここをメキシコ征服の拠点とした。コルテスは卑怯な策を弄してアステカ帝国を滅ぼし、若くしてヌエバ・エスパーニャ（現メキシコ）の総督にのし上がる。コエージョが描いたコルテスの肖像画を思い出してほしい。スペインのアメリカ大陸への進出によってベラクルスはスペイン船団の大西洋側の重要な中継地となり、やがてマニラ・ガレオンの交易が始まると今度は太平洋岸のアカプルコと陸路で結ばれ、アジアとの交易に重要な役割を担うようになっていく。そして船団の積荷や港を襲撃する海賊の襲来に備え、要塞の建設が急がれることになる。そして1587年にフェリーペⅡ世の命によりイタリアの要塞建築士バウティスタ・アントネリが要塞強化のためにここに派遣される。カリブのスペイン領海全域の防衛網を構築するための一環だ。これには甥のクリストバル・ローダ・アントネリ、息子のフアン・バウティスタ・アントネリも献身的に参加している。つまりアントネリ要塞技師一家が終生総出でこれに当たったのだった。

　要塞の建設では、島の岩礁を利用し近くの珊瑚石を切り出して、不足分はキューバやカンペチェなどから石材を調達した。この要塞は多くの珊瑚の石材でできていることが一目で分かる。度重なる海賊の襲来に備え、要塞は何度も補強や改築がなされた。現在では四稜郭を主に半月堡や角堡などの外塁で守りを固めている。いわゆる星型要塞の部類に入るのだろうか。外の売店でウルア要

塞の本を買い求めた。空撮の写真で納得する。見事な星型要塞になっている。

　1568年、英国の5隻のジョン・ホーキンス（海賊）船団がハリケーンを避けてサン・ファン・デ・ウルアに入港する。後に大海賊として恐れられるフランシス・ドレイクが乗り合わせている。スペイン側の友好的な歓迎振りに気を許して停泊していると、突然スペイン船団が大挙して攻撃をしかけ、ほぼ壊滅状態に陥る。騙し討ちだ。英国はこれを自国の海洋史上最大の屈辱的事件として後々までも語り継ぎ、時として、英国国民の反スペイン感情を煽り立てる材料とした。歴史書の多くはこのような英国擁護の見解が大勢を占めている。ところがそれに対して、スペインや中南米諸国の言い分は真っ向から違っている。英国船団は卑怯にもスペインの旗を掲げてスペイン船団と偽って入港してきたのだ。せっかく我々は大歓迎の意を尽くしたのにと言うわけだ。中南米諸国の例えば青少年向きの本や子供向きの海賊の絵本♣をみてもこの歴史認識の違いは明らかである。

　英国側のこの種の海賊の常套手段の騙し討ちの事件は、その後もスパニッシュ・メイン（スペイン支配下）であるスペイン沿岸やカリブ海の至るところで頻発する。このサン・ファン・デ・ウルア事件で海賊ドレイクの受け

♣　海賊の絵本：海賊・私掠・盗賊の物語 Cuentos de Piratas, Corsarios y Bandidos（Coedicion Latinoamericana）

た屈辱は、後々までも彼の執拗な憎悪と復讐心を煽り、ドレイクをして単なる海の盗賊から［女王陛下の私掠大海賊］さらにはナイト（騎士）の称号を得るまでに駆り立てることに。両国の確執の発端、そしてドレイクとアントネリの確執の発端はこのベラクルスの港だったと言えるかも知れない。

「やはりここにもアントネリの名前があったな……」この勝呂の小躍りの心境はマリアなら分かってくれるだろう。勝呂は海賊の襲来を見張るこの小塔を勝手に『アントネリの監視塔』と呼ぶことにしている。そしてカリブ海に点在するスペイン要塞に必須のこの小塔は、あの男ドレイクの目には憎き、目障りな、怨念の塔として焼き付いていたはずだった。

　　　　　　＊　　　＊　　　＊

17世紀の初め、ドレイクの死後しばらく経って、この要塞をまったく別の目で見た男がいる。支倉常長だ。当時最先端のこのイタリア式スペイン要塞を驚嘆の目で見たはずだ。アントネリの要塞強化工事も終わった後だった。勝呂は思わずつぶやいた。「あなたはここに立ってきっと武者震いしたことでしょう。一刻も早く主君政宗に知らせねばと……」

1613年9月宮城県月ノ浦を出帆した『慶長遣欧使節団』の一行は翌年1月にメキシコのアカプルコ港に到着する。フランシスコ修道会宣教師ルイス・ソテロを正使、支倉六右衛門長経（通称常長）を副使とする通商使

節団だ。（実は伊達政宗が派遣した密使らしい）日本を出て初めての慣れない異国でのさまざまな困難を乗り越えながら険しい陸路を徒歩と馬車でメキシコ市へ向かう。ここでも当時は事前のアレンジ（外務用語でいうところの「便宜供与」）ができているはずもなく、先々の旅の障害を案じながら大西洋岸のベラクルスに到着する。そこからいよいよスペインへ渡るためだ。6月の出港までの間ここに滞在する。そして嫌でもウルアの要塞を目にすることになる。（記録には残されていないのだが）アントネリの監視塔を……。それも海賊ドレイクとは違った観点で……。

　その後、支倉一行はベラクルスからキューバを経ておよそ4ヶ月をかけて、やっとの思いで10月スペインのサン・ルカール・デ・バラメダ港に到着。そこからグアダルキビル川をさかのぼりコリア・デル・リオで旅装を整えた後、商業都市セビーリャ市へ入る。一行はその後もマドリードでのスペイン国王フェリーペIII世謁見とイタリア、ローマ教皇パウロ5世謁見の苦難の旅を続ける。正に『ローマへの遠い旅』♣♣であった。

帰路はベラクルスからメキシコの内陸を通りアカプルコへ、ここから先も往路を逆に辿り太平洋を横切って日本に向かうと思いきやマニラに向かったのだ。出迎えの船

♣♣　参考文献：『伊達政宗の密使　慶長遣欧使節団の隠された使命』大泉光一（洋泉社　歴史新書）『ハポン追跡』逢坂剛（講談社文庫）『ローマへの遠い旅』　高橋由貴彦（講談社）

は往路と同じ『サン・ファン・バウティスタ号』でフィリピンに赴任する総督が率いるガレオン船が同行した。支倉一行はなぜかマニラに1年半も滞在した後1620年7年振りに日本に帰国した。それは徳川幕府のキリシタン禁令下における伊達政宗の天下取りの野望と時代に翻弄されての失意の帰国だった。ここにも壮絶な男の人生があったのだった。

　　　　　　　＊　　　＊　　　＊

　フェリーペⅡ世はスペイン本国の各種公共事業も手がけ、カルロス1世（カール5世）の代からの王室技師だったファン・バウティスタ・アントネリ（兄）をマドリードとリスボンを結ぶタホ川―テージョ川の水利事業に登用した。このファン・バウティスタはトレド―アランフェス間の工事半ばで死去したが弟のバウティスタ・アントネリ（弟）がそのあとを継いだ。この水利・航行化の技術はスペイン国内のエブロ川、ドゥエロ川やグアダルキビル川の工事に活用されたという。その後1586年にフェリーペⅡ世の命を受けバウティスタは死んだ兄の息子のファン・バウティスタ（父親と同姓同名）と甥のクリストバル・ローダを率いてカリブ海の防衛に生涯を捧げる。アントネリ一家は要塞・城塞の軍事技術者であり、河川航行技術のプロでもあったのだ。

Θ D-nod:

> ◆城塞技師アントネリ家一族の系譜とその貢献
> 356〜357ページ参照

　こうしてみると、奇しくもこの旅で支倉はベラクルスやハバナ、セビーリャ、そしてマドリッドでアントネリ一家の手になる当時最先端の軍事・公共事業を目の当たりにしたことになる。アントネリ、ドレイク、支倉、そして禿タカ。ここには時代を駆け抜けた「ベラクルスの男たち」がいた。

　勝呂はまだ訪れていなかったベラクルス大聖堂に向かった。中年の男が愛想よく近付いてきた。「セニョール、今日はどこに行きますか？　案内しますよ。とは言っても大聖堂は閉まっていますがね」どうやら3日前から勝呂を視野に入れていたらしい。
「オラ、ギア（やあ、ガイド）は間に合っているよ。でも僕が行きたいところを当てたら頼んでもいいぞ」
　男が真顔になった。「えっ、ほんとですか。え〜と、あなたは韓国人だから、まずはこれがいるところ」
「ブー、僕は日本人」
「だったら古本屋でしょう。こないだも装幀のとてもいい古書を何冊も買っていった人がいましたよ。インテリアに使うから本の中味はどうでもいいんだって」
「それもいいけど。ブーだね。僕はこのあとバウアルテ

（砦）に行きたいのさ」

「ああ、サンティアゴ砦のことですね。それならいま案内しますよ」

「ブエノ、バモス（そりゃいい、行こう）でもその前にこの大聖堂だ。今日は入れないんだって？」

　1731年に建立されたネオ・クラシック様式のファサードは確かに1階の基檀の上に双柱のオーダーが載っている新古典主義の流れを感じさせる。左側の3層の鐘楼も秀逸だ。（アロンソたちのおかげで僕は教会建築が相当読めるようになった気がするぞ……。それにこのファサード、もしも隣のソカロ広場に面していれば全体が見渡せるのだがね。これでは正面からの写真もうまく撮れないよ）だが建物全体に傷みが激しく、修復工事が待たれているという。この日聖堂はクローズだったがアリエルの口利きで入れてもらえた。照明が落とされていたが中の雰囲気だけを感じることができた。（修復作業が始まれば、そのときがチャンスだ。フェリーペのタブレットを見つけ出すのはこの時しかない……。要チェックだな）

Θ D-nod:

◆ビジュアル・ガイド続編「ウルトラ・バロック聖堂集」ベラクルス大聖堂参照（修復工事は2008年に始まり、2013年に終えている）

　大聖堂から歩くこと5分でサンティアゴ砦が見えてきた。監視塔（ガリータ）もしっかり付いている。この小さな砦はなんと街なかにぽつんと居座っている感じだ。それもそのはずだ。1873年に鉄道が敷かれるまでのベラクルスは港と街を守るムラージャス（城塞）で囲まれた城塞都市だった。そして城壁の要所要所にはこのサンチャゴ砦の他に8基の砦が配置されていたのだ。1573年頃からスペインは全植民地に標準都市計画勅令を発布して各地に城塞都市を建設した。サント・ドミンゴ／ドミニカ、サン・フアン／プエルト・リコやハバナ／キューバ、マニラ／フィリピンのイントラムロように。それが鉄道の出現で城塞が撤去されて行った。今残っているのがサン・ファン・デ・ウルア要塞と壁が取り払われた後に残ったのが唯一目の前のサンティアゴ砦というわけだ。街の中にポツネンと取り残されているように見えるのはそのせいなのだ。実際サン・ファン・デ・ウルア要塞のすぐそばに鉄道の巨大な終発着ターミナルがある。

　カーニャ（生ビール）を飲みながらアリエル・ベルトレと名乗った臨時ガイドはなかなかの物知りだった。ビールのお代わりはよく冷やしてもらった。この鉄道は北はモンテレイやエルパソ、ノガレス、メヒカリなどから

米国各地を結び、南はグアテマラに繋がっているという。そのため中米から貨物列車で北米まで密行する者が絶えないのだ。少し前にベラクルスとオアハカ、サリナクルス、タパチュラを巡回する病院列車を走らせる計画が持ち上がったが、あまりの治安の悪さが実現を困難にしている。南アフリカではもう8年の実績がある。もしも北朝鮮が融和すれば、南の韓国から北の各地を巡回する病院列車をすぐにでも走らせることができるという。アリエルは外資のプロジェクトの通訳もやっているらしい。やはりこの物知りガイドは只者ではなかった。ソンデオ・グループが早速送ってくれたエージェントだったのである。

（それにしてもこの監視塔フリオに似てるよね！）サンチャゴ要塞の監視塔（ガリータ）に思いがけなく出会えた勝呂は狂喜した。やはりあの『フリオの監視塔』が自分を導いてくれているに違いないと。

（少しずつフリオの真相に近づいているに違いない。いやいつかきっと辿り着けるはずだ。そうだ港を辿って行けばいいのだ）勝呂はますます意を強くするのだった。

（思えば門司港からこのベラクルスの港までいろんな港を巡ったなあ。僕が船の仕事に就けたのもそのためなのだ。すべての港は海で繋がっているのだから……）と自分に言い聞かせるのだった。 ベラクルスからメキシコ・シティ経由で日本に戻った勝呂に、とんでもない事件が降りかかる。

7　サン・ファン・デ・ウルア要塞の怨念

8 失われた5年　勝呂失踪 1996～2001年

『あちこち旅をしてまわっても、自分から逃げることはできない』
　　　　──アーネスト・ヘミングウェイ　(1899～1961)
『ヘミングウェイに先を越されてしまった、本当は自分がこう言いたかったのに』　　　　──エルネスト・隆・勝呂（1942～）

　勝呂が栄信電子工業を突然退職した。1995年末のことだ。それまで何度か日本の入国管理局に呼び出しを受けていたのだが、迂闊にもそれほど重要視してこなかった。ここまで問題化するとは思いもしなかったのだ。栄信電子工業では海外拠点・代理店拡充のために現地の技術者の養成が急務だった。そのためフィリピン、ベトナム、タイ、インドネシア、中国、韓国、メキシコ、プエルト・リコ、ドミニカ共和国、コロンビアなどから20人余りのエンジニアを研修生として呼び寄せ、一挙に船舶の電子機器のメンテナンス技術を教え込むことにしたのだった。93年のことだ。これは勝呂の発案だったので、ほとんど自動的に勝呂が研修責任者となってしまった。10カ国に1名ずつ計10人を集めたが、半数が実習生としての手続きが間に合わず、観光目的の短期ビザで呼び寄せた。だがそのあと実習生としての在留資格がなかなか得られず、数名がオーバーステイ（不法滞在）と不法就労の嫌疑を問われる。やむなく出入国を繰り返してなんとか切り抜けた。1985年頃から単純労働者が

急増しており、当局は容赦しなかった。そして3名の幹部候補者を選び日本に残すことにした。その一人がフィリピン人のノエル・メンドーサだった。驚異的な語学センスと技術の習得力でまたたく間に勝呂の右腕に成長した。だが日本に残すことは難しかった。いまなら高度人材（？）として理工系技術者、IT技術者などが専門職ビザで働けるし、2010年からは外国人技能実習生が技能実習ビザで3年の滞在が出来るようになったのだが。当時は専門家や特殊技術者の特別枠がなかったのである。1社に10名の実習生という数が管理局の目に留まることになった。フィリピン人エンジニアのノエルは不法就労、不法滞在の廉（かど）で強制帰国となり、会社は不正就労助長罪に問われた。ノエルは明らかにスケープ・ゴートになったようで、勝呂は責任を取って退職した。栄信電子工業に在籍中、機密漏洩の嫌疑は晴れたのだが、自社の先端技術の紹介が仲介と取られ産業スパイ事件に巻き込まれる。これも勝呂の脇の甘さが招いた結果だ。そして何もかも馬鹿馬鹿しくなって失踪する。勝呂はすっかり嫌気がさして自暴自棄になって失踪したのではというのが大方の見方だったようだ。勝呂がインターネットを使い始めたのは1999年頃、ケイタイ電話も所持しないから、勝呂の行方はようとして知れなかった。

　　　　＊　　　＊　　　＊

　シオ、私よ。先週ボゴタに戻ってきたところなの。やはりここは過ごしやすくていいわ。マイアミであなたに

出くわすのではと期待してたけどダメだったわね。これから先は独り言だけど、そろそろあなたを見つけ出さないとね、セグーロ（絶対）よ。あれからもう３年近くになるのよね。日本では失踪と認定されるのは７年ですってね。シオが巡礼の旅だなんて似合わないし、ましてやシオが失踪したなんてだれも思っていないからね。でもアロンソやあなたの娘、美亜も心配していますよ。みんなはきっとあなたはまた昔のように貨物船に乗っているのよとか、ラオスのルアンパバン（ルアンプラバン）で馴れない修行をしているのよとか、７月のパンプローナのフィエスタであなたを見かけたという人も現れたわ。その時シオ・エルネストはシェリー酒を片手にヘミングウェイしてたそうよ。ロスト・ゼネレーションの仲間入りを気取っていたのね。私のエルネストは一人で『日はまた昇る』の追体験をしていたのね……。言ってくだされブレット・アシュリー役ぐらいやってあげたのに。水臭いわね。そしてまさか［フェルナンド・セザイ『旅行中』］と印刷された名刺を持ち歩いてカポーティしているんじゃないでしょうね……。『ティファニーで朝食を』みたいに。

　私には分かるのよね。あなたが今何を求めてさ迷っているのか。この間、私のかわいい双子の孫がこう言っていたわ。マリアお祖母ちゃんは、本当はシオがいまどこにいるのか知っているんでしょ！　だってお祖母ちゃんはなんでもアディビナ（占う）する魔女でしょ！『エ

ル・アレフ』を手繰って居所まで当てるんだって。そうなのよ。孫娘のローラとカルラはもうボルヘスを読んでいるのよ。早いものね。

　シオ、あなたがもうじき現れる予感はしているの。私の頭の中のエル・アレフならぬ水晶玉にはあなたと過ごした日々がいっぱい詰まっているわ。専用記録媒体よ。だから見当がつくのよ、それに弟のアロンソがヒントをくれたわ。今頃あなたは16世紀ポルトガルの海洋覇権の足跡を追っているはずだと。そう、「ポルトガル海上帝国」の残照を求めてね。スペイン帝国に対してポルトガルの場合、領域支配より交易を目的とした海上覇権だったのでこう呼ばれるのよ、知ってたシオ？

　チリのサンティアゴにいる私の妹ルシアーナ・ニルダのアドバイスはこうだわ。あなたは真っ先にポルトガルを目指しているだろうって。覚えてるシオ、妹はパブロ・ネルーダの詩が大好きで、それが嵩じてずっとチリに住んでいるわ。彼女はポルトガルが誇る詩人フェルナンド・ペソアを私たちに教えてくれたでしょ。その時ペソアの詩集と一緒にポルトガル語の本を貰ったわね。そう、イタリア人作家のアントニオ・タブッキがなぜかポルトガル語で書いたペソアを追悼する小説『レクイエム（鎮魂曲）』よ。

　読後にシオはこう言ったのよね、僕もリスボンの町を徘徊しなくてはと。ペソアの100エスクード札をポケットに入れてね。ペソアはこう言っているわ。（人生は

意図せずに始められてしまった実験旅行である）と。でも今のシオは意図して旅に出ているのよね。そう言えば私の独り言はいつの間にかすっかりタブッキ調ね。

Θ D-nod:

> ■ペソアの100エスクード札（ポルトガル）
> 　1999年ユーロ札の出現とともにポルトガルの国民的作家のフェルナンド・ペソアの肖像が入った紙幣（1988年発行）は消えてしまった。
>
>

　美亜の目の付け所も違うわね。彼女はやっぱり映画監督よ。姿を消した1995年の秋になってあなたが六本木を徘徊したのは分かっているわ。なぜなら美亜の追跡調査にあなたは見事に引っ掛かっているのよ。その夜あなたは不用意にも何曲かカラオケを歌っているわ。なぜこれがあなたのリクエストだと分かったのかって。それは日本では滅多に歌われることがないレアものばかりだからでしょ。しくじったわね。今の通信カラオケはみんなオン・デマンドでしょ。監督はスタッフを使ってDAM

やUGAなどの元締めの第一興商やエクシングの本部を調べさせたのよ。一晩であなたの十八番が8曲も出てきたのよ。本部のシステムにはちゃんとリクエスト曲の記録が残っているのよ。その頃はまだ日本にいたのね。疑いの余地はないわ。カルロス・ガルデルのアルゼンチン・タンゴ『エル・ディア・ケ・メ・キエラス（想いの届く日）』に『ノスタルヒアス（郷愁）』でしょ。ペリー・コモの『And I love you so』、ジプシー・キングスの『ボラーレ』、ミュージカル映画『南太平洋』から『Some enchanted evening（魅惑の宵）』、ナット・キング・コールの『Mona Liza』、フランク・シナトラの『All the way』そして内山田洋とクールファイブの『逢わずに愛して』。笑っちゃうでしょ。特にはじめの3曲は私を思ってのことでしょうけれど、でも相変わらず選曲に一貫性はないわね。そしてその年の12月になってあなたはインドに向かったのよ。なぜインドなのかは私なら分かるわ。インド北部のほとんどパキスタンとの国境に近い町ビカネールに行ってるわ。そこでボルヘスの『砂の本』の改訂版を探したんでしょう。ケ・トント・ノ（おばかさんね）！　そんなとこまでわざわざ行かなくてももうじき見つかるわよ。『砂のタブレット』よ。商品名はおそらくi-Padかな。いま開発中だわ。でも占星術師は見つかってよかったわね。そのあと同じ北部だけどネパールに近いミルザプルの町ではスペインのタロット・カードを買ったわね。エル・アレフに写し出さ

れていたわ。というのは嘘よ。私の水晶玉にも写っていなかったわ。これはドイツの迷宮作家ミヒャエル・エンデの『鏡のなかの鏡』からのパクリよ。あの本にはボルヘス図書館長やアレフらしき物体のくだりがでてくるでしょう。テ・アコルダス（覚えている）？　ミュンヘンに嫁いだ私の妹の娘アナ・マリクルスにもらった本よ。そしてそこから更に東へおよそ300キロのパトナの北、限りなくネパールに近いモティハリではジョージ・オーウェルの生家を訪ねたのよね。とても荒れ果てていたでしょ。この時初めてインド生まれの英国人エリック・アーサー・ブレアが彼の本名だと知ったのね。私も知らなかったな。スペイン内戦を扱った『カタロニア讃歌』は読んだけれど、この際、もう過ぎちゃった近未来警告小説『1984年』も読んでみるわ。恐ろしい独裁管理社会を実現するためにマルチメディアの『テレスクリーン』が到るところに配置されてるんだって？　これってシオの監視カメラの商売敵かもしれないわよ。

　あっそうそう、私の妹ディナ・フロレンシアの長男ファン・バウティスタが建築学科を卒業したのよ。また一人ピンソン家に建築家が誕生よ。それにもう一つブエナ・ノティシア（良い知らせ）があるのよ。私たちの友達のアドリアナ・ペレスのこと覚えている？　誘拐されていた彼女のマリード（夫）ドメニコ・フェリシアーノがやっと解放されたのよ。イタリアの彼の実家に戻るんだって……。やはり相当な身代金を積んだようよ。ここ

だけの話だけどね。マラ・ノティシア（悪い話）もあるわ。ニューヨークに行ったミカエル覚えている？　ピネダよ。不法入国の廉で警察に1ヵ月も拘留されていたんだって。そんな筈はないわ。私たちちゃんと米国の就労ビザまで取ってあげたんだから。彼はイスラムの容貌をしているせいかな。それにしてもひどい話だわ。人種差別もいいとこだわ。

　そう言えばシオ、あなたは前にガボ（ガブリエル・ガリシア・マルケス）がなぜコロンビアではなくメキシコにずっと住んでるのかって訊いたことがあったわね。一言で言うと時代に翻弄されたのよね。当時コロンビアでは次期大統領候補ガイタンの暗殺が契機となって国内政治の対立が先鋭化し、ボゴタッソ（ボゴタ暴動）を引き起こして再び『ビオレンシア（暴力）の時代』といわれる内戦状態に陥ったのよ。さらに悪いことに当時のコロンビア大統領が、（キューバはコロンビアの左翼ゲリラを支援している）と怒りだし、国交を断絶したから堪らない。ガボはキューバのカストロ議長とアミーゴの仲だったからもういけないわ。その上、ジャーナリストとしてのガボの日頃の言動が災いしたりで、ついに身の危険を感じるところとなったのよ。ついにはこんな状況ではとても執筆などできないと言ってコロンビアを後にしたというわけなの。この時国を追われた人たちをメキシコが快く受け入れてくれたことにガボはずっと感謝しているというわけなの。

でもインド北部辺境の西から東にあなたはいったいどうやって行ったの？　インドは世界より大きいと言ったのは誰？　シオはタブッキの『インド夜想曲』をまるで旅のガイド・ブックのように持ち歩いているわね。そのなかに（インドで失踪する人はたくさんいます。インドはそのためにあるような国です）とあるわ。インドで失踪した友人を探す話よ。ちょっと心配だわね。病院の床や壁が真っ赤に染まった情景もびっくりするねわ。インドではキンマの葉で包んだビンロー樹の実を噛んで辺り構わず吐きつけるからなのよ。実から出る汁で口も真っ赤だわ。インド人が話しながら首を横に振るあれは、外国人にはてっきり同意ではなく否定にみえるわね。失踪した友人とはきっとそれはあなたのことよ。インドの象徴はなんと言っても牛の存在と象のガネーシャだわね。鮮やかなブーゲンビリアの花が眩しいわ。牛が人や自動車や三輪タクシーと並んで踏切待ちをしているし、病院の中まで入り込んでいる。きっと動物病院がないからだわ。

　そしてそのあと、インドの西側ムンバイの北部、グジャラート州の半島の先の小島に向かったわね。そこにはかつてのポルトガルの植民地でディウの要塞があるのよね。対岸のダマンと併せて連邦直轄地となっていて、シオはポルトガルの匂いを求めてきっとここを訪れたのよ。よく調べたわね。あなたは鉄道の駅でさぞかし驚いたで

しょう。夜のプラット・ホームでは毛布にくるまって列車待ちをしている旅行者でいっぱいなのよね。実は旅行者ではなく英国植民地時代から変わることのないホームレスの家族なのよ。駅には水もあるし、汽車が着くたびに収入にありつけるかもしれないし……。ほらねシオ、またあなたの得意のダジャレが聞こえてきたわ。（ホームレス、駅に住んでもホームレス？）……なんてね。英語の綴り違いでしょ、スペイン語では成り立たないわね、この言葉あそびは。体調はどう？　シオは自分が編み出した自然治癒力を呼び起こす健康法を実践しているから大丈夫よね。合谷や涌泉など身体のツボ指圧、イボイボ足踏み板はいつも持ち歩いているでしょ。自分の体重を掛けて拳で背中を押すのも効くわね。ヨガ、ながら運動、ストレッチ、スクワット、コンディショニング・トレーニングなどのいいとこ取りよ。これって全部セルフ・マッサージだから全部自分一人でできるのが難点だわ。だけど水、食べ物や感染症には気を付けないとね。あ～あ、独り言が過ぎてとっても『ウナ・カシータ（おなかすいた）』よ。こういう時日本の『弁当』があるといいわね。ハリウッド映画やテレビ・ドラマではチャイニーズ・フードがお約束でしょ。そのうち刑事が日本のお弁当を箸で食べるシーンに変わるわね。オーノー！　話をもとに戻すわね。

　そのあとはさらに南下してパナジ（ゴア）までフランシスコ・ザビエルを追っかけ、もっと南のコーチンまで

足を伸ばしたところまでが私の頭の中の水晶玉に写し出された情報よ。映像はあとからでも見られるようにリンクを貼っておいたわ。

　さあ問題はこれからよ。ここから先はさしもの私でも限界だから、あのロベルト・アンダーソンに頼むしかなかったわ。とうとう悪魔と手を組むことにしたの。彼は私たちに弱みがあるから渋々引き受けたわ。メキシコ人になりすましているアンダーソンは元々NSA（米国国家安全保障局）局員でしょ。ボゴタのアンリー・ベクトル・コーポレーションのチーフ・エコノミストの肩書きになっているけれど、ほんとうは怖いシオの言うエコノミー・ヒット・マン（EHM）なのよね。中南米各地で危ないインフラのプロジェクトを展開しているわ。返済不能に陥るのを承知でね。というより債務不履行で得られる大きなメリットの方を狙っているのよね。

⊖ D-nod: ロベルト・アンダーソンの手書きメモ

> Robert Anderson
> Anry Vector Corporation S.A.
> Carrera 17, No.28-12 Oficina 506
> Edificio Colmena
> Bogota, Columbia

> 上のメモは自称メキシコ人のロベルト・アンダーソンが名刺代わりに走り書きして勝呂に渡したボゴタ事務所の住所である。この時アンダーソンは２つの重大なつづりの間違いを犯した。自称ロベルトをロバーツと書き、国名ColombiaをうっかりColumbiaと書いてしまったのだ。スペイン語圏の人間ならこの誤記は絶対にあり得ない。米国人、カナダ人、日本人なら必ずColumbiaと書く。Columbia Universityという風に。これで勝呂はスペイン語を巧みに操るロベルト・アンダーソンをグリンゴ（米国人）と見破り、彼の弱みを握ったのだった。（He speaks our language. 同じ言葉を喋るから安心しろ）と思わせたかったのだろうが。これはエクアドルの長寿村ビルカバンバのバック・パッカーの宿屋での出来事だった。

　おかげでシオの足取りがかなりトレースされたわ。でもNSAの監視・捜索網はインド北部の辺境の地まではさすがに及んでなかったわ。それに顔認識は精度が悪くまだ識別は無理ね。結果的にはあなたが通ったすべての国の出入国記録と大きなホテルの宿泊記録が手に入っただけだわ。それにシオは開発中の監視カメラをかわすステルス帽子をうまく使っているようだし……。シオの得意そうな声が聞こえそうよ。（そうだよ。僕がマークさ

れているのが分かっていたから逆にまったく被らなかったこともあったよ……)

　この記録をもとにあなたの足取りを整理してみるわね。インド国内の行程は当っていたでしょ。スリランカに渡ったのは1998年の6月よ。あなたは迷わず南部の要塞都市ゴールに向かったわね。ポルトガルがコロンボに次いでここに城塞を建設したのが1625年のことよ。後にオランダや英国の統治を経てもアントネリ型のガリータ(見張り塔)がいまだに残っていてあなたは歓喜のあまり涙したわね。この堅固な要塞は今では観光の目玉となっているだけではなく、ときにやってくる大津波からこの町を守っているのよ。これがポルトガルの物だとはガイドにでも聞かなければ誰も知らないわ。でもシオなら別よ。コロンボという町の由来は当然コロン(コロンブス)から来ているいるんでしょうが、いずれその経緯を教えてね。そしてスリランカからフランスに入国、当然モン・サン・ミッシェル修道院に寄ってガブリエル塔のガリータに対面したはずよね。この塔は1524年に築かれたのよね。ずっと前からシオはアントネリ様式だって言っていたわね。フランスに行くならルーブルのモナ・リザとパリ・ノートルダム大聖堂とこのガリータ(監視塔)が必見だとかねがね言ってたもの。モン・サン・ミッシェルからわずか50キロのサン・マロ城塞都市を見逃さなかったのはさすがだわ。そこでアントネリ型の監視塔に出会って小躍りしたでしょう。

(⊖ E-wink ㊼ 付録：ロスト・タブレット／要塞・監視塔写真集・監視塔の集大成に出ています)

 それともう一つ発見があったわね。その昔サン・マロは凶悪な海賊の根城だったのよね。あのフォークランド諸島に入植した人たちはこのサン・マロから出帆して行き、フランス人なのにサン・マロ人を自称・自負していたのでマルビーナス諸島と呼ばれるようになったのよ。マルビーナスに思い入れのあるあなたがこれを訊いてまた涙したでしょう。ほんとに世界は狭いわね。『エル・ムンド・エス・ウン・パニュエロ（世界は一枚のハンカチ)』でしょ。
 これでシオのお宝がまた増えたのよね。そのあとなぜかフランスからバーレーンに飛んだのだわ。待って中東のバーレーンですよ。〈マクトゥーブ〉と言うアラブの言葉の解明でしょ。私の孫娘たちがおねだりしてたわね。パウロ・コエーリョの『アルケミスト』の重要なキーワードだって。結局解明はお預けね。でもそのためだけにわざわざバーレーンまで行ったとは思えないわね。やはりポルトガルの要塞が残っていたからなのね……。『カルアト・アル・バフレーン』、別称『ポルトガル・フォート』だって？　やはりポルトガルはここにまで進出してたのね。そう言えばアロンソのつぶやきを思い出すわ。(歴史家や建築家はしばしば難問にぶつかるんだ。建造物は時代とともに改修がつきものだから、その年代を特

定するのは極めて難しいんだ）そこへゆくとこのバーレーンの要塞は呼び名で残っているくらいだから疑問の余地はないわね。完全に潰されてしまったものも多いのよね。だからシオが探し求めるガリータはいきおい現存するものに限られてしまうのが残念ね。

　バングラデシュのダッカではさすがにポルトガルの残照はないようね。16世紀にはチッタゴン（ベンガル湾）にポルトガルの食指が伸びたはずなのに何も残されていないようよ。でも世界遺産にもなっているバゲルハットのモスジット（モスク）の尖塔がシオのコレクションの対象になったのね。そしてあなたはベンガルの月を眺めていたものね。

ΘE-wink ㊴	HPビジュアル・ガイドへ

●バゲルハットのモスジット（バングラデシュ）
（世界遺産のモスク。15世紀に建造された要塞のような外観で、塔は16世紀以降に建てられたスペイン・ポルトガル要塞の監視塔に似ているが繋がりはない。独自の創意と偶然によって似たものができたという『独自創造説』が当てはまる）

　シオ、あなたは2000年にやはり噂通りラオスに入っているわね。当然パワースポットの古都ルアンパバン（ルアンプラバン）に行きましたね。ラオス仏教の聖地で早朝から托鉢僧に交じって修行（？）していたのか3ヶ月もそこにいたのね。洒落たプチ・ホテルがたくさん

あり完全に観光地化しているわ。中には欧米のリタイアした金余りのシニアが老後の楽しみでやっているんだって。隣の中国が作ったダムの影響でメコン川の下流は干上がってきているのよ。ラオスの北部は中国の人と物で溢れ、まるで実効支配された状況なんだって？　何しろシオ、私の頭の中の水晶玉はNSAの監視システムより高性能なんだから。あなたの行動パターンとかはすべてお見通しよ。もちろんフルカラーよ。ただライブでは見られないのが重大な欠陥だわ。こうしてみるとボルヘスの『エル・アレフ』ってシオが世界のいろんな所に張り巡らせている監視カメラに似ているわね……。それに私の水晶玉や『砂の本（タブレット）』に500年前からあるアントネリの要塞監視塔を組み合わせれば世界最強（？）の監視システムができ上がるわ。そう言えばシオ、栄信電子工業では建物や部屋の入退出に高精度の顔認識ができるシステムを開発中だと言っていたわね。これって敵、味方の判別もできるってことよね。NSAが喉から手が出るほど欲しがる監視プログラムだわ。そう言えば、ついこないだまで監視カメラといっていたのが、呼び方を変えてこれからはネットワーク・カメラだって……。「ビッグ・ブラザーがあなたを見ているのよ」でしょ！　小説『1984年』を読んでみたわ。父の蔵書にあったのよ。

　シオは典型的な日本人だから（便りがないのは無事で元気な証拠）を決め込んでいるでしょ。そんなのが通用

するのは日本だけだわ。それも中年以上の男性よ。

2001年に再びインドに入国した記録があるわ。中央部のサーンチーで釈迦の遺骨（仏舎利）を安置する卒塔婆（ストゥーパ）に参拝。ほらね、釈迦の遺骨はここにも分骨されているのよ。日本の鳥居の原型かもしれない塔門に驚き、欄楯（石製の垣根）という外周の塀が築地本願寺の石塀と瓜二つなのにも感激したでしょう。あそこは紀元前のアショーカの空気が漂っていたわ。ニューデリーの国会議事堂を取り囲む石塀もこの欄楯よ。

一転してカジュラホではくんずほぐれつ、天真爛漫に性を謳歌している装飾彫刻でいっぱいの寺院群に圧倒されたでしょう。やっぱりシオも好き者ね。随分熱心に見ていたものね。ここが今までで一番長居したところでしょ。もしもランズデールのミステリー小説の舞台がカジュラホだったら（セックスってのは、結局のところ、ものごとを複雑にするだけなんだ）なんてことを主人公に言わせなかったでしょうに、もったいない。そうそう、ボゴタの昼時に公園で向かい合ってポストレ（デザー

ト）のドゥルセ（スイーツ）を食べていたとき、シオは私の白い下着が見えたと言ったわね。いや〜ねそれは嘘よ。あの時は別の色だったわ。丸太で造ったとても低い椅子とテーブルでちょっと油断したわね。ボゴタにしてはとても天気の良い日だったわ。いつものエル・レイ（王様）であなたの好きなステーキを食べた後、よく散策したわね。そこから2町も歩くとキンタ・カマーチョというバリオ（界隈）だわ。方々でスペイン・コロニアル風情が残るボゴタの中でも一味違って、ここは英国のチューダー様式を思わせる邸宅が立ち並ぶ落ち着いた界隈なのよ。なんでもカマーチョという富豪が建てたキンタ（別荘）だと言われているわ。（それにしてもこの名前、日本人にはちょっと苦笑を誘うのだが、幸いにもマリアには分からない）

　インド中央部ボパールのジェハン・ヌマ・パレス・ホテルで長旅の疲れを癒やしていたわね。ホテルのプールサイドにある理髪店でスッキリしたわ。ぶきっちょな床屋から髪を切る位置を変えるたびに頭を小突かれたでしょ。シオはそのとき髪の毛を何本か抜かれて怪訝に思ったはずだわ。白髪を抜いたのだと言われたわね。DNA情報の採取場所は空港のエミグレではとても無理だけれど、床屋なら簡単にできてしまうわ。あの床屋はホテルのフロントと連動してたはずよ。あそこはデカン高原の中央部だけど外国人が多いでしょ。インドでDNA採取実証試験を始めたのよ。やっとチキン・カレーから解

放されてフイッシュ・アンド・チップスの毎日だったし、アルコールも久しぶりでしょ。ヘレス（シェリー）がなくて残念ね。マックダウェル No.1 というラベルが見えるわ。そのインド国産ウイスキーで我慢してね。だって英国はスコッチのスピリッツまでインドに植え付けなかったのだから。シオ、あなたはそのホテルで爲になる話を訊いたわね。日本の製糸工場の技術者の話よ。製糸・糸繰り機械の調子を見るのに彼ならその日の糸くずの積もり具合で判断するのに、インドでは清掃係が細かく決められていてすぐに掃除してしまうので困るのだとこぼしてたわね。未だカーストが残るインドではワーク・シェアがはっきりしていて、人の仕事を取ったらえらいことになるのよ。同じホテルのレストランでスペイン人の高官と商社マンらしき二人の怪しい会話を聞いたでしょ。ボパールのインフラ整備の巨大プロジェクトの陰で動く巨額の賄賂の話よ。まさかそばで食事している東洋人のシオがスペイン語を解するとは思いもせず、彼らはすっかり油断したのね。

　そう言えば今回シオはスペイン語圏のどの国にも立ち寄ってないわね。これじゃあまるでハルキの小説みたいじゃない。もっともシオは日頃中南米にとっぷり浸かっているからいいんだけど。ハルキは『国境の南…』でやっとラテン・アメリカの世界に近づいたと思ったら、結局メキシコにも立ち寄っていないなんてね……。ハルキに少し不満なのはこのことよ。新世界をもっと見てほし

いわ。ここも問題多いけれどきっと（何かとても綺麗で、大きくて、柔らかいもの）よと思えるわ。トゥ・サベス（you know）シオ。このところ寝不足よ。『ルカによる福音書』を読み始めたら止まらないのよ。あれほど船の汽笛が好きなシオにしては不思議なことに港町のほとんどどこにもに立ち寄っていないわね。港町でのホテル選びにいつもこだわりがあったわね。汽笛が聞こえるところだと元気がもらえるからでしょ。高松や神戸や横浜港の響き、上海の和平飯店で聞く汽笛、マニラやシンガポール、ブエノス・アイレス港の余韻。でも関門海峡を行き来する船の汽笛が一番だと言ってたわね。危険と隣り合わせの海峡の張り詰めた空気を破る汽笛には雄気とペーソスが混じっているって……。なんたってシオは門司港の生まれだものね。私だって港の生まれよ、カルタヘーナとは海で繋がっているわ。

　週末のホテルでド派手な結婚式に出会してケ・チェベレ・ノ（よかったわね）。そのホテルの庭ではクラシック・カーの愛好家たちのイベントもやってたでしょう。海外から珍しい車がたくさん集結していたわね。インドは何でもありなのよ。女性たちのアクセサリーがいいわね。ジャスミンの髪飾りにブレスレットよ。ケ・ディビーナ・ノ（素敵ね）！　どこへ行っても町なかは三輪オート・タクシーやリキシャにアンバサダー国産車に牛が我がもの顔に歩いているわ。そしてあの9.11の衝撃のニュースが折角のシオの逃避と謝罪と安息と充電の日々

を終わらせたのね。あのときあなたの中で激震が走ったんだわ。私は弟を訪ねてロスにいたわ。あり得ない。大変なことになったわ。きっと私だけに届いた誤報に違いないわ。と思ったけれどそばにいた弟の家族もぶるぶる震えていたわ。あなたはその時ボパールのホテルのBBC放送で知ったのよね。世界中の多くの人がただ一点で繋がる瞬間なんてそう多くはないけれど、こんなのは御免だわ。報復の連鎖の始まりよ。これで間違いなく世界はおかしい方向に向かうわ。ついにあなたの出番がやってきたのよ。こうしてはおれないとシオはやっと国際電話をかけてくれたのよね。姿を隠してから実に5年が経っていたわ。よかったこれであなたが戻ってくるとみんな思ったのよ。そして開口一番、あなたが口走った言葉に私はピンときたわ。あなたがこれから仕掛けようとする目論見を……。〈ロベルト・アンダーソンはどこだ？〉

9 ボゴタの暗雲（コロンビア）

(1) エル・ノガル・ソシアル・クルブ　2003年3月7日（ボゴタ）

『報復の旅に出る前に、墓穴を二つ掘れ』

—— （孔子）

　放浪生活5年目の途上、勝呂はあの驚愕の9.11同時多発テロ事件をインドで知った。これでやっと目を覚ました勝呂は、みんなの前に姿を現すや、まるで人が変わったように動き出した。日本の先端技術と高付加価値サービスを組み入れた製品とプロジェクトをユニークに提案・仲介する［Just Project from Japan］というコンサルティング会社を立ち上げ、その拠点をマイアミに構えている。

　ここはマイアミ・ビーチで代表されるようにフロリダ半島でも有数な観光・リゾート地で、大埠頭には圧巻の超大カリブ海クルーズ船がひしめいている。セスペデスSAというキューバ人が社主の船会社があり、栄信電子工業はここと代理店契約をしているので、勝呂は栄信電子の現役時代にクルーズ船の点検も含め何度も訪れているので馴染みの深い土地になっている。一方でマイアミは観光・リゾート地だけかと思いきや、フロリダ半島きっての商工業都市でもあるのだ。近年では南部サウス・

ビーチがシリコン・ビーチと呼ばれるほどICやコンピューター、電子部品工業が盛んになってきている。そして近くのホームステッド市にはキューバに最も近接した空軍基地まである。

　当人はほとんど日本におらずもっぱら最新鋭の監視カメラ・監視装置の引合いで大忙しだ。いまや装置はネットワーク・カメラ・システムとして様々な機能が統合されていて、自分のところの管轄外の監視情報まで取り込みが可能になっているのだ。

　同時多発テロ以降、世界は報復の連鎖という最悪な方向に突き進んで行った。2001年、米国はすぐさまアフガニスタンに報復の対テロ戦争を仕掛け、2003年には『イラクの自由作戦』を開始した。ピン・ポイントの空爆がまるでテレビ・ゲームを思わせて人々の感覚を狂わせてしまった。こうして世界は今、恐ろしくテロに怯える時代に突入したのだ。そんな中、勝呂が監視装置の売り込みのかたわら、フロリダ州タンパに足繁く通うことになったのは自然の流れのように思えた。そこには栄信電子工業と技術提携しているチェイス・マイクロウェーブ社の工場があり、これまでのGPS位置情報システムよりずっと正確な精密位置発振器や目標をピン・ポイントで捕らえる精密誘導・装置を開発しているからだ。その新技術の一つにステルス・バイザーというのがある。これは一見大型のスポーツ・サングラスのように見えて、実は顔認識防止技術の塊で光を反射・吸収する素材でで

きていて確実に監視カメラから逃れることができる。元々はプライバシーを守るために開発されたものだが、これを売りにしてテロ集団の高官に着けさせればそれこそドローン無人機によるピン・ポイントの標的に早変わりとなる。今や猫の首に鈴を付けさせなければならない時代に突入しているのだ。このグラスには特殊周波数の目標位置発振器が組み込まれている。薬やサプリメントに偽装したカプセルも絶好の目標になる。うっかり極秘情報を漏らしてしまったが、これはほんの一例にすぎない。少し前の近接航空支援の発展形だ。標的の識別とその位置情報を見極める地上特殊部隊の役割も変わってくる。こうしてみると、そこは民生と軍需を互いに転用できる紙一重の怖い会社なのかもしれなかった。そのためなのか、勝呂は2年目の後半に社名を［Just Project from Japan］から［Just Project from East］に改めている。

　　　　　＊　　　＊　　　＊

　アビアンカ航空45便はマイアミから4時間あまりでもう高度を下げ始めるや、あっという間に滑走路を滑っていた。なぜなら南米コロンビアの首都ボゴタ、エル・ドラド国際空港がアンデス山脈の一画、海抜2,700メートルに位置しているからだ。滑走路を走行中、気を付けると放置された飛行機の残骸を眺めることができる。結構な数だ。国の玄関口である首都の国際空港の一隅が航空機の墓場と化しているのだ。老朽化したホッカー機

やセスナ機そしてあの往年の名機ダグラス DC-3 までも無造作に放置されている。それらの多くはナルコ（麻薬密輸組織）が密輸手段に使った機材で、政府によって摘発、接収されたものなのだ。中にはまだ新しい機種だってある。それでも最近は大分解体撤去されているのだろうか。「あの DC-3 なんか整備すればまだまだ使えるぞ。もったいない」勝呂は空港を利用するたびに思うのだった。そう言えばバンコクの東にも飛行機の墓場があると聞いたことがあった。そこではジャンボ機の残骸の中で暮らしている人もいるという。

　機外に出ると今回も爽やかなまるで常春の空気が勝呂を迎えた。それはバンコクやジャカルタのあのむっと襲ってくる熱気とは違い、いつも勝呂を喜ばせる。ボゴタはほぼ赤道直下にもかかわらず、富士山の五合目に降り立つことになるからだ。入国審査を終えた勝呂はバッゲージ・クレームのラインへ、といっても延々とコンコースを歩かされる世界のハブ空港とは違い、すぐにライン・ベルトに行き着く。早く着いた分だけ余計な荷物待ちの後で、お決まりの税関チェックが控えている。だが、

ここでは少し勝手が違う。大荷物の旅客や課税対象になりそうな者？　には、係官がチェック・ゲートの柱に付いたバカでかいボタンを押すように命じる。赤ランプが点くと面倒な荷物チェックが待っている。幸運にも青ランプなら、そのままノーチェックで通過できる仕組みだ。この何の根拠もないランダムに点灯するランプが、まるで入国後の幸運度を占うかのような仕掛けに思えて一喜一憂する場面となる。たとえ税関に引っ掛かるものを持っていなくてもなぜか緊張する瞬間だ。なかにはラッキーな人もいるこの税関の仕組みはここ十数年変わっていないようだ。

「そろそろ到着ゲート側も改装する時期に来ているのになあ」イベントやプロジェクト発掘癖がまたぞろ出てくる。ここ数年、この空港は第二滑走路の増設やターミナルの改装を進めている。出国審査側ロビーには昔からダイナーズのVIPラウンジがあるのはボゴタが南米の出入口だからなのだろうか。勝呂はかなりの老朽が目立つあたりを確かめる素振りをしながら、先程から自分をずっと追っている鋭い視線を見定めていた。幸いにも青ランプが勝呂をすんなりと到着ロビーに送り出してくれた。出迎えのマリアの姿が見えない。アロンソの姉でピンソン家の長女だ。ボゴタ市上下水道局の設計部退職後、なぜか今は米国ビザ取得代行や相談の仕事をするミステリアスな女性だ。マイアミからアビアンカ航空のこの日のもっと遅い便で到着したので、空港からの道路は空いて

おりマリアの運転でも心配なさそうだった。
「お帰りシオ、いい旅だった？」
「うん、予定より10分も早く着くなんて、僕の君に会いたい想いが飛行機に伝わったようだよ。エミグレ（入国審査窓口）も税関もすんなり通れたし」

ガクンと車は突然右に激しく振れた。勝呂は足を踏ん張る。
「なーんだ、よく言うわね。私に対する思いってたったの10分なの」少し膨れっ面のマリア。「私の方は10分も遅刻よ。でも良かったわね、荷物検査に手間取らなくて」今度は前につんのめる。急ブレーキだ。「ごめん、また穴ぼこよ！」マリアは笑いながらもバックミラーを覗う。

黒塗りの車がつけてきている。「いつものストーカーだわ……」「おいおいマリア、聞いてなかったぞ」

穴ぼこのせいにしながらマリアは、空港からずっと追ってくる黒塗りの車に集中していた。「マリア、こんな時のために目立たない車にした方がいいね」

マリアが珍しく真顔になっている。速度を落とす。カー・ラジオのボリュームを上げる。FMカラコルの音楽番組がアップ・テンポの『ボラーレ』を流している。ジプシー・キングスのスペイン語とイタリア語のミックス・バージョンだ。「シオ、シート・ベルトしてるわね。行くわよ！」今度は急発進だ。それを2、3度繰り返す。尾行の車も同じように追随している。なんといつの間に

かもう1台増えているのだ。「おいおいマリア、なんとね。いつも二人につけられているのか。参ったな」

「知らないわよ、あの青い車は。きっとシオが狙いよ！」空港から高速道路のアウトピスタ・エル・ドラドを抜けて市内に入る。ボゴタの新交通システム、トランスミレニオという赤い2連結の大型バス車両が左に見えてきた。BRT（バス・ラピッド・トランジット）という連結したバスが専用レーンを走るので渋滞がないあれだ。マリアがにこりとした。してやったりの表情だ。

「シオ、後ろを見て！　速度を落とすわよ」何と尾行の2台が車をぶつけ合っている。「アーハー、ほらね。2台は同じ仲間じゃないのよ。うまくいったわビステ（見た）！」

「しかしマリア、君はいつもこうなのか！」「まあねシオ。これでもう追ってこれないわね」

　実際のところボゴタの道路は相当良くなっている。

「おっと、穴ぼこだって！　前を行く車は避けなかったぞ！　昔は穴ぼこを避けるたびによくぶつけたもんだよね。また車を取り替えたんだね！　これで何台目なの？」

車はペウジョー（プジョー）508のエメラルド・グリーンだ。
「テ・アコルダス？（憶えている？）シオ！　面白かったわね。貴方の夢の中に出てきたという富豪の話……。だけど前の市長のおかげでボゴタの道路はこれでも随分よくなっているのよ」
　相変わらずおおらかというか大雑把な運転ぶりのマリアは続ける。「それにピコ・イ・プラッカで車が使えない日があるので今は2台よ」
「あーあれか！　走れる日と車をナンバー・プレートの偶数・奇数で規制するっていう奴か。でもマリア、2台持ってちゃあ混雑解消にならないじゃないの」「まあね……」
　そう言いながら勝呂は助手席からしきりに上の方を見ている。監視カメラの所在を確認したかったのだ。それに気付いたマリアは「市内には2,000台近くのカメラが設置されているらしいけど、まともに動いているのは銀行の監視カメラぐらいという話だわ。セグロロ（確か）よ。それにしても面白いわねシオは！」
「エッ！　なんのことだい？」
「要塞の監視塔ハンターのシオが今は監視装置を世界に広めているなんてね……」
「でもそれって現代版監視塔でしょ！」
　明日から勝呂たちは最新鋭監視システムのプレゼンテーションの準備にかかることになっていた。デモ用の機

材やカタログ類は日本とマイアミからすでに届いているはずだ。勝呂は今回、企画書、見積り書やアプリ・ソフトをハンド・キャリーで持ち込んだ。それはボゴタ市ビデオ監視モニター・システムの抜本的な改善計画だ。5年前に較べるとCCDカメラの画素が大幅に増え、モニターの精度をはじめ顔認識システムや録画方式まで格段に進歩している。そろそろ勝呂の宿泊ホテルに近づく。例の黒塗りの車はもう消えていた。

「ウナ・カシータ（una casita）？」マリアが勝呂に聞いてみた。スペイン語で「一軒の小さなお家」という意味だが、2、3度繰り返すと「お腹すいた？」と聞こえるから面白い。マリアがマスターした数少ない日本語だ。「いやお腹空いてないよ」こんな時いつもお腹を抱えて吹き出す勝呂。

　宿泊ホテルはいつも（カサ・メディーナ）に決めている。チャピネロ・ノルテ（ボゴタ市北部）にある勝呂好みのコロニアル・スタイルの歴史的建物だ。2人はバー・ラウンジに降り立った。バー・マンのウーゴ・テハーダが笑顔で迎えた。

「おやエルネストさん、お久しぶりです。マリアさんこんばんは。お二人でいらっしゃるのはあの時以来ですね」さっそくカクテルで乾杯。出てきたのはボゴタ・チェベレ Bogotá Cheveré（素敵なボゴタ）だ。このカクテルは7年程前にマリアと勝呂が面白半分でレシピを考え、このバー・マンにつくってもらったものだ。ネー

ミングは勝呂の発案だった。チェベレとはボゴタっ子がそれも女性が小粋に連発する「いいね！」だ。カクテル（ボゴタ素敵ね！）のレシピはラム・ベース（Ron）２／４にコーヒー・リキュール（crema de café）１／４これにバー・マンはチェベレというフランス語的響きを添えるためにブランデー１／４を加えている。ボゴタの肌寒い夜にはコーヒー・リキュールを温かいコーヒーに換えて、ホットなカクテルも一興だ。すべてはコロンビア産のロン（Viejos de caldas）やコーヒー・リキュール（coloma など）を使うのがお約束だ。「静かなブームになりつつありますよ」とはウーゴの言。

「このカクテルに副題を付けるとすると『愛が命取りになる街ボゴタ』かな」勝呂はマリアに向かって真顔で言った。「こないだまでは治安が命取りになるボゴタだったでしょ……」マリアは笑って答えた。そしてマリアはその手を勝呂の甲に愛おしそうに重ねた。

　それに勝呂はバー・マンが自分のことをエルネストと呼んでくれたことに気を良くしていた。

　マリアが冷やかす。「シオ！　私もこう呼ぼうかしらね。セニョール・エルネスト！」ヘミングウェイのつもりだ。

　ウーゴが二人にそっと耳打ちした。（先程から隅に座っている男に気を付けてください）と。

「元 NSA 職員のロベルト・アンダーソンの差し金かも……。アンリー・ベクトル社を覚えている？　メキシコ

人を装っているグリンゴよ。彼らの息のかかったグリエル社が今度の監視装置の国際入札のコンペティター（対抗馬）になるはずよ」マリアは声を潜めて言った。だが少しも動揺した様子はない。

　アンダーソンは勝呂が94年にエクアドルのビルカバンバで知り合った男だ。ボゴタの事務所に勤務している。その時勝呂はなぜか胡散臭い怪しい男でいずれ敵になるか味方になるかは分からないが知っておいて損はないだろうと踏んでいた。（今回やはり敵に回ったか……）勝呂はつぶやいた。

「空港からつけてきた車の一台はソンデオ・グループの警護で私の味方よ。もう一台はきっと例のスペイン王室宝物コレクション管理キュレーター（学芸員）の者だわ。生前パパをずっとつけ回していた奴よ。今回あなたが来ることも察知してたのよ……」

「なに、そうするといつも君は少なくとも3人のストーカーにつけ回されているわけ!?　それとも追っ掛けを結構楽しんでいたりして。君にはまったく呆れるよ」と二人は笑い合った。だがこの時はまだ二人にとって大切な友達のモニートを失うことになろうとは夢にも思わなかったのだった。

　それから6日後のモニートの死。今でも思い起こすのはあの事件のことだ。どうしてあの時モニートを巻き込んでしまったのだろうか。勝呂が今でも悔やみきれな

9　ボゴタの暗雲（コロンビア）

いのはこのことだ。勝呂はあの日、フリオ・ゴンサーレス（モニート）とその妹サラ・アンヘリータ、それにマリアの4人でクラブ（エル・ノガル）のレストランで午後8時半から食事をすることになっていた。勝呂はチレ街でマリアを拾いセプティマ通りをクラブに向かっていた。

　ところがその夜は車が一段と混んでいて70丁目辺りであのものすごい爆発音を聞いたのだった。いったい何が起きたのか。「ボンバ（爆弾）だ！」叫び声がする。すぐに周りの車は身動きできなくなった。カー・ラジオはまだ何も伝えてくれない。
「マリア、ここから抜け道はないの？」
「無理ね。この先で何かあったのよ。きっとテロ事件ね」「フリオの携帯に繋がらないわ。巻き込まれていなければいいのだが……」

　やっとカラコル・ラジオが緊急のニュースを伝え始めた。『8時15分頃クラブ・エル・ノガルで爆発がありました。3階の駐車場が最もひどく、周辺のビルやセプティマ通りにも被害が及んでいます。セプティマ通り走行中の多くの車も大破、炎上しています。セプティマ通りから速やかに離れてください』ラジオは繰り返し叫んでいる。
「まずい。モニートも車だよね。マリア、君はここにいてくれ。車が動かせるようになったらセントロ・アンディーノ（商業センター）まで行くんだ。そこで落ち合お

う。僕はエル・ノガルまで行ってみる」

　消防車やパトカーのサイレンのなかを勝呂は現場に急いだ。3ブロックほど走ったところで道路が閉鎖されている。ここから先には進めない。警官に様子を聞いてみる。

「駄目だ、だめだ。この先は危険だ。通行禁止だ」
「自動車爆弾ですか」
「聞かされていないがそのようだ。さあ行った行った」
「僕はこの半丁先に住んでるんで通りますよ……」

　そのあと勝呂は地獄を見ることになる。必死に身内を探す人々。泣き叫ぶ声。どのように探し当てたか分からないが、勝呂は半壊したフリオの車の前で呆然と立ち尽くしていた。セプティマ通り、クラブ入口の手前半ブロックのところだった。中は血まみれでフリオはいなかった。車はリア・エンジンが幸いしたのか、爆発・炎上を免れていた。

　勝呂には見紛うことなきルノー・ドルフィン、赤のボディだ。60〜70年代にフランス、スペイン、イタリア、メキシコ、アルゼンチンなどで生産された小型傑作車だが、フリオはいつも整備を欠かさず、大事にしていた。今では非常に珍しくコロンビアではまずお目にかかれないモデルだった。イルカの名の通り人を癒やしてくれる姿見だ。それが無残にも。勝呂にとっても非常に思い入れのある車種だった。なぜならアルゼンチン・ブエノス・アイレス時代に持っていたのが、このドルフィンと

まったく同型でスポーツモデルのドルフィン・ゴルディーニの白だったからだ。フリオとはよくこのルノーの話が弾んだものだった。

| ϴ E-wink ㊵ | HP ビジュアル・ガイドへ |

▶エル・ノガル・ソシアル・クルブ事件：2003年3月7日（ボゴタ）

　どれくらい経ったのか、勝呂は消防士の声で我に返った。「この車の知り合いかい？　それなら救急車で運ばれて行ったよ。赤のトリアージだったから相当重症だろう。一緒にいた女性は多分大丈夫だ。おそらく一番近くのクリニカ・カントリー（Clinica El Country）だろうね。今聞いてあげるよ」だが大混乱の中、折角の消防士の親切も無駄に終わった。どの病院なのか分からない。「そうだ。マリアとサラに知らせなければ……」勝呂はともかくマリアと落ち合う先の商業センターへ急いだ。サラとは連絡がとれない。マリアと勝呂はやっとの思いでクリニカ・カントリーへ。だが遅かった。フリオはつい先程息を引き取ったという。同乗していた妹のサラ・アンヘリータは奇跡的に軽傷で済んだ。兄と再会したばかりだというのにサラの悲嘆は如何ばかりか。フリオの死に目に会えなかった勝呂。医師と看護師がフリオの所持品とメモをサラに渡した。所持品のカバンは身元確認のため救急救命士が機転を利かしてフリオの持ち物とし

て確保してくれていた。メモは担当医師がフリオの最後の言葉を書きこんだものだ。この時サラは余りにも悲嘆にくれていたのでメモに残してくれていたのだ。それは『メヒカリ』と聞こえたという。「いったいどういう意味だろう」フリオから直接聞き出すことができなくなってしまった以上、知り得るのはサラしかいない。だがサラにはまったく心当たりはないという。

　思えばモニート（フリオ）の父親フリオ・ゴンサーレスが門司港で亡くなる時に勝呂の父親が居合わせた。そしてその時のダイイング・メッセージの謎は解けた。『カルタヘーナ・デ・インディアス』だった。今度は息子の代になってまたしても謎の言葉が……。親父の二の舞だ。何という運命の巡り合わせなのだろうか。

　それにしても『メヒカリ』とは……。メキシコと米国の国境に［メヒカリ］という町があるが……。めかり（和布刈）のことだろうか……。ラテン・アメリカ人には『めかり』が『メヒカリ』と聞こえてもおかしくはないのだが……。

　それよりも勝呂はモニートを死に追いやったのは自分の所為だと自らをしきりに責めさいなんだ。「あの時なぜ気が付かなかったのか……」予約を入れた時のことだった。勝呂はまた天を仰いだ。

「セニョール・タカシ・スグロ、2月7日午後7時ですね。4名様の席がございます。しばらくお待ちください」それからかれこれ5分も待たされた。勝呂は次第

にじりじりしてきた。

「エッ！　7時ではだめなの？」「はい。その時間はもう予約でいっぱいです」「仕方がないな。じゃあそれでお願いします」電話口の女性の声にさして疑いも挟まなかった勝呂。この日にエル・ノガルでの会食に誘ったのは自分だ。そして7時に集まるつもりだった。7時に席が空いてそうだった。

　それがいきなり8時半に振られた。なにか不自然だった。そう言えば勝呂が電話でじりじりと待たされたあの時、上司らしき男とのやりとりの声をはっきりと聞いた。『君、その日の7時は駄目だぞ。みんな8時以降にぶち込むんだ。上からの指示を聴いてなかったのか』怒鳴り声だった。

　フリオの死と予約時の疑念が勝呂の中でずっとくすぶっている。あの時どうして疑問に思わなかったのか。このテロ事件はFARC（コロンビア革命軍）ができるだけ多くの誰でもよい不特定多数を狙った事件だと言われている。だから故意に予約客を8時前後に集中させたのか？　ならば巻き込まれたのは単なる偶然か？　マリア、モニート、サラ？　我々が麻薬マフィアやFARCに狙われる謂われはない。それとも勝呂の商売敵か。間一髪で難を逃れたマリアと勝呂。思えばカルタヘーナでマリアに引き合わせてくれたのはフリオだった。だからマリアはことあるたびに『私たちモニートのお陰ね』が口癖だった。僕たちが狙われたのでは断じてない。そう

思いたかった。

　フリオと妹サラは長い間疎遠だった。ようやく見つけた妹なのに。サラの話では昔、父親のフリオがパナマからの手紙で自分は日本で元気にしているとの便りをもらったことがあると言った。

　フリオの回想いつもここで停まってしまう。

Θ D-nod:

> 　当時の新聞報道：2003年2月7日　ボゴタのテロで32名以上が死亡。ボゴタ市北部で起きた爆発で32人以上が命を落とし、162人が負傷した。7日の午後8時15分、セプティマ（7）大通りに面して78丁目にあるクラブ『エル・ノガル』の3階の駐車場に停めてあった200キロの爆発物を積んだ車が爆発した。爆風は周囲1キロのビルの窓ガラスを破壊し、セプティマ通りを走っていた50台以上の車も被害を受けた。犯行声明は出ていないが、政府はコロンビア革命軍（FARC）が関与していることは疑いないと言っている。クラブ『エル・ノガル』はボゴタにある会員制高級社交クラブ（と言ってもナイト・クラブではない）で1995年に開かれ、13階建ての建物には高級レストラン・バー、画廊、図書館、プール、ジム、スカッシュ・コート、大サロン、会議室、5つ星の24部屋の宿泊施設などがある。会員数は1,800名。

> 2003年2月に起きたボゴタのクラブ・エル・ノガールの自動車爆弾テロ事件後、クラブの入館受付は空港なみのセキュリティ・チェックで顔写真まで撮られてしまうようになった。監視カメラも増設された。

(2) アンブロシオ失踪事件 2003〜04年

『この世には解いてはならぬ謎がある。どうしても明かさねばならぬ時は手掛かりを示すに止めよ』──アンブロシオ・ピンソン

　モニートの不慮の死から1ヶ月経ってようやく告別式が執り行われた。テロ事件の捜査が長引きやっと当局の許しが下りたのだった。犯人は見つかっていない。ようやく少しだけ平穏が戻って来たかと思われた矢先、今度はマリアの父アンブロシオが突然某国大使館の召喚を受けて出て行ったまま戻って来ないという。すでに5日を経過していた。迎えに来た黒塗りの高級車のナンバー・プレートは確かにCD（クエルポ・ディプロマティコ）という外交官ナンバーが付いていたことが確認されている。入口の守衛がナンバーを控えていた。母のマルタは高齢で臥せており、当日はムカマ（お手伝い）が応対した。ビスカヤ地区にあるアンブロシオの家は周りが

高いフェンスで囲まれた中にある。庭付きの2階建ての家が十数軒、ゲートには守衛がいて普通部外者は
立ち入ることができない。いわゆるゲーテッド・コミュニティといって小さな要塞都市（イントラムーロ）のような高級住宅地になっている。ピンソン家の先代が設計したものらしい。植え込みもよく手入れされている。

　スペイン大使館からだというので守衛は車を通し、アンブロシオは特に疑いも抱かず直ぐ外出に応じたというのだ。2人の大使館員は1階だけだったが部屋を物色して行った。マリアとアロンソはボゴタ滞在中の勝呂と対策を練ることにした。（高齢のアンブロシオをスペイン大使館が何のために？）3人には心当たりがない。「ほんとに大使館差し向けの車なのだろうか……」アロンソは直ぐに守衛が控えていた車のナンバーを大使館に照会したが、治外法権を盾に冷たくあしらわれた。2人の内1人は明らかに（守衛に言わせると）スペイン本国なまりで、もう1人はコロンビア人だったと守衛は断言した。3人は監視カメラの映像をチェックしたが、画像は不鮮明でまったくセキュリティ・システムの用をなさない。

車は黒塗りの防弾車で、通常なら大使や公使クラスの公用車では小型の国旗を掲揚できるバンパーポールが付いているはずだが、それも判別できない。幸い車のナンバーが分かっているので照会の方法はありそうだ。「拉致されたんだわ。一刻も猶予はないわ。父は喘息と狭心症の発作があるのよ。ニトロも吸入スプレーも持って出ていないはずよ」マリアは熊のように歩き回る。こういう時はマリア得意の水晶玉はうまく働かない。

　有名ホテル周辺の監視映像のチェックは勝呂が掛け合った。監視システムの納入実績のある勝呂はボゴタ首都圏警察の監視センターに顔がきくからだ。この防犯・監視センターは市全域をカバーするどころか、ほんの一部それも市の重要拠点や繁華街、バス・センターなどを監視する程度なのだ。南米有数の文化学術都市とも言われるボゴタだが犯罪は依然多発している。そのため防犯・監視システムの拡充が急務なのだが、まったく追いついていない。現に監視モニターの数もわずか4台が稼働しているにすぎない。残り3台は故障中だった。監視員は2名だ。空調も動いていない。年中常春のボゴタならではだ。果たせるかなスペイン大使館らしき車はボゴタの旧セントロの由緒あるホテル・テケンダマのメイン・エントランスに横づけされ、2人の男に介添えされながら入って行くアンブロシオの姿が確認できた。「あっ！　これだ。見つけたぞ。テケンダマだったか」勝呂は勝ち誇ったように急ぎ監視モニターを離れようとした

とき（ぎょ！）とした。他のホテルの映像を映し出しているモニターにもアンブロシオが映っているではないか！

「ペラ、ペラ（エスペラ、待て、待て）、どういうことだ。この映像が映っているホテルを全部出してくれ、急いで」監視員の一人は割とてきぱきと該当映像をはじき出して片目をつぶった。勝呂には「なにこれ！」だった。なんと4画面が同一時刻の同一シーンだった。「なんだ、同じ画面じゃないか！」「でも、それぞれ違う地域のカメラから送られた映像ですよ」「急いでそのホテルの名前をメモしてくれたまえ。4箇所だな」やられたな。完全に時間稼ぎだ。メモをもらった勝呂はマリアたちに事の子細を手短に知らせた。「おそらくホテル・テケンダマから送られたという正面玄関は違うと思う、僕は大分前に利用したことがあるからね。ボゴタ・ロイヤル、ラ・フォンターナ、カサ・メディーナのうちのどれかだ。みんな古い格式のあるホテルだよね。写真送ったから、君たちならすぐ分かるだろう。このうちカサ・メディーナは僕の定宿だしエントランスはこんなじゃないから外せるよ。だとすれば残るはボゴタ・ロイヤルかラ・フォンターナということになるね」

　まもなくしてアロンソから「写真見たよ。あれは間違いなくラ・フォンターナだ。ほらウニ・セントロ商業センターからクリニカ・レイナ・ソフィアに向かう途中のホテルだ。今から弁護士を連れて行くから救出作戦だ。

9　ボゴタの暗雲（コロンビア）

ホテルに全員集合しよう」

　駆けつけてみると、アンブロシオは皆の心配をよそに極上スイートの部屋でくつろいでいた。結局ボゴタ北部のホテル・ラ・フォンターナに拘束されていたのだが拷問の形跡はない。みんなは胸をなでおろす。拉致した2人はすでに逃走していた。家を出てから10日も経過していた。犯人確認のためにホテルのフロントや総支配人に当たった。だが彼らの宿泊中よほど紳士的に振舞ったのか、何の問題も起きておらず、部屋係も含めたホテル側で不審に思われた出来事は一切起きていないのだった。支払いはきちんと現金で支払われていた。犯人たちはまったく手掛かりを残していない。ただホテルのフロント係が口走ったわずかな情報が勝呂には大事に思えた。「そう言えばアンブロシオ氏は一度だけ日本人の作家らしき人のインタビュー取材を受けたことがありました。その方はフラノ・デ・タル・フェルナンド（フェルナンド某）とか名乗っていましたが……」拉致したグループがなんとかアンブロシオから情報を引き出そうと画策したのか……。

　　　　　　＊　　　＊　　　＊

　あとはアンブロシオに確かめるしか方法はない。やはりアンブロシオはあのフェリーペⅡ世がアントネリ要塞技師に与えたエメラルド・タブレットの所在を知る僅かに残された人物だとして拉致されていたのだ。だが10日の間、アンブロシオは黙秘を通すどころか毎日就

寝時間以外の16時間喋りまくり、要塞と守備の講釈で煙に巻いて、ついに相手はさじを投げたのだった。当の本人はてっきりカルタヘーナ要塞の話で呼ばれたと思っている。それにしてもこのアンブロシオのオトボケぶりは見事という他ない。皆の心配をよそに……。結果的にアンブロシオは得意の要塞の歴史や守備隊の話になると喘息の発作も狭心症の発作もまったく起こさないことが判明した。こんな滅多にない機会にほんとなら喜びのあまり興奮して発作を起こしても不思議ではない。このホテルはおそらく昔は女子修道院だったのだろうか、歴史を感じさせるアンブロシオ好みの建物だったことも幸いしたようだ。煉瓦造りの主屋に囲まれたゆったりした中庭には、小さな噴水や白いチャペルがあり、ブーゲンビリアが咲き誇っている。アンブロシオが日課のようにゆったりとここを歩く姿が目撃されている。

　だがこの時3人はもう父親誘拐の目的がなんであるのか見当がついていた。「やはりあのことだろうな。失われたアントネリのエメラルド・タブレットの行方に違いない。高齢の父親の先を見越してついに証言を引き出す挙に出たのだろう」アロンソがいち早く口を開いた。あとの2人もすぐさま同調した。アロンソが畳み掛ける。「タブレットを一番欲しがっているのはやはりスペイン王室の宝物管理のキュレーター（学芸員）だろうね。ボゴタに来ていたのか……」 この事件はやはりフェリーペⅡ世が残したというエメラルド・タブレットの行方

に絡んでいる。勝呂たちはこのタブレットを"アントネリ（要塞技師）のタブレット"と呼んでいるが、スペイン王室やハプスブルグ家のまわし者、バチカンの財宝管理部者、英国のかつての海賊サー・ドレイク卿のシンパや大富豪のエストラーダなどは"フェリーペⅡ世のタブレット"と呼びたいはずだ。王室のタブレットの方が値が跳ね上がるからだ。イタリアのアントネリ記念館は当然"アントネリのタブレット"だ。

　呼び方は違えど同じ500年前のエメラルド・タブレットであり、ロスト・タブレットなのだ。こうしてみると問題のタブレットを狙っている者は、勝呂以外にこんなにいることになる。

　勝呂はマリアに尋ねる。「お父さんに最近なにか変わったことはなかったかい？　マリア」

「そうね。一緒に住んでいるわけではないので細かいことまで分からないけど……」

　勝呂は自分にも言い聞かせながらさらに二人に聞く。「君たちにも何か思い当たる節はないかな。マリアはいつもストーカーにつけられているけど」こうなったらもう各人のプライバシーに立ち入るしかない。勝呂が勝手に喋り続ける。「アロンソはいつも教会や大聖堂の仕事で飛び回っているけど、親爺さんからなにかヒントをもらっていないかい？　思い当たるのはメキシコのソンデオ・グループだろうか。エストラーダの命でフェリーペⅡ世のエメラルド・タブレットを探してはいても敵で

はない。すると昔の麻薬マフィアの恨みが絡んでいるとか？　それにアロンソには大聖堂の呪いがあるからなあ。マリアはアンブロシオの長女で、今は弁護士事務所で外国ビザの取得の代行をしているから、なかには逃亡者、国外脱出希望者と知らずに接触しているかもしれない。勝呂はアンブロシオとは直接関係はないものの、エメラルド・タブレットの探索当事者なのだ。

「あっ！」その時マリアが大声をあげた。「そう言えばパパは10年以上も前からジグソー・パズルに凝っていたわ。そして最近では市販のものではなくすごいものを作るんだと言って私も手伝わされたのよ。パネルが大き過ぎて今は妹のディナ・フロレンシアの家の階段踊り場に掛けられているわ。聖母教会のとても立派なパネルに仕上がっているわ」さらにマリアの話を掻い摘むとこうなる。

　そのジグソー・パズルの絵柄は第二次大戦時に崩壊して2004年に向けて再建中のドレスデン聖母教会の全景だった。崩壊前の全景写真を元にグラフィック・デザインが得意なマリアが復元した完成予想図だった。ジグソー・パズルのピースの複雑な切り込みはアンブロシオがデザインして、これをボゴタの地図作成業者が立体3Dのパネルに仕上げたのだ。コロンビアではどんな会社でもオフィスの壁に掲げられている地図は必ずと言っていいほど立体地形になっている。アンデス山脈に抱かれるコロンビアの地形は起伏が激しく地図は立体パネルでな

いと役立たないからだ。この国ではこういう地図でないと、特に外国人は判断を誤ることになる。今なら3Dプリンターが簡単に作り出してくれるのだが。

こうして巨大な3Dジグソー・パズルが完成したものの壁いっぱいを覆う4,600ピースの馬鹿でかいパネルは置き場に困ることに。これがほんとのロンペ・カベーサ（スペイン語でジグソー・パズルのこと。頭の痛い難問の意もある）ねと家族に呆れられたという。このドイツの聖母教会は第二次大戦時に崩壊後1993年再建が始まり、長く保管されてきた瓦礫(がれき)を組み込みながら2005年に完成した。これは残された瓦礫を元の位置にはめ込む世界最大のジグソー・パズルと言われている。

この時アンブロシオは、どうしてこんなにも大きく、なぜこの絵柄にしたのか、そしていったい何を思い、どのようにしてたくさんのピースの切り込みを入れていったのだろうか。東西ドイツの和解の象徴として、ドレスデンの人々と同じ思いでピースをはめ込んでいったのだろう。

それから1年後、アンブロシオは臨終の時しっかりした口調でこう言った。『マリア、ありがとうな。母さんを頼むぞ。コロンの遺骨のことではお前たちは、わしのジグソー・パズルに対するこだわりの意味をよく汲み取ってうまく解決に導いてくれたな。ピンソン家には残されたもう一つの『使命』がある。ドレスデンの聖母マリア教会のジグソー・ピースをよく見てみなさい。わし

はなあ、この中に特別な6つのピースをちりばめたのだ。人間死ぬまで6回は大事な局面に立たされるものだからだ。感謝、和解、優しさ、信頼、寛容、謝罪。これらはみんな相手のことをおもんぱかる局面ばかりだ。これをわしはGRACID♣のピースと名付けている。そしてわしが仕上げた一つのピースは『カルタヘーナへの感謝』だ。残り5つのピースは完成していない。空っぽだ。お前たちで仕上げるのだ。こういうピースのはめ込み作業の積み重ねが世の中を良くするんじゃ。頼んだぞ』そう言い残してアンブロシオは逝ってしまった。大往生だった。残されたもう一つの『使命』とは。アンブロシオが時折口にしていた"手掛かり"とはこのことか？

『この世には解いてはならぬ謎がある。どうしても明かさねばならぬ時は手掛かりを示すに止めよ』

♣　GRACID: G:Gracias 感謝、R:Reconciliación 和解、A:Amable 優しさ、C:Confianza 信頼、I:Indulgencia 寛容、D:Disculpa 謝罪

⊖ D-nod: ドレスデン聖母教会

　ドレスデン聖母教会はドイツ東南部ザクセン州のドレスデンにある福音主義のキリスト教会である。教会の建物は第二次世界大戦中に英米同盟軍のドレスデン爆撃で崩壊した。ドレスデン市民は長い間放置されていた膨大な瓦礫の一つひとつに番号を振って来るべき復元の日に備えた。1993年ついに再建が始まり、2005年に完成した。残された瓦礫を元の位置にはめ込む世界最大のジグソー・パズルと言われている。この時、瓦礫の適正配置にコンピューター・モデリング・プログラムが活用された。東西を分断していたベルリンの壁が崩壊した1989年に続き、この再建された聖母教会はかつての敵同士の東西の和解を象徴する建物となった。

Ⓒ Public Domain

10 ポルト・ベロ最後の攻防 2005年(パナマ)(アントネリ Vs. ドレイク最後の攻防)

『勝利より威厳のある敗北もある』——ホルヘ・ルイス・ボルヘス　アルゼンチン作家　(1899〜1986)

　2005年に勝呂はパナマに来ていた。大改修中のトクメン国際空港が翌年の完成を前にして、丸菱商事・栄信電子工業コンソーシアム(連合)が納めたセキュリティ・システムの最終テストと引渡しの立会いに来ていたのだ。この頃はネットワーク・カメラ・システムに防犯モーション・センサーも搭載されている。引渡しまでに2週間を要した。フィリピン・エンジニアのノエル・メンドーサもプエルト・リコから駆けつけた。コロンビアからコンサルタント会社の社長ラウル・マルティネスと部下のホルヘ・ポサーダスが同行している。ラウルは丸菱商事コロンビア支店のアドバイザーをしていて何かと頼りになる男だ。ある時ボゴタの踏切で自分が運転するベンツがエンストを起こし、逃げ遅れて車は大破したものの、九死に一生を得ている豪傑なのだ。なぜに豪傑かと言えば、この列車、週末に1便だけ運行するのんびり観光列車なのだ。90年代に来日したとき、初めて食べる刺身とワサビを、目を白黒させながらウイスキーで流し込んだという。哀れラウル社長その時だれがアテンドしたのか知らないが、もう少し上手なおもてなしの仕

様もあっただろうに。
　システムの作動に問題はなく、引渡しはうまくいった。
　2週間後、ずっと長いこと先送りにしていたフリオ親子の足取りを今度こそ追う時がとうとう巡って来た。あの家族写真が撮られたのはどこか。フリオの父親の秘密はきっとパナマに隠されている。そしてここからどのようにして門司に辿り着いたのか……。思えば1990年にやっとフリオの息子フリオ（英語圏ならジュニアと言った方が分かり易いがスペイン語ならセグンドか）に辿り着いて、ついにあれはパナマのポルト・ベロの要塞だと教えてくれた。フリオの父親グスタボ・フリオが殺される前にフリオ一人をパナマに逃し、妻と2人の子供はカルタヘーナに移した。ある時フリオが妻子3人をパナマに呼んだのが災いして、フリオの所在が追っ手の知るところとなってしまう。その時に撮られたのがこの束の間の幸せの瞬間だったのだ。その後フリオは追っ手を逃れてパナマ船籍のバナナ輸送船に乗り横浜や門司港に辿り着いたのだった。途中まではカルタヘーナのルーベン爺さんに訊いた通りだった。フリオの父親グスタボ・フリオがユナイテッド・フルーツ社に殺され、門司港に逃れたその息子フリオは恐らくはマフィアの抗争に装われて殺害された。そしてその息子フリオ（セグンド）までもボゴタの自動車爆弾事件で死んでしまった。何という悲劇だろうか。偶然にしては腑に落ちない点が多い。最大の疑問はなぜグスタボの息子と孫のフリオ（モノ）

たちまで狙われたのかだ。会社に楯突いたのはグスタボ・フリオであって家族にはまったく関係ないはずだ。だとすればフリオ・ゴンサーレス家の過去の何かの秘密に関わることなのか……。

　勝呂は今回パナマ入りするに当たってできるだけフリオが辿ったであろう行程を踏んでみることにした。コロンビア人の頼りになるエージェントの社長ラウル・マルティネスと部下のホルヘ・ポサーダスも同行している。問題のバナナ農園からスタートだ。そのため勝呂たちは先ずコロンビアのウラバに入るのに二つのルートを考えた。カルタヘーナからモンテリア経由バナナ・プランテーションのあるウラバに入る4WDで陸路10時間の行程だ。もう一つはメデジンから単発機でアパルタドまで約1時間で行き、陸路トゥルボを通ってウラバに入る。勝呂は全行程陸路の方を選んだ。米ユナイテッド・フルーツ社は今ではチキータ・ブランドとして農園を北部のサンタ・マルタから成育条件の良い、ここウラバに移している。この地方は灌漑が容易でバナナの病虫害や風倒被害が少ないのだという。荒くれ男の多いバナナ農園を抱えるウラバは昔から治安が悪いことで知られ、案の定ここは1928年に起きた「バナナ農場虐殺事件」など昔のことを根ほり葉ほり聞ける場所ではなかった。

　さてコロンビアからパナマに抜ける方法だがパナマとコロンビアの間にはダリエン地峡という自然の壁が立ちはだかっており陸路通り抜けは困難だ。この辺り一帯は

中南米でも有数な植物多様性を誇る深い密林に覆われており麻薬密売ルートや反政府ゲリラの格好の拠点にもなっていて非常に危険な地帯なのだ。つまり南北アメリカ大陸を縦断するパンアメリカン・ハイウエイはここで分断されているのだが、これが自然の壁になっていて、不法移民の流入や熱帯性疾患、ウイルスの侵入抑制・阻止に役立っているのだ。

　ここからパナマに渡るには空路があるはずもなく、船で渡るしかない。TurboからAcandi、Sapzurroと漁港を乗り継ぎようやく国境を越えてパナマ領Puerto Obaldiaへ、そこからさらにSan Blas Archipielagoそして Colonへと定期便を乗り継いでものすごい時間をかければ行けないこともない。あの当時もきっとフリオはこうしてパナマに渡ったのだろうと3人は考えた。それならばとみんなは手分けして国境越えをしてくれる漁船を探した。見つけるのにまる2日を要した。そしてここで勝呂は二人と別れ単身でパナマに向かった。「俺たちなら港でビザが取れるから一緒に行くよ」と言う声を振り切って。パナマ入りを聞かされていなかった二人は、パナマの入国ビザを取得していなかったのだ。目的地ポルト・ベロに近くてパナマに入国手続きができるコロン港到着まで結局3日を要した。その間、勝呂の最大の弱点である小型船での船酔いに今回も襲われることになった。これは少しでもフリオの弔いになればの思いから随分と無理した結果だ。（大型船なら平気なの

だが、できることならもう二度とあんな目に遭いたくない。ラウルたち二人が一緒でなくてよかった……）

　勝呂にとって1973年以来のパナマだった。あの時は日本の客船"やまと丸"でパナマ運河を只々驚嘆の思いで通過した。今から思えば勝呂が永いこと探し回ってきた物がこのすぐ近くのポルト・ベロにあったとは……。30年も前にそうとも知らずにすぐ近くを通り過ぎたのだ。

　勝呂は何はともあれポルト・ベロの要塞に向かった。『あった。ついに見つけたぞ！』勝呂は感極まった。ここだったのか…。それは500年の歳月と度重なる外敵や厳しい潮風にさらされてきた満身創痍の監視塔だった。ついに見つけた。フリオ・ゴンサーレスの家族写真は明らかにこの監視塔の下で撮られたものだった。そしてこの写真は単なる観光旅行のひとコマなのではなく、フリオの家族の大切なひとときが込められていたのだった。この家族の、時代に翻弄され散り散りになった3代にわたる苦難に思いを馳せるのだった。サンタ・マルタで虐殺された叔父のグスタボ・フリオ、門司で殺害された父親フリオ・ゴンサーレス、そしてボゴタで爆死したモノ（フリオ・セグンド）何と不運な家族だろうか。

ΘE-wink ㊶	HPビジュアル・ガイドへ

▶ポルト・ベロ（パナマ）

そこは今まで見てきたスペイン要塞のなかでも古色蒼然としていた。パナマの高温多湿が傷みを激しくさせているようだった。16世紀フェリーペⅡ世統治時代からの要塞だ。ここにもあの王室要塞技師アントネリが守りを固めるために派遣された。海賊ドレイクを迎え撃ったのだった。ドレイクはカリブ海を荒し回った末、96年ついにポルト・ベロ沖の船上で甲冑を着けたまま力尽きたのだった。その時ドレイクはこの要塞の監視塔を憎らしげに眺めたことだろう。だがしかしそれは少なくとも二人だけの和解の瞬間だったのではなかろうか。

　1568年サン・ファン・デ・ウルアでの屈辱にまみれての敗走（英国もスペインも騙し討ちにされたと主張しているが）以来ドレイクはスペインを目の敵にして報復を誓う。77年に当時の世界就航を果たし、85年、87年サント・ドミンゴやカルタヘーナを襲撃、88年にはスペインの無敵艦隊を破り、数々の武勲を重ねたドレイク。アントネリとの因縁の対決もついにここで幕を閉じたことになる。水葬されたドレイクの遺体はポルト・ベロ沖の海の底で今もさ迷っているのだろうか。いやきっとアントネリの監視塔はドレイクの御霊を見守っているはずだ……。勝呂が長い長い時間をかけて探し回り、フリオ・ゴンサレスが導いてきたもの、それはポルト・ベロの監視塔だった。それは外敵を見張るためだけのものではなく、ゴンサレス一家の確かな絆を見つめ、アントネリとドレイクの和解の瞬間を見つめた監視塔だったと

は……。そしてフリオはマリアを通してピンソン家に繋いでくれた。勝呂はこの時になってやっとこの写真の自分に託された意味が分かるような気がした。要塞技師アントネリ家と守備隊ゴンサレス家そしてピンソン家を繋げる役割を託されたのが自分なのだと。古ぼけた監視塔が余計にその悲哀を掻き立てる。勝呂が1996年に何もかも投げ出して放浪の旅に出たとき、最初に来るべきところはこのポルト・ベロだったかもしれない。

　いつだったかマリアが『ドレイクの墓があるのよ。知ってる？　シオ。チリとペルーの国境のチリ側のアリカという港町にあるのよ』と教えてくれた。にわかには信じられない話だとその時勝呂は一笑に付した。確かにドレイクが世界周航を果たした時にアリカには寄港している。『ドレイクは掠奪したスペインの宝をきっとこの町に隠したのよ』例によってマリア一流の尾ひれが付いてくる。『そのお墓には Sir.Fransis Drake 1798 と刻まれているんだって。この年に何があったのか？　ポルト・ベロの海から引き上げても、パナマからわざわざここに埋葬する謂れはないわね。きっとドレイクのお宝を見つけた者が造ったのよ。それにしてはそのお墓ちょっとお粗末だけどね。でもそれだけにミステリアスじゃない』まるで講釈師、見てきたことのように言うのはいつものことだが……。やはりエル・アレフの水晶玉に写っているのだろうか。一方真面目顔の勝呂のコメントはちっとも面白くない。『まあおそらく海賊ドレイクに心酔する熱

烈なファンが造った偽の墓なのだろうな』だって。この お墓は大海賊とは言え一時代を揺るがした人物のものに してはいかにもわびしいものらしい。本物らしく建て替 えようという話も聞かない。近年ではNational GeographyやBBCの番組でポルト・ベロ沖の海底の 探索がされたようだがドレイクの遺骨は見つかっていな い。勝呂は湾に向かってつぶやいた。(それにしてもこ の要塞の傷み方はひどい。このままだと危機遺産扱いに なるぞ。世界遺産委員のアロンソに知らせねば……)

⊖ E-wink ㊷	HPビジュアル・ガイドへ

■パナマの要塞群、危機遺産 2012
(勝呂の心配が現実となって2012年に危機遺産リスト 入りしてしまった)

　勝呂は旧パナマ・シティにある老舗の船会 社"Compania Global Maritimo"に当時の事情を聞く べく訪ねてみた。フリオ・ゴンサーレスが関係していた と思われるパナマの海運会社を片っ端から当たった。だ がなにしろ時代が違う。1960年代のことだ。

　60年代に操船した中米から日本向けのバナナ船につ いてだったが、40年以上も前のいかにも漠然としすぎ る話に加えて、海事独特の入り組んだ仕組みに部外者の 立ち入る余地のないことを知る。便宜置籍船という船主 にとって税法上の利点や乗組員の甘い労働規定、国際条

約や管理責任逃れのできるさまざまな特典が設けられた仕組みなのだが、それだけに例えばパナマ船籍だからパナマの国旗を掲げていても船主はどこの国のどんな会社なのか知ることができないのだ。親会社、子会社さらには実体のないペーパーカンパニーらしきものまで出てきて、フリオの来歴を今から追っても無駄だと思い知らされたのだった。最近では自然保護の国際規制逃れをするためにボリビア船籍のマグロ漁船が横行して問題になった。海のない国なのにボリビア船籍、モンゴル船籍だってありなのだ。門外漢の立ち入る世界ではないようだ。

　さしたる収穫がなく意気消沈しつつ勝呂はパナマ旧市街に足を伸ばした。パナマ最初のスペイン植民都市（パナマ・ビエホ）は1671年に英国の海賊ヘンリー・モーガンによって掠奪・破壊・焼失して廃墟になったのだが、あまりのひどさに街の再建を諦め、西に移されたのが現在のカスコ・ビエホ（旧市街）地区だ。その時サン・ホセ教会の黄金の祭壇だけは急遽漆喰で隠されたので海賊の掠奪から逃れたという。（そうか、こんな大きな祭壇を漆喰でよくも隠しおおせたものだね。そういう手があったのか……）（この分なら祭壇の中にタブレットをうまく隠せるぞ……）勝呂はもらったヒントに僅かながらも溜飲を下げた。

　バロック様式のこの黄金の祭壇はパナマ自慢の歴史遺産となっている。

　　　　　　＊　　　　＊　　　　＊

空港で勝呂は珍しい男に出会った。何と言う偶然だろうか。暫く会っていなかった土木技師の片岡だった。2001年以来だ。そう言えばあの9.11の同時多発テロはボパールのホテルのBBC放送で知った。忘れもしない。「えらいことになった」と語り合った。その時勝呂はインド放浪中で、片岡はボパールでプラント工場建設の調査に来ていた。

　勝呂はかつてタイの空港の建設工事に関わったときに片岡と知り合った。彼は工事の現場副監督だった。その時勝呂は港内保安監視装置の設置工事に来ていたのだ。なぜか馬が合って工事の期間中勝呂を助けてくれた。片岡はその後もプラント、ビル、橋梁、道路建設工事などでずっと海外を渡り歩いているという。今回のパナマ入りの目的は2007年から始まるパナマ運河拡張工事に備えてのことだという。「来年2006年に国民投票で工事に踏み切るかどうかが決まるのだ。そのあと国際入札で工事施工業者が選ばれる。すでに4つの企業連合が名乗りを上げている。スペインやイタリアなどのヨーロッパ企業連合や日本からは大成建設と三菱商事が米国のゼネコンと組むことになっているんだ。日本勢は苦戦を強いられるだろうな」♣「じゃ君は日本勢が勝てば工事に参加するのか。大工事なんだろ」「そうなんだ。だけど

♣　2006年10月22日の国民投票によって、パナマ運河の拡張計画が承認された。そして拡張工事はスペイン連合が獲得した。

日本が取れなくても俺はやるぞ」「えっ！　すごい。それじゃまるで第二の青山技師じゃないか」1904年から1911年にかけて日本人技術者としてただ一人、第一次パナマ運河建設工事に参加し、マラリアと闘いながら多大な貢献をしたのが青山士（あきら）技師だった。「おい、お前もそんなに若くないんだからもう無理するなよ」「そうだね。おそらくこれが俺の海外での最後の仕事になるだろうな」「勝呂、見たところお前も海外組のようだな。家族とうまく行っているかい。今度は日本で会おうな」

　急ぐからと言って別れた片岡の気丈な後ろ姿には明らかに寂しさが漂っていた。今、日本では上級職長として建設現場を取り仕切る基幹技能者の登録制度ができているという。片岡にとってそんなものとは無縁だった。資格取りに走る若いもんは現場を知らない。片岡は今更そんなものを取るつもりはない。家庭はとっくに崩壊している。彼もかつての日本の躍進を支えた幾多の企業戦士や建設闘士たちの一人なのだろう。

∃ E-wink ㊸	HPビジュアル・ガイドへ

◆パナマのカリブ海側の要塞群

11 コロンのDNA 2006年

『謎は謎のままで』
　　　　　　　　——アンブロシオ・ピンソン（マジョール）

　2006年はコロン提督没後500年に当たる。その年に向けてあるプロジェクトがスペインで進行していた。それは2003年に始まった。500年の時を経てコロンの二つの謎を解き明かそうという試みだ。埋葬されている提督の遺骨が果たして本物なのかを現代科学で検証しようというのがその一つだ。スペインのセビーリャ大聖堂の霊廟とドミニカ共和国サント・ドミンゴのコロン記念灯台の霊廟の遺骨だ。そしてもう一つの謎が提督の出自に関わることだ。提督は定説通りジェノバ生まれの毛織物屋の息子なのか、それともユダヤ人なのか？

　DNA鑑定で検証を主導するのはスペイン国立グラナダ大学遺伝子識別研究所のローレンテ法医学博士のチームだ。セビーリャ大聖堂の提督の棺から調査にかかったチームに最初の衝撃が走った。遺骨を調べてみたところ、驚くなかれ、わずか200グラムの骨しか残っていなかったのだ。これは人骨のわずか15％に過ぎないという。ただここで思い出してほしい。このことはアロンソや勝呂たちには先刻承知の事実であることを。

　では残りの85％は、いったいどこに。500年の間に2度にわたる戦争など歴史に翻弄され、改葬のたびに棺

が荒らされてきたのだった。ある時は骨箱の取り違い、ときには賛美・崇拝者の手になる盗掘があったのかもしれない。なにしろ勝呂流の計算では6回の改葬を経ているからだ。そしてその都度コンタミ（Contamination 汚染／不純物混入）を受けてきているのだ。それでもその時点での遺骨の年代測定結果は6,002ヶ月（約500年）と出た。そしてDNA鑑定比較にはセビーリャのカルトゥーハに埋葬されている提督の直系である弟のディエゴの試料（遺骨）が選ばれた。息子のディエゴの方はサント・ドミンゴにある。鑑定チームはこの時も大きな障害にぶち当たる。弟の遺骨はいかにも欠損が多く、生前骨粗鬆症や関節炎などを患っていたために、試料は最悪の状態だったという。加えて500年の歳月が鑑定を一層難しくしていた。だが鑑定チームの懸命な努力が実を結び最終結果は間違いなくコロン提督と実弟（同じ母親）のディエゴと一致したという。これによりセビーリャ大聖堂の遺骨はコロン提督のものだとの結論が導き出されたことになったのだった。この鑑定チームは当初からいかなる人やいかなる国、例えばイタリアやドミニカやスペインなどからも、一切の圧力を受けないことを表明していた。だが恐らくは苦渋の決断だったのだろうことは想像できる。この時鑑定に使用されたのは最新鋭の第3世代の分析機器群（2000年代）だったはずだ。技術屋の勝呂にはこの多分に無難な、恣意的な結論に対しては『だから言わんこっちゃないでしょ』と答えるこ

とにしている。

　一方でサント・ドミンゴのコロン記念灯台の遺骨については、ドミニカ政府の見解は変わらず、鑑定を待つまでもなく本物はこちらだとして鑑定を拒否し続けている。このドミニカ政府のDNA鑑定断固拒否は、科学的にも政治的にも正しい判断だと勝呂は考えることにしている。

　プロジェクトのもう一つ提督の出自に関しては、ジェノバ生まれの毛織物屋の息子という説が大方の見方だった。ジェノバの生家も保存されている。だが本人が出自を隠そうとした様子もあり、実のところ確定はされていない。そこでそのルーツを探ろうというのがこの事案だ。イタリアやスペイン各地で「コロン」の姓を持つ人を片っ端から探し、そのDNAを提督のものと比較・分析する手法だった。だがこの出自のプロジェクトの方は失敗に終わっている。もっと調査対象範囲を広げる必要があるらしいのだが、これはまあいずれ、忘れた頃またぞろ話題を提供してもらいましょう。

　思えば1992年のアロンソたちピンソン家の『安らかに眠れ作戦』行動から12年が経過している。当初はアロンソたちもDNA鑑定を考えていたのだが、その時相談を受けた勝呂は、提督のDNA鑑定はとても無理だと進言した。何よりも当時のDNA分析機の感度では限界があり、鑑定の試料が余りにも古すぎること。さらにコロンの時代は、死後直ぐに"デスカルナシオン"

といって、埋葬前にすべての肉を削ぎ落とすために、もうその時点で骨の損傷が激しいのだ。そしてその後もコンタミ汚染は元より不用意な試料の混交が懸念されること、さらにアロンソやマリアも言っていたように特に1795年の仏西戦争勃発時のサント・ドミンゴからハバナへの緊急持ち出しや、1898年の米西戦争時の、この時はハバナからセビーリャ移送のどさくさが混乱を招き、遺骨の取り違いを生んだのではないかと。様々な要因で正しい遺伝情報はもはや取り出せないと判断せざるを得なかったのだ。

　そのためアロンソ、マリア、勝呂たちはコロン提督のDNA鑑定を『ジグソー・パズル作戦』に切り替えて首尾良く目的を果たすことができたのであった。勝呂が用意した先端技術でセビーリャとサント・ドミンゴの遺骨がジグソー・パズルのピースよろしく符合することを突き止めたのだった。これが1992年の《コロン―ピンソン安らかに眠れ作戦》だった。《欠落のピースはＧＲＡＣＩＤのピースで補え》これがアンブロシオの手法だった。

　こうして歴史に翻弄されながらも結果的には提督の遺言通りにサント・ドミンゴ（現在はコロン記念灯台）に安置されており、セビーリャの大聖堂にはカスティリャ、レオン、アラゴン、ナバラ四王に守られながら、分骨されて眠っていることが証明されたのだった。だからコロンの墓のこれ以上の詮索は終わりにしよう。コロン提督

はもう安らかに眠っているはずだから。アンブロシオの教えに従えば『謎は謎のままで。どうしても明かさねばならぬ時は手掛かりを示すに止めよ』ということだ。

⊖ D-nod: DNA型鑑定のこと

> 　DNA指紋法の研究が進み始めたのが1984年頃である。当時のDNA抽出はマニュアル（手技）で行われたので検査技師のスキルに左右され精度は低かった。90年頃になって急速なコンピューターの進化に伴ってDNA型鑑定技術のレベルも上がり、第2世代といわれるシングルローカスVNTR法が生まれる。そして95年にはマルチプレックスPCRという高性能な増幅器の開発によって超高感度測定が可能になり、さらには検査技師の熟練度が問われない機器の自動化が実現した。そして第3世代の短鎖DNA型鑑定（STR型）、Y染色体短鎖DNAハプロタイプ型鑑定（Y-STR型）、ミトコンドリアDNA型鑑定の時代に突入する。かくしてDNA型鑑定は95年頃から文字通り日進月歩の進化を遂げてきているのだ。DNA型鑑定は各国がワールド・ワイドなバイオテクノロジー・ビジネスと位置付け、次世代アナライザーの開発に鎬を削っているのである。中でも科学捜査の世界や個人識別に威力を発揮しているのが短鎖ＤＮＡ型鑑定で、微量な試料であっても、またDNAの構造が相当破壊されていても、そして遺骨のような古い試料でもかなりの高い確度で

身元が識別できるようになっているという。だが、コンタミ汚染試料や極端に古い試料、人的に取り違えられた試料に対してはこの限りではない。機器の性能が上がれば上がるほど微量の混入断片も増幅され誤判定を招き易くなるのだ。いわゆる高性能の落とし穴だ。そしてニュース・バリューのある歴史の謎の解明などの場合は、多くは正しい遺伝情報が疑わしい古い試料であって、ほとんど判定不可能なケースにもかかわらず、話題性のある方へミスリードされることだってあるのだ。DNA鑑定に過信は禁物だ。限界を見極める必要があるということだ。ましてや対象が歴史に名を残した人物なら尚更のことだ。

参考：［法科学鑑定研究所HP］、［DNA鑑定は万能か］赤根　敦著／（株）化学同人、［DNA鑑定その能力と限界］
勝又義直著／名古屋大学出版会

12 ボゴタ・コラソン・チェベレ 2009年(コロンビア)

『友人とは、すべてを知りながらも愛してくれる人間である』
——エルバート・ハバード　米作家（1856〜1915）

(1) シクロビア（自転車天国）

　快晴の日曜日のボゴタ朝7時、勝呂はキンセ（15）通りと87番街の交差地点に鮮やかなエメラルド・グリーンのクロス・バイクで現れた。TREKのカーボン素材のボディに7段変速のギアはシマノ製だ。ワイヤレスのサイクル・コンピュータ搭載でスピードや走行距離もはじき出す。ボゴタでもサイクル・パーツは何でも揃うのだが、去年マイアミでカスタマイズしてボゴタに持ち込んだわけは、フルカーボンでエメラルド・グリーンのボディが特注でしか得られなかったからだ。ピンソン家3女にして、マリアの妹のロサ・コンスエラの一人息子ミゲロンにレガロ（贈り物）したものだ。ただし勝

呂がボゴタにいる時には使えることが条件だった。最新鋭のクロス・バイクになぜかオール

ド・ファッションなヘルメットを着けている勝呂。おそらくは90年代のものだろう。今のような前後に長い流線形とは随分違っている。このアンバランスな出で立ちが人目を引いた。通りにはすでに色とりどりのサイクルや何人ものジョッギングやウォーキングの人々が詰めかけている。
「オラ、セグーロ、ブエン・ディア（おはよう）また戻ってきたんだ。元気そうじゃないか。そのカスコ（ヘルメット）よく似合ってるよ。どこで手に入れたんだい？」
「オラ、コモ・エスタ（元気かい）グスターボ？」
「おや、今日はマリアは？」
「うん、いまこちらに向かっているよ」

　これがボゴタの日曜、祭日の名物シクロビア（自転車天国）の始まりだ。午後2時まで楽しめる。この時間、コロンビア中の老若男女が分け隔てなく出会える一大イベントになっている。（明るい太陽の下での密会もいいね！）という人もいる。このシクロビアのイベントはかれこれ30年以上も続いており、コロンビアが発祥の地だと言われているが、今や米国、カナダ、フランスなど広く世界に広がっている。勝呂はメキシコ・シティの目抜き通り、レフォルマ大通りやジャカルタのタムリンースディルマン大通りでも走っている。

　ようやくマリアがTREK Silqueのロード・バイクで駆けつけてきた。これまたエメラルド・グリーンだがホワイトのラインが爽やかだ。今日はツアーではないので

定番のサイクル・ウエアではなくパープルに白のラインの入ったパーカーでくつろいでいる。キャップはやはりサイクル・ボディの色に合わせている。ボゴタは富士山の7合目の標高だから紫外線対策が欠かせない。酸素も相当薄いはずだが3日もいれば慣れてしまう。天空の爽やかな朝歩き、自転車天国。限りなく赤道直下に近いボゴタなので年中暑いと決めつけている外国人も多い

が、昼間でも18℃くらいだろうか。こうしてみるとボゴタ、キト、クスコ、ラ・パスなどアンデス山中の高原に都市を建設した先人の叡智を思わずにはいられない。顔見知りの人たちもすれ違って行く。

「さっきサファテ一家が手を振っていたぞ」

「まさか君のストーカーはここまではつけて来ないだろうね」

「まあね。シオの方はどうなの？　最近特にきな臭くなってきているものね……」

「うん。だからこういう目立つ格好の方が逆に抑止効果があるのさ」

　二人はキンセ通りを南下し72丁目を左折してセプティマ通りに入るや、今度は北上して78丁目のクラブ・エル・ノガルの前で止まった。特に示し合わせたわけで

はないのに……。

　2003年3月7日、モニートの死が走馬灯のように蘇る。今でも思い起こすのはあの事件のことだ。どうしてあの時モニートを巻き込んでしまったのだろうか。勝呂が今でも悔やみきれないのはこのことだ。勝呂はあの日、フリオ・ゴンサーレス（モニート）とその妹サラ・アンヘリータ、それにマリアの4人でクラブ（エル・ノガル）のレストランで午後8時半から食事をすることになっていた。勝呂はチレ街でマリアを拾いセプティマ通りをクラブに向かっていた。ところがその夜は車が一段と混んでいて70番街あたりであのものすごい爆発音を聞いたのだった。いったい何が起きたのか。
「ボンバ（爆弾）だ！」叫び声がする。
「きっとテロ事件ね」「フリオの携帯に繋がらないわ。巻き込まれていなければいいのだが……」
　カー・ラジオがやっと緊急のニュースを伝え始めた。『8時15分頃クラブ・エル・ノガルで爆発がありました。3階の駐車場が最もひどく、周辺のビルやセプティマ通りにも被害が及んでいます。セプティマ通り走行中の多くの車も大破、炎上しています』
　マリアと勝呂はやっとの思いでクリニカ・カントリーへ。だが遅かった。フリオはつい先程最期の言葉を残して息を引き取ったという。フリオの死に目に会えなかった勝呂。
　思えばモニート（フリオ）の父親フリオ・ゴンサーレ

スが門司港で亡くなる時に勝呂の父親が居合わせた。そしてその時のダイイング・メッセージの謎は解けた。今度は息子の代になってまたしても謎の言葉が……。(親父の二の舞だ。何という運命の巡り合わせなのだろうか。それにしても"メヒカリ"とは……。フリオはいったい何を伝えたかったのか？ メキシコと米国の国境にメヒカリという町があるが……)

　それよりも勝呂はモニートを死に追いやったのは自分の所為だと自らをしきりに責めさいなんだ。あのテロ事件はFARC（コロンビア革命軍）ができるだけ多くの誰でもよい不特定多数を狙った事件だと言われている。マリア、モニート、サラ？　我々がFARCに狙われる謂れはない。間一髪で難を逃れたマリアと勝呂。思えばボゴタでマリアに引き合わせてくれたのはフリオだった。だからマリアはことあるたびに『私たちモニートのお陰ね』が口癖だった。二人の回想はいつもここまでで停まってしまう。「シオ、まだ自分を責めているのね。あなたのせいではないわ。アニモ（元気を出して）！」

　あれから６年を迎える。クラブの建物はとっくに改装され、入館受付は空港なみのセキュリティ・チェックで顔写真まで撮られてしまうようになっている。だが二人にとって2003年３月７日のエル・ノガル自動車爆弾テロ事件が終わりになることはない。

　今度は二人示し合わせて、セプティマ通りを真っ直ぐ北上した。途中の100丁目を左折すると直ぐにワール

ド・トレード・センターだ。このあたりは仕事でよく来る。そのまま127丁目まで直進した。あまりス

ピードは出せない。もうこの時間シクロビアを楽しむ人でいっぱいなのだ。このあたりは南部旧市街のカンデラリア周辺のようなボゴタらしいコロニアル時代の雰囲気はない。右手には低い山が連なって見える。127丁目で左折するとそこは127番街になる。途端に自動車の往来が。この通りはシクロビアのコースになっていないからだ。「こんどは車に気を付けるんだマリア！」「シー、大丈夫よ」大きなウニ・セントロ商業センターを左手に見ながらさらに直進してクリニカ・レイナ・ソフィア（ソフィア・スペイン王妃記念クリニック）に向かう。二人はその手前のラ・フォンターナ・ホテルにすばやくすべりこんだ。ここが今日の二人の目的地だ。

　思えば短い間になんだかいろんなことが重なった。マリアの父アンブロシオが10日間も監禁されていたのがこのホテルだ。あのときはみんなで知恵を絞って無事救出に成功した。誘拐犯人が逃走したので捕物劇こそなかったが、一時はどうなるかとひやひやものだった。この

ホテルはサロンを特別料金で貸してくれるサービスがあり、この日は二人の油絵の"一日だけの個展"を開くための打合せだった。これまでに描き溜めていた作品はマリアが8点で勝呂は7点ある。8月までに残りの絵に額縁を入れなければならない。どうやら二人の逢瀬の場所ではなかったようだ。
「マリア、家族の皆さん元気にしてる？　アロンソは今どこにいるの？」
「来週みんなに会えるわよ。今度の休みはシパキラに全員集合よ。祝い事がいっぱいあるのよ」

⊖ E-wink ㊹	HPビジュアル・ガイドへ

◆見どころいっぱいのボゴタ

(2) サバナの一日

　その日勝呂はボゴタのミリタリー・グッズ街で買ったブーニー・ハットを被る。色はオリーブ・ドラブだ。特殊部隊が被るあれだが迷彩色ではない。快晴だ。
　ボゴタの北部、市街を出るとサバナと呼ばれる草原が果てしなく広がる。郊外の人気レストラン『エル・ポルティコ』。入口の門の意味だが、柱廊式玄関ポーチ、れっきとした建築用語でもある。建築一家のピンソン家の集まりには相応しい場所ではある。カルネ・アサーダ（炭火焼肉）が看板料理。アウトピスタ・ノルテの高速

を勝呂が飛ば
している。マ
リアと次女の
パウリーナに
双子の孫娘で
ローラとカル
ラが同乗して
いる。北上す
ることおよそ30キロだろうかシパキラの少し手前だ。
「なんだろうね今日の集まりは？」今日はピンソン家一
族が久しぶりに集まることになっている。マリアの長男
アンブロシオ・マルティン・リベラがついに建築士の資
格を取った。双子の孫のローラとカルラともう一人の孫
娘エレーナがキンセ・アーニョ（15歳）のお祝いだ。
それにマリアの弟アロンソが2年ぶりに帰ってきた。
勝呂の1年ぶりの帰還もついでに……。そして何より
も家長アンブロシオを偲ぶ会でもあった。もう4年目
の祈念のミサは済ませたのだが、みんなが集まる今日を
偲ぶ会にしようというわけだ。それにもう一つ全員が黙
とうするわけがあった。それは1週間前に届いた悲し
い知らせだった。米国の民間警備会社からイラクに派遣
されていたコロンビア退役軍人のホルヘ・モンテロの死
だった。モンテロ家とは長い付き合いだった。2年前に
イラク行きを告げられた時みんなは猛反対した。そして
悲報は現実となってしまったのだった。

今日集まったのはマリアの弟（長男）アロンソ・ピンソン、妹の建築士ロサ・コンスエラとその夫ミカエルに一人息子ミゲロン、妹ディナ・フロレンシア夫妻は自動車部品の輸入販売、マリアの長女リアナ・マグダレーナと夫のマウリシオ・レジェス。その娘エレーナ。長男アンブロシオ・マルティンは建築士になったばかりだ。マリアの次女パウリーナと双子の娘たち、ローラとカルラだ。マリアのパートナーで弁護士のエンリケ・ラミレスは欠席だ。

今回集まれなかったが、マリアには妹がさらに2人おり、一人はドイツに在住しているエレーナ・デルフィーナ・ピンソン・ミューラーとその子供アナ・マリクルスにマノロだ。チリ在住の妹はルシアーナ・ニルダという。マリアの弟（次男）ビセンテはＬＡにいる。弟（3男）のファン・バウティスタは若くして死去している。毎年ナビダ（クリスマス・イブ）には家族みんなが集まるのだが今回は特別だった。少しピンソン一族の様子を覗いてみよう。

アンブロシオ・ピンソン（家長）

マリアの父。2005年に死去。何事にも厳しい土木技師。アンブロシオの死後遺品整理の際、年代物のチェストの底からカルタヘーナ・デ・インディアスとハバナと思われる要塞の図面と要塞守備隊の古ぼけた軍旗と軍服が出てきた。これはピンソン家が代々築城技師となって

要塞の維持や守備に努め、家督を継いで多くの建築家を輩出する伝統を受け継いでいる証だ。アンブロシオは自分の代で成し遂げなければならぬこととして、ある重大な作戦を授けていた。そして500年祭の1992年ついに長男アロンソは一族みんなでこの目的を達成した。
その目的とは『ピンソン家の末裔がクリストバル・コロンの霊廟の疑懼から解き放ち、コロン提督をして安らかな眠りに入ってもらうこと』であった。コロン航海時代、船長ピンソンの2度にわたる船隊からの離脱が故意の単独行動と取られ、これが提督に対する背信だという濡れ衣を着せられたのだった。このアンブロシオの重大な作戦は『ピンソン家の汚名を晴らすことにある』というものだった。

　アンブロシオのもう一つの語り草は市販のジグソー・パズルに飽き足らず、壁いっぱいを覆う4,600ピースのでかいジグソー・パズルを自ら作って置き場に困ったことだ。これがほんとのロンペ・カベーサ（スペイン語でジグソー・パズルのこと。頭の痛い難問の意もある）ねと家族に呆れられた。ジグソー・パズルの絵柄は第二次大戦時に崩壊する前のドレスデン聖母教会の全景写真だった。このドイツの聖母教会は崩壊後長く保管されてきた瓦礫を組み込んで2005年に再建されている。アンブロシオは何を思い、どのようにしてたくさんのピースの切り込みを入れていったのだろうか。アンブロシオはピンソン家のもう一つの『使命を果たせ』と厳命して世

を去る。そこには巨大なジグソー・パズルが残されていた。厳しい家長の口癖は『世の中には解いてはならぬ謎がある。どうしても明かさねばならぬ時は手掛かりを示すに止めよ』だった。果たして残されたジグソー・パズルが手掛かりなのか？

アンブロシオはまた子供たちの命名に強いこだわりを持っていた。先ず長女マリア・ドゥルセの命名に際しては1500年頃ビセンテ・ジャネス・ピンソンがアマゾン河口に到達して『リオ・サンタ・マリア・デラ・マル・ドゥルセ（甘き海のサンタ・マリア川)』と名付けたことに因んでいる。勝呂に因縁のある名前だ。長男アロンソはもちろんマルティン・アロンソからだし、次男のビセンテはビセンテ・ジャネスといった具合だ。みんなコロン提督のクルーだったピンソン三兄弟の名に因んでいる。

アンブロシオは生前、勝呂とはよく言葉を交わした。1990年に初めて会ったときには開口一番こう言った。「君がスグロか。ジパングからよく来たな」だった。その後「日本の自衛隊とはなんだ？」と来た。そして「わがピンソン家は代々カルタヘーナ要塞を守ってきた血筋だから特にそう思うんじゃが。せっかく世界でも有数な装備を誇る軍隊が自衛隊と自称している限りでは誰も脅威に感じないぞ。これでいいのだろうかね。他国に脅威を感じさせてはならない事情は分からないではないが、ひと度他国に攻め込まれた時にどれだけのことができる

のかな。コロンビアは長い間、内戦や他国との紛争を抱えてきている。先制攻撃でほぼ勝負を決する現代の戦争では、島国だからでは余りにも脇が甘いぞ。不戦の誓いや戦争放棄の宣言だけで国を守れるとでも思っていたら大間違いだぞ。祖国が侵略されそうになったとき、サラリーマン職業兵士と平和ボケの若者がほんとに銃を持って戦う気概があるのだろうかと心配だね」別のときには「マリアは君のことをいつも（シオ）（シオ）と呼んどるが、わしだってシオだぞ」

　こう言ってアンブロシオは肩をすくめた。
　土木技師だったアンブロシオは膨大な蔵書を誇っている。特に世界の巨大建造物の資料は元より画集や古地図の蒐集は秀逸だ。

アロンソ・ピンソン（マリアの弟）

　アンブロシオ・ピンソンの長男。ピンソン家は代々建築家一族である。教会・聖堂建築のエキスパートとしてコロンビアの教会の修復、再建に携わるかたわら、世界遺産のイコモス―国際記念物遺跡会議（ICOMOS）の国際学術委員会（ISC）の委員―の専門家でもある。世界各地に招聘されてはなぜか事件にも巻き込まれる。1997年のことだった。アロンソは約1年あまり消息を絶ったことがある。すわ誘拐事件かと騒がれたが、いつまで経っても身代金の要求もない。ボゴタ郊外の大邸宅の建設だったが、完成間近になってナルコ（麻薬マフィ

ア)のものと判明。完成すれば秘密保持のために工事関係者が殺害される恐れが出てきた。アロンソは勝呂に頼んで大金庫の解錠と警報システムに工夫を凝らし、アロンソにしか解除できない特殊機能を取付けて形勢を逆転、危機を回避した。その時アロンソは金庫の中にパナマ♣の"パライソ・フィスカル"(財政天国)の書類を見つけて仰天した。タックス・ヘイブンのことだ。これはもうマネー・ロンダリングの証に違いない。パナマと言えば勝呂にはパナマ船籍という便宜置籍船の方が馴染み深い。72年に外航貨物船に初めて通信士として乗り組んだのがパナマ船籍だったからだ。

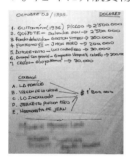

ケイマン諸島やバハマ、アンティグア・バーブーダ、パナマやベリーズ、リベリアといった便宜置籍国の多くはまたタックス・ヘイブン(租税回避地)の国としても知られている。これは税金や規制逃れという共通目的からすれば少しも不思議なことではない。

　そしてアロンソが手に入れた美術品の売買リストの一部が上図だ。高額絵画をナルコはこともなげに売買して

♣　パナマ：中央アメリカの共和国。大西洋と太平洋がパナマ運河で結ばれ、北アメリカ大陸と南アメリカ大陸の境にある要衝の地。租税回避地の一つ。英語の haven(回避)を heaven(天国)と読んでスペイン語でパライソ・フィスカル(財政天国)とは面白い。そして代表的な便宜置籍国でもある。

るようだ。ピカソのギターやダリのドン・キホーテなどが250万ドルとある。それにしてもアロンソはナルコの元からよくぞ生還できたものだと語り草になっている。

　92年にはコロン500年記念行事にかこつけてピンソン家最大の事業を達成した。父アンブロシオが授けた『コロン提督安らかに眠れ作戦』だ。不運と落胆、失意の提督の安息の場を見つけてあげることだった。それもドミニカ、キューバとスペインに波風を立てないようにというミッション・インポシブルだった。勝呂はこの時も気が付けばいつの間にか参戦させられていた。

　アロンソはカリブ海に浮かぶ豪華カジノ客船のVIP特別室の建築も請け負ったが、ボゴタのカンデラリア教会の耐震工事のようにアロンソが一番嬉しい仕事は、やはり教会の再建や修復作業のようだ。勝呂が探し求めるフェリーペⅡ世のタブレットに最も近く、絶対的に有利なのがこのアロンソだ。

マリア・ドゥルセ・ピンソン（マリア）
　5人兄弟姉妹の長女。マリア・ドゥルセ・ピンソン・ソトはコロンビアの北部、カリブ海に面したカルタヘーナ・デ・インディアス生まれ。ボゴタで工業デザインを専攻後、上下水道公社の設計部を経て、日本商社がらみのボゴタ川浄化プロジェクトに参画。この時日本の水処理技術の高さと環境ビジネスの存在を目の当たりにする。看護師資格も持つ。好奇心のかたまりで質問魔。そのた

めサンタクロースをもじってサンタ・クリオシダ（tanta curiosidad）と方々で冷やかされている。勘が鋭く予言が過ぎるが棘（とげ）がないのでブルーハ・アモローサ（愛らしい魔女）のあだ名も得ている。ある時勝呂に言った。「私は400年前にベラクルス（メキシコ）でサムライに会っている。それがシオ、あなたよ」これは支倉常長のことだ。日本には2度行っている。息子1人に2人の娘はすでに独立している。プエルト・リコ人の夫とは死別している。「ケ・ディビーナ（なんて素敵、もう堪んない）」が口癖。厳父アンブロシオの密命を帯びている。この物語の主役。

＊　　＊　　＊

　食事の後、みんなでシパキラの"塩の教会"とエル・ドラドの湖グアタビータへ行ってみようということになった。移動途中に雨に遭った。『やはり変わり易いのは女心とボゴタの天候だよね。あんなに晴れていたのに……すかさず勝呂。『でも決して嵐にはならず、雪にもならない優しさはあるわね』とマリア。『それはカリブのハリケーンのおかげだね。ここまで届かないから』

　ボゴタから北へ50キロ、シパキラには昔から岩塩を採掘している塩坑がある。いまでも採掘は続けられているようだが、掘り出した跡のいくつもの坑道が迷路のように残り、その一つ一つの行き止まりの壁には十字架が彫られているのもある。なかでも一番大きな坑道はざっと見ても幅30メートル、高さ20メートル、長さにし

て1キロメートルはあろうか。塩の層をくり抜いた空間に塩の祭壇と礼拝席を設け、祭壇の巨大な十字架は間接照明で浮かび上がり、遠くからでもそれを望められるようなっている。最初はきっと安全を祈願して鉱山労働者たちが作ったものだろう。岩塩の中の全部が塩でできた教会なのだ。いまやここはコロンビアの一大観光地になっている。「塩の教会以外に何か使い道ってないのかしらね」キンセ・アーニョ（15歳）を祝って大人の仲間入りをしたばかりのメジーサ《双子》の孫娘が勝呂に迫ってきた。

「うーん。あるにはあるのだがね。この中は自然の空調が利いていて暑くも寒くもなく、湿気も適度だろう。昔から美術品の保管場所に最適だったんだ。ヨーロッパには、あのナチスが絵画を略奪して隠したオーストリアのアルトアウスゼーなど塩抗がいくつもあるんだよ。幻の名画がある日突然出てくるかも知れないね」勝呂は調子に乗って続ける。

　この二人は実によく似ている。そこへもう一人の孫エレーナが加わった。
「ゲリラやナルコ（マフィア）が銃火器の格納庫に使ったところ塩分で錆ついてしまったという笑える話もあるよ」「おー怖、ノー、ノー」と人差し指を左右に振るしぐさの二人。
「ダイオキシンで汚染された焼却灰などを塩漬けにするなんてのはどうかな。それよりも、放射性物質の永久廃

棄場所として岩塩層の地中奥深く埋め込んでしまうという手が有力だよ。地下水の浸食さえなければね」
「さすがね、シオ！」と言って3人がハグしてくれた。
「君たちはもうノビオ（恋人）はいるの？」勝呂はまさかと思っていたが、なんと3人とも答えは「コモ・ケ・ノー（もちろんよ）」だった。
「ところでローラ、カルラ、エレニータ、君たちは何を目指しているの？」
　ローラは「法律を学ぶつもりよ。コミュニケーションもいいかな」
　カルラの方はと言えば「私は音楽よ。ギターが得意よ。これは誰も止められないわよ」
　それを聞いてマリアおばあちゃんが肩をすくめる。エレーナと言えば「私はグラフィック・デザインを学ぶわ。日本にはデザインの秘密がたくさんあるのよねシオ」
　今度はシオこと勝呂が肩をすくめた。
　そこからさらに北上してみんなはエル・ドラド（黄金郷）伝説のグアタビータ湖に向かった。
　アンデスの高原に黄金の神が棲むと伝えられている湖がある。かつてここで先住民ムスイカ族が黄金のいかだに金銀財宝を満載してこの神に供える黄金の儀式を執り行っていたという。16世紀のことだ。族長が主宰するこの神聖な儀式は、金粉に覆われた姿のまま自ら湖に入ってゆき、この燦然と輝く財宝をいかだごと沈めて神に感謝したというものだ。このエル・ドラド黄金伝説が各

地に広まり、人々を新大陸へ引きつける魔力となって世界が変貌していった。
「ここが黄金の魔力を放つ伝説のグアタビータ湖か……。きっとムスイカの族長はすごい錬金術師だったんだろうな……」意外と小さなエメラルド色の湖を眺めながら、勝呂はあたりの爽やかな空気を力一杯吸い込んだ。
「オッホ（気を付けて）！　シオ。ここでそんなに深呼吸すると金粉が喉に入るわよ」そばにいたマリアがたしなめる。まるで子供扱いだ。むろん顔は笑っている。
「シオ、あなたが探しているフェリーペのエメラルドのタブレットもここに沈んでいるかもよ。隠すのに最適な場所ね」
「シー（はい）、ミ・ブルーハ（私の魔女）マリア様。魔女の勘はすごいからね……」
　勝呂は以前、湖底の黄金を探索する計画があったと聞いたことがある。湖はボゴタの北約63kmのところにある。北部ボゴタ観光コースの目玉になっている。

⊖ E-wink ㊺	HPビジュアル・ガイドへ

●黄金伝説

「エル・ドラド伝説ならボゴタの歴史に詳しいアブエラ（祖母）の出番でしょう」と「アハー、おばあちゃんのクエント（物語）をまた久しぶりに聞きたいわけね」
「いいわよ。シオもいいこと。よく聞くのよ」

『エラセ・ウナ・ベス（昔むかしあるところに）進取の気性を持った冒険家がおりました。スペインから新大陸を目指してサンタ・マルタにやって来たゴンサロ・ヒメネス・デ・ケサーダです。1535年頃の話です』

さっそくローラとカルラがちょっかいを出す。「あっ、そこは去年みんなでバケーションに行ったところよね」

『えー、そこでケサーダは当時のヌエバ・グラナダ副王領（南米北部）サンタ・マルタ総督から遠征隊長としてマグダレーナ川をさかのぼり上流を探検するように命じられたのです。遠征の途中、金の装身具を身につけたブチチャ先住民たちに出会ったの。そして金やエメラルドの装身具やさまざまな黄金の器物に囲まれて、幸せな暮らしをしている高原の村の噂を聞きつけたからたまりません。ケサーダたちの探検の第一の目的が黄金郷探しになってしまったのです。そして総督の許可も得ずしてアンデスの高原に向かってしまうのです。このボゴタ高原よ。今私たちがいる所よ。そしてケサーダの部隊は先住民の村を次々に襲い財宝を奪って行ったの。一方ブチチャ族の方はといえば、ただやられるだけではなく巧みに財宝を隠して対抗したの。でも結局1538年になってケサーダはここにサンタフェ・デ・ボゴタの町をつくったのよ。その頃、時を同じくして、2つの遠征

隊がこの黄金郷ボゴタ高原を目指していることが分かるの。一つはベネズエラのコロを発ったドイツ人ニコラス・フェーデルマンの遠征隊よ。コロではドイツのヴェルザー商会がそこの開発を牛耳っていたそうよ。一方エクアドルに遠征してキト市をつくったセバスチャン・デ・ベナルカサルも黄金の噂を聞きつけてボゴタ高原に向かっていたの。こうして3つの遠征隊がボゴタで鉢合わせになる羽目に。そしてそれぞれがここは自分の領土だと主張して争いになるの。でも実は3人ともサンタ・マルタ総督の許可なく無断で乗り込んでいたために、事後承諾と裁定を求めるために3人そろってスペイン本国に戻っていったの。折角黄金の地を見つけたというのに、3人の誰もがスペイン本国からは領主として認められずに不遇に終わるのよ。ボゴタ高原の黄金郷の噂が、ほぼ同時期にまったく異なった場所から3つの探検隊を呼び込んだこの黄金の魔力は後の時代まで語り継がれているわ。そんなわけで、ボゴタの名はムイスカ族と族続きの先住民"バカダ族"に由来するのよ。ボゴタ・エル・ドラド（黄金郷）のお話でした。コロリン・コロラード（めでたし、めでたし）エステ・クエント・ア・テルミナード（この物語はこれでおしまい）』

　一同拍手パチパチパチ。『と言いたいところだがそうはいかないのよ』おばあちゃんは拍手を遮ってさらに続ける。

『でもね、先住民にとっては、今でもこの侵略と略奪行

為を忘れていないのよ。これはなにもボゴタ高原だけではなく、中南米のあちこちに残された問題なのね』
現に先住民の抗議活動は今でも事あるごとに起きている。
　物語のおしまいに勝呂が偉そうに付け加えた。
「コロンビアの素晴らしいところは、一番乗りのケサーダをサンタフェ・デ・ボゴタ市の創設者としてきちんと認めたことだね」それに応えて双子の姉妹が口をそろえて言った。「ボゴタのセントロにはヒメネス・デ・ケサーダ通りがあるわ。エメラルド取引の中心街よ」「そうだね。僕もエメラルドを探しにそこへ行ったことがあるよ。タブレットを探しにね……」事情を知らない姉妹は「タブレット？……」マリアは「くすり」と笑った。姉妹の母親パウリーナがすかさず「それはパウロ・コエーリョの小説"アルケミスト"のことでしょう。夢を追いかけて旅した少年の話に、錬金術の秘密が書かれたエメラルド・タブレットが出て来るわ。きっとその少年ってシオのことよ」
　去年3人は"アルケミスト"のスペイン語版を勝呂に贈っていた。真面目な話、その時勝呂は老舗のエメラル

ド屋に永く仕えたエクトルという爺さんから言い伝えを聞き込んでいた。『昔から〈バウアルテのエスメラルダ〉の噂はあるんじゃ。チビチャで採れたすごいエメラルドの塊がマグダレーナの川を下ってカルタヘーナへ送られたという。もっとも、とっくの昔に小さく刻まれて指輪になってしもうたかもしれないんじゃがのう……』

バウアルテとは要塞のことだ。勝呂はかまわず続ける「もっと過去にさかのぼればコロン（コロンブス）の功績を讃えて、国の名前をヌエバ・グラナダからコロンビアにしたことだと思うよ」

勝呂は、今度はローラとカルラとエレーナとパウリーナとマリアの5人からほっぺにベシート（キス）をもらった。「とっぴんぱらりのぷう」みんなはぷうと吹き出した。「なにそれ！」「日本の昔話ではコロリン・コロラード（めでたし、めでたし）をこう言うのだよ」

どこか出どころが似ていてなんか面白い。

ΘD-nod: アメリゴ・ヴェスプッチ

> コロンブスが死去した翌年の1507年に、ドイツの地理学者マルティン・ヴァルトゼーミュラーが作成した地図に、南米大陸の「発見者」としてコロンブスではなく、アメリゴ・ヴェスプッチの肖像図と名前が記されてしまった。その結果、「新大陸」全域を指す言葉として「インディアス」でも「コロン

> ビア」でもなく「アメリカ」が使われるようになったのだった。コロンブスの名は「コロンビア共和国」の国名として残ることになった。

「ところで君たちにとってスペインとはどういう存在なの？　やはりマードレ・パートリア（母なる祖国）として憧れとか尊敬の気持ちを持っているものなの？　それともやはり彼らは新世界に乱入してきたひどいコンキスタドーレス（征服者）なんだろろうか？」
「ウ〜ン、いい質問ですね、シオ。それはやはり両方よ。でもね、さっき触れた先住民のことも含めて"時"がゆっくりと上手になじませてくれているのよ。もう500年以上も経っているけれど……」

マリアが孫たちに代わって珍しく無難な答えをよこした。中南米人は程度の差こそあれ、スペインに対して愛・憎という両面の感情を持っていると勝呂は常々感じていた。中南米人の顔に二つの面を見るのだ。それはスペイン人のオルグージョ（プライド）とインディオのトゥリステーサ（悲哀）が、あるときは単独で、またあるときは同時に出てくるようなのだ。

「だけど中南米という広大な土地に、結果的に同一言語、同一宗教、類似文化を共有するいろんな国ができたのはスペインのおかげだと思うわ」そう言ったのは法律とコミュニケーションを学びたいというローラだった。
「私はスペイン音楽のエッセンシア（真髄）を求めてア

ンダルシアへ行くわ。スペイン音楽の極みはなんと言ってもギターよ」カルラの番だった。ギター演奏でもうすでに頭角を現している。エレニータは母親に似て背が高い。モデル志望なのか「私はグラフィック・デザインの他にファッション・ブランドにも興味あるわ。スペインのZARAのコンセプトを探ってみたいわ」

やはり新大陸は新世界なのだ。若者はそう過去にはこだわっていない。
「ところでシオ叔父さん、教会建築家のアロンソ叔父さんが大聖堂を巡っているのにはわけがあるようだけど、あなたが中南米にいるわけっていったい何？」

勝呂が「それはね……」と言いかけてマリアがすかさず割って入った。
『コロリン・コロラード（めでたし、めでたし）エステ・クエント・ア・テルミナード（この物語はこれでおしまい）』とちゃちゃを入れた。そして勝手に歴史の話に戻してしまった。

(3) コロンビア現代史

エル・ドラドを探し求めたケサーダたちの冒険談やボゴタの名の由来などマリアのお話がきっかけで後日マリアの孫娘たちが勝呂のためにコロンビア現代史を上手に図にまとめてくれた。なんと2015年の希望的予測まで入っている。マリアの補足を交えながら聞いてみよう。

1549年頃にはアウディエンシア（司法行政の王室機関）が1717年にはヌエバ・グラナダ副王領が創設され、ボゴタにその首府が置かれる。1810年7月20日には副王が追放され、クリオージョによる政権が誕生した。この後、内戦やスペインによる再征服を経て、1819年8月7日に市北部のボヤカにおいてシモン・ボリバル率いる革命軍がスペイン軍を破り、サンタフェ（ボゴタ）へ入城。これによってボゴタは解放され、南米北部はグラン・コロンビア共和国として独立を果たした。市名をボゴタへと改称したこの街は中央集権的な政権を望むボリバルによってグラン・コロンビアの首都が置かれるが、同国はベネズエラ、クンディナマルカ（コロンビア）、エクアドルの3州が対立して1830年に崩壊。ボゴタはコロンビアのみの都となった。失意のボリバルがマグダレーナ川を下って国外に向かう途中サンタ・マルタで没する。ここでマリアが口を挟む。
「このあたりはボリバル将軍をえがいたガボの『迷宮の将軍』♣を読むといいわ。『革命の結果に奉仕しようとすることは、海を耕しているようなものだ……』これがその時、夢敗れたボリバルが残した無念の言葉よ。世界の各地で起こっている『アラブの春』の行く末をしっかりと暗示しているようだわ」

♣ 『迷宮の将軍』ガルシア・マルケス　木村榮一訳（新潮社）　晩年のシモン・ボリバール将軍がえがかれている。

その後ボゴタは行政都市として発展するも、コロンビアの地形的な要因で地方の力が強く、その上保守派と自由派の対立が止まらずしばしば内戦を引き起こし、ボゴタの中央政権の力は弱いままで、急速な発展は望むべくもなかった。それでも1920年代に入ると工業が興り、次第に大都市として発展していった。その背景には米国企業の石油、鉱山、バナナ産業への進出があげられる。すでに労働運動に目覚めていたコロンビアの労働者はバナナ産業を牛耳っていた米企業ユナイテッド・フルーツ社に賃上げと待遇改善を求めてストライキの挙に出た。それに対して米国の圧力を受けた当時の政府はこのストを共産主義の陰謀とみなし、戒厳令まで発動して弾圧の挙に出た。『バナナ農場虐殺事件』としてこの時少なくても1,000人以上の労働者が殺害されている。1928年のことだ。ガボの『百年の孤独』では3,000人以上として描かれている。ミゲル・アンヘル・アストゥリアスの『バナナ三部作』♣♣ではこの虐殺事件を克明に描き米国の経済侵略とこれと結託した国内勢力を告発している。

『バナナ戦争』とはこの時代、米国によって行われた中央アメリカ諸国に対する軍事介入の総称である。そしてまた『Banana Republic（バナナ共和国）』とは本来ア

♣♣ 『バナナ三部作』ミゲル・アンヘル・アストゥリアス：『強風』(1950)『緑の法王』(1954)『死者たちの目』(1960)

パレルメーカー名ではなく、米国による搾取と蔑視の代名詞なのだ。

　これを期に労働者、学生、農民の支持を集めた自由党のホルヘ・エリエセル・ガイタンが政界に躍り出る。しかし保守自由両派の対立は収まらず、1948年には自由党党首のガイタンが暗殺されたのをきっかけとなって市民を巻き込んだ『ボゴタッソ（ボゴタ大暴動）』が勃発する。この時にも3,000人もの人が死亡したといわれ、この大騒乱は当然地方にも及び、『ラ・ビオレンシア』と呼ばれる暴力の時代（1948〜58年）に突入していく。この時代の死者は、総数にして20万人にも及ぶと推測されている。そしてこの混乱はグスタボ・ロハス・ピニージャ将軍による軍事クーデターで一応の終息をみる。1958年には保守党と自由党が交互に政権を握るという国民協定が結ばれて選挙が事実上無意味なものと化す。そのため協定が完全に裏目に出て政治からはじき出された左派勢力は反政府勢力となってゲリラ戦の展開に発展。そしてテロや誘拐が多発するようになり、ボゴタの治安は一挙に悪化した。

「ちょうどこの頃よ、ガボの身に危険が及びコロンビアを後にせざるを得なくなったのは。当時のコロンビア大統領は、キューバがコロンビアの左翼ゲリラを支援していると怒りだし、国交を断絶したから堪らない。もともとジャーナリストとしてのガボの言動が災いしたり、キューバのカストロ議長とアミーゴの仲だったからもうい

けないわ。ついに身の危険を感じるところとなって、こんな状況では執筆できないと言ってコロンビアを後にしたというわけなの。そして、いろんな国を転々としながら、結局メキシコに落ち着くのよ。この時、国を追われた人たちを快く受け入れてくれたメキシコにガボはずっと感謝していると言うわけなの」

マリアはガボの気持ちを代弁するかのように補足した。だがそのせっかくの顔は曇っている。まだ暗い時代が続くからだ。

極左ゲリラのコロンビア革命軍（FARC）は、1990年代には南米最大の極左武装ゲリラとして15,000人を超える武装構成員を擁し、麻薬密売を通じて得た資金力で政府軍を上回る勢いがあったという。そしてさらにこの混乱に乗じて1980年代から麻薬カルテルが急速に力をつけ、頻繁なテロ活動が市民を恐怖に陥れ、コロンビアは麻薬戦争状態に突入する。同様な事態は地方でも起こり、混乱を避けてボゴタなどの大都市圏へと流入する国内難民が急増し、さらにボゴタの経済成長による国内移住民も増えてボゴタの人口は600万台に膨れ上

がる。

　1991年にはサンタ・フェ・デ・ボゴタに改称されたものの、2000年には再びボゴタに戻されている。こうしてコロンビアでは40年以上の間、極左武装ゲリラと政府間の内戦が続いてきたのだった。しかし、近年のウリベ政権による国軍の強化と治安対策、ゲリラ掃討作戦などが功を奏し、政府と極左ゲリラの和平交渉の道が開け、一方で開放経済政策により安定した経済成長を実現した。基本的に治安対策と開放経済政策を継続したサントス政権になって和平実現へ向けての交渉が本格的に動き出した。2015年スウェーデン、キューバ、チリ、ベネズエラ4ヶ国の和平交渉支援国がさらに交渉を後押ししている。そしてローマ教皇のコロンビア訪問をもって和平が実現（完結）するだろう。歴代政権が維持してきた米国との協調を優先しつつ、悪化していたベネズエラ及びエクアドルとの関係改善を図っている。　特に近年ではメキシコ、チリ、ペルーと共に、加盟国間の経済統合とアジア太平洋地域との政治経済関係強化を目標にアジア諸国との関係強化を打ち出している。

　ピンソン家の家長アンブロシオの言うように『交渉ごとというジグソー・パズルを完結するには、最後に寛容や理解といったいくつかの"妥協のピース"をお互いに作り出してきれいにはめ込まなければならない』マリアの3人の孫娘たちが断言している。『コロンビアの夜明けはもう間近か』だと……。

| ⊖ E-wink ㊻ | HPビジュアル・ガイドへ |

●**コロンビア現代史**

| ⊖ E-wink 特番 | HPビジュアル・ガイドへ |

●**フラッシュ・フォワード**

　ここで今度は2014年にフラッシュ・フォワードしてみよう：いつものようにコロンビアの主力新聞"エル・エスペクタドール"電子版をチェックしていた勝呂が「おや！　いったい誰だ？　こんなことをしたのは」と食い入るように写真に見入った。2014年9月11日のことだ。「先を越されたか！　コラソン（ハート）・マークを付けるなんて憎いな！　すう、どこかの富豪の仕業か？」間もなくして同じ記事を見たマリアが言って来た。「てっきりシオが大富豪になったのかと思ったわ。あなたの夢に出てくるタパ・ウエコス（道路の穴埋め）よね。ハート・マークが斬新よね」

　勝呂のみた夢とは：勝呂はあの日、穴ぼこに落ちた衝撃が余程堪えたのだろうか、奇妙な夢をみたのだった。
　（勝呂には最近しきりに良からぬ噂が立っていた。『夜な夜などこかに出かけている。どうやら朝帰りの様子。夜の商売にでも転向したんじゃないの？』しかしことの真相はこうだった。億万長者になった勝呂は毎日昼間のボゴタの街をベンツでゆっくりと流し、何やら地図に書き込んでいる。夜の帳が降りる頃、道路工事を知らせる

標識が点灯される。作業員がたくさんいる。もっとそばに寄ってみよう。なんとそれはボゴタ市の穴ぼこだらけの危機的状況を打破する道路補修キャラバン隊だった。一向に進まない市のやり方に業を煮やした富豪がボランティアで始めたのだった。『億万長者勝呂』の道楽だった。『あっ！　作業着に身を固めて指揮をとっている女性は……。なんとマリアではないか。勝呂も作業着を着こんでいる……』みんな嬉々とした仕事振りだ。

　あのハート・マークはかつてのビオレンシア（暴力）の時代を脱して『心優しいボゴタ（Bogota Corazon Humana)』のシンボルなのだ。これぞ『ボゴタ・コラソン・チェベレ！』だ。

13 カリブの仕掛け 2010年（サン・ファン／プエルト・リコ）

『私の息子よ、お前は、叡智がいかに世界をほとんど支配していないことを知っているか』——アクセル・オクセンシェルナ　スウェーデン宰相（1612〜1654）

　メキシコ・シティに本社を構える巨大企業ソンデオ・グループの25周年祝賀総会が2月にプエルト・リコの首都サン・ファンで開催された。同時にソンデオ・グループが運営する『カデナ・イベロ・アメリカ財団』の総会も執り行われた。所有する超豪華客船スプレンディッド・カリビアン号がその会場だ。カリブ海クルーズはグループの観光事業の目玉の一つであり、5艘のクルーズ船で運用している。スプレンディッド・カリビアン号はその中でも最新鋭だ。

　停泊地のサン・ファンに関係者、招待者が集結することになっていた。ボゴタに仕事で来ていた勝呂はマリアとボゴタから空路サン・ファンへ。アロンソはマイアミからしっかりこの豪華客船に乗り合わせている。「ケ・ディビーノ、なんだって弟だけいい目にあうのよ！」マリアは不満を募らせる。

「そりゃもう、僕たちとは貢献度が違うからね」

　納得するマリア。「確かにシオの言う通りだわ。でもまあこんなことでもない限りサン・ファンには行けない

もの……」後の方は消え入るようにつぶやく。
「うん？　サン・ファンに行けないって……」怪訝そうな勝呂。その時空港のアナウンスが響きその疑問を掻き消した。

　勝呂とマリアは涼しいボゴタから3時間あまりで冬場でも暑気を感ずるマイアミに降り立った。もう勝呂にはすっかり馴染みの空港だ。中南米路線が離着陸するターミナルから通い慣れたコースを通ってエミグレ（出入国管理窓口）まで来た時、勝呂は素早く列の流れをチェックした。
「マリア、君はこの列に並んでみて。僕は隣にするよ」
それぞれの列の前には同じように10人ほどいたのだが、勝呂の列はなぜか進むのが早く、エミグレを通った時には、マリアの方はまだ5人待ちだった。勝呂はにやにやしながらマリアの列の成り行きを眺めていた。どうやら女性の時に限って入国審査に手間取るようだった。くだんの審査官はスキン・ヘッドで年恰好は50前か。太り気味で、一見してそれと分かるグリンゴ（米国人）でスペイン語は達者らしい。若い女性になるとたっぷり20分はかけるようだ。かなり際どい話をしているようだが、当の女性にしてみれば、なんと言われようとも、ここで心証を悪くして入国拒否にでもなれば大変なので大抵は笑顔で受け答えしている。審査官という役得をいいことに、今ならセクハラだろうが、そこは女性側だって結構したたかで、それを楽しんでいる節もある。中南

米の日頃のピロポの習慣が物言うのだろうか。

　ようやくマリアが出てきた。「お待たせしたわね、シオ。何よにやにやして……。あなたはすべてお見通しだったってことね。あいつ余りひどいので言ってやったの。『夫が待っているから早くしてください』って。そしたらあいつ何と言ったと思う？」マリアは怒った風もなく続ける。「あなたのような美しい人を簡単に通すわけにはゆきません。ここをすんなり通れるのは男か年寄りかブスだけなのですよですって」さらに「仕方ないから私の方からも質問浴びせてやったわ。そしたらこんなに時間がかかってしまったのよ。シオにまんまと乗せられてしまったわ！」

　まんざらでもなさそう。マイアミ空港では、この名物審査官に要注意。

　プエルト・リコは米国の自治領なので、米国の都市からサン・ファンへ入っても、あるいはその逆を辿っても、米国国内旅行と同じ扱いとなり外国人でも出入国審査（エミグレ）はない。プエルト・リコ住民は米国の市民権を持っているが連邦税は納めず、大統領選の投票権もない。ただし米国在住者は投票権を持つ。最近米国では出国時のスタンプはパスポートに押されないようになった。実際、勝呂のパスポートには今回のサン・ファンの出入国を示すスタンプは見当たらない。ということは、ある外国人がマイアミなど米国のある都市を経由してサン・ファン（プエルト・リコ）に入り、何日か滞在後サ

13　カリブの仕掛け

ン・ファンから他国に出国してもパスポートにはサン・ファン滞在の証拠は一切残らないのだ。逆にサン・ファンに居たというアリバイが是非とも必要な向きには、米国以外の都市、サント・ドミンゴ（ドミニカ共和国）とかメキシコ・シティやボゴタなどを経由すればSAJ（サン・ファン）の入ったありがたい米国の卵型のスタンプを押してもらえる。もしもあなたがサン・ファンにいた証拠を残したくない事情がおありなら、出入国を米国の都市だけに限ればよいことになる。ただしこれはあくまでもパスポートの査証（VISAS）覧に見える記録に限った話だけで、当局はきちんとICチップの入ったパスポートで出入国を管理している。もしもパスポートや出入国カードにGPSチップが仕組まれたら怖い事になる。これぞ究極の『猫の首に付ける鈴』になるかもしれない。

　3日目最終日の夜の祝賀会に先立ち、初日にソンデオ・グループの総会があり、2日目が『カデナ・イベロ・アメリカ財団』の総会が行われた。会期3日間にそれぞれの分科会もびっしりと組まれていた。それまでの間二人は、なにを措いても旧市街、歴史地区のビエホ（オールド）・サン・ファンに向かった。宿泊先のカリブ・ヒルトン・ホテルはリゾート・エリアの西の端、ちょうどプエルト・リコの北海岸に突き出した小振りの半島の繋ぎ目辺りだから、半島を一周するといやでもホテルに戻れる。この半島こそが二人が目指す都市型要塞なのだった。そこはかつての"陽の沈まぬ帝国"スペイン

の軍事的要衝、新大陸の堡塁であり不敗を誇る要塞だ。城塞に沿って反時計回りで歩くことにした。快晴の朝、大西洋の潮風は心地よかった。ここはカリブ海には面してはいない。立派なカピトリオ（議事堂）を過ぎるとサン・クリストバル要塞が右手に見えてくる。早くもあこがれのガリータ

（見張り塔）が二人を見張り始めた。
「ミラ（見てよ）マリア、これだよ。僕がずっと探し続けているのは……」
「ケ・ディビーナ！　これでまたシオのコレクションが増えたわね」
　かつてはよく呆れ顔のマリアだったが、今はもうしない。要塞に入って行く。要所要所にガリータが配置されている。
「アッ！　これっだったのねシオ。昔ボゴタであなたが描いた油絵にこのシーンがあったわ！　いやだ、"ガリータ・デル・ディアブロ"（悪魔の監視塔）という伝説になった塔だって……。知ってたのねシオは」
「はは！　知るわけないだろ。だってディアブロ（悪

魔）とかブルーハ（魔法使い）はマリア、君の受け持ちだろう」

　マリアは箒をまたぐまねをする。そして「でもカルタヘーナとはまた少し違うデザインね」

　勝呂にはもう一目でフリオの写真との違いが分かっていた。その頃の勝呂はインターネットの検索でフリオの監視塔がパナマのポルト・ベロ要塞のものであることを突き止めていた。だが（フリオの家族がその時いったい何のためにパナマに行ったのか）勝呂の疑問は依然解消されていない。ガリータから海を覗いていた勝呂が突然叫んだ。

「マリア、大変だ！　あそこを見ろ！　海賊だ！　ドレイクだ！」

「エッ！　どこどこ？」慌てるマリア。「メンティーラ、ノッ（うそでしょ！）」

「さて、ここからはオールド・サン・ファンの街並みに入って行こう。いいなあ。コロン広場だ。コロンブスの像がここにもあるぞ」マリアはまるで子供のようにはしゃぎながら先を行く。プラサ・デ・アルマス（アルマス広場／軍事演習などを行う軍用の広場）の周りは昔のままの建物に土産物や輸入品の高級雑貨、衣料品の商店が立ち並ぶ。さすがに高級ブランド品を扱うブティックは見当たらなかった。スペインの古い街並みをそのまま残しており、コロンビアのカルタヘーナの要塞都市とよく似ている。そこからさらに足を延ばすとエル・モロ要塞

が見えてくる。一面が芝生に覆われた見晴らしの良い広っぱの中央に、モロ要塞に行き着く道がまっすぐ伸びている。思えば1493年にコロン提督が2回目の航海でここに到達し、この島をサン・ファン・バウティスタ（洗礼者ヨハネ）と命名した。その後ポンセ・デ・レオンが総督として派遣されて造った最初の居住地をプエルト・リコと呼んだ。『なんと豊かな港（プエルト・リコ）だ』と叫んだのがこのポンセ・デ・レオンなのか最初に来たクリストバル・コロン（コロンブス）なのか定かではない。時が経って港町の名前だったプエルト・リコが首都のサン・ファンとなり、島の名だったサン・ファンが、いつとはなしにプエルト・リコという島と国の名称に変わって今日に至っているのだった。
「ついにここまで来たか！」これまで再三にわたる英国の合法海賊（私掠）ドレイクやオランダ、英国さらには米西戦争時の米国など、列強の幾多の攻撃をかわしてきた難攻不落の要塞がここにある。
　エル・モロ要塞の最突端に立った二人は大西洋の潮風をもろに受けながらそれぞれの感慨に耽っていた。
「シオ、わたしはね、一度でいいからこのサン・ファンの海に向かってみたかったの……」
　マリアは突然歌いだした。『エン・ミ・ビエホ・サン・ファン（私のオールド・サン・ファンで）』だった。勝呂も大好きなプエルト・リコの美しいボレロだ。いつの間にか現れたギタリストの伴奏で勝呂も唱和していた。

［私のオールド・サン・ファンで］著者訳詩

どれだけの夢をみたことか　私の幼い頃の夜毎、夜毎
私の初めての希望　そして恋の悩み
それらは心の思い出　ある日の午後
見も知らぬ国へ行ってしまった
行き先は自分で決めたこと　でも私の心は　いつも海と
向かい合っている
私のオールド・サン・ファンで
さようなら、さようなら、さようなら
愛しのプエルト・リコ　私の愛する土地
さようなら、さようなら、さようなら
愛の女神　ヤシの女王
さようなら、さようなら、さようなら
私は行きます、でもいつの日か　戻ってくるでしょう
私の望みを満たすため　もう一度夢をみるために
私のオールド・サン・ファンで
でも時は立ち　運命が私の哀れな郷愁を嘲笑い
私の愛したサン・ファンに　祖国の一所に戻れなかった
私の髪は白くなり　私の人生は終わってしまった
死が呼んでいる　でも死にたくない
お前から遠く離れた　心のプエルト・リコ
さようなら、さようなら、さようなら

⊖ E-wink ㊼　　　HP ビジュアル・ガイドへ

●私のオールド・サン・ファンで（ボレロを聴きながらサン・ファンの景色を）

『さよなら、さよなら、さよなら』と3度繰り返すところがとても印象的な歌だった。勝呂はこの時よほど日本の有名な映画解説者の決まり文句を引き合いに出そうと思ったが止めにした。彼女は何か深刻なわけありの様子だったからだ。ふと見るとマリアの目には大粒の涙が溢れていた。じっと海を眺めていた。勝呂はこんなマリアを見たのは初めてだった。おそらく元夫の死を思っているのだろうか。マリアは今まで決して話したがらなかった。マリアにいったい何があったのか……。

「それにしてもよくもこんな要塞の中にギタリストが絶妙なタイミングで現れたものだね……」勝呂が「参った」と言った。「行方知れずのサンチェス守備兵だったかも……。ギターがうま過ぎ」とマリア。「守備兵の亡霊？　まさか！　おい、おい、やめてよマリア！」勝呂が聞く。「君はいつもここでギターを聞かしているのか

13　カリブの仕掛け

い?」
「いいえ、今だけですよ」勝呂はチップをはずんだが「いや、もうもらっていますから」とその若者は受け取らずに行ってしまった。ならばいったい誰がこのサンチェスをよこしたのか……。

　その時一天にわかにかき曇り、雨になった。一気に激しい風雨に変わった。勝呂は慌てて外郭のテラスから下に降りる階段に向かおうとしたが、マリアは海にせり出した突堤に一つだけある見張り塔に入っていった。やむなく勝呂も従った。
「ここって要塞のなかでも一番寂しいところよね。これくらいの雨でもいやなのに、嵐の夜なら一人では絶対耐えられないわ。守備隊の歩哨はこうして暗黒の海と寒さと孤独に耐えながら夜通し見張っていたんだ」ぶるぶると震えるマリア。「さっき見たサン・クリストバル要塞の方には"悪魔の監視塔"(ガリータ・デル・ディアブロ)というのがあったわね。こうしているとあの伝説が分かるような気がするわ」

たった今悲しみにくれてい

たと思ったら、なんと嵐のなかの厳しい歩哨の体験をしたがるマリア。好奇心のかたまりを地で行くマリアだった。やはりサンタクロースをもじってサンタ・クリオシダ（tanta curiosidad）（興味津々）と方々で冷やかされる所以だ。

［ガリータ・デル・ディアブロ（悪魔の監視塔）伝説］
　昔は要塞のすべての監視塔に歩哨が配置されていた。夜になると響き渡る守備隊の声。「番兵、警戒警報！」「警戒警報！　これは眠気を覚ますための儀式なのだ。だが海が荒れる夜などでは一番遠くの監視塔には届かない。ある夜のこと歩哨サンチェスの答礼がまったく聞こえない。明るくなって兵士が行ってみると、そこにはサンチェスの姿はなく小銃と制服が残されていたのだった。『すわ悪魔にさらわれたか！』と大騒ぎ。結局サンチェスは行方知れずのまま。それ以来、そこは"悪魔の監視塔"と呼ばれることに。それからというもの兵士が忽然と消える事件が起こるようになったという。それは単なる脱走兵でしょ。夜の見張りが怖くて逃げだしたの

13　カリブの仕掛け

ではと一笑に付す人も。だが夜になると風とともにギターの調べに乗ってサンチェスと恋人ディアナの歌声が聞こえてくるのだという。アンダルシア生まれのイケ面サンチェスはギターの名手。寂しい監視塔からギターの調べでディアナと語り合っていたのだろうか。美しい混血のディアナの育ての親はサンチェスとの結婚を認めず、サンチェスの上官も肌の色の違いを理由に交際を禁止していたのであった。

　勝呂はいっそこのまま伝説のように消えてしまおうかと思った瞬間マリアの唇を受け止めていた。「私も同じことを考えたわ……」

　やはり彼女は魔法使い（ブルーハ・アモローサ）のようだな……。

　雨も小降りになり、二人は、今は展示室になっている兵舎に降りて行った。すぐ近くに礼拝堂がある。雨水を溜める井戸や地下牢まである。（フェリーペⅡ世がアントネリに授与したタブレットを隠すとしたらどこだろうか。礼拝堂が最も可能性大だろうか……。守備隊の隊長の部屋はどこだ……）勝呂はマリアの様子を気にしつつ、タブレットはどこに隠されていようかと考えながら勝呂は食糧貯蔵庫、避難所や移動通路になっているトンネルに隠れる。外はまだ雨模様なのか銃眼からはわずかにしか光が射さない。ようやくマリアが「ドンデ・エスタッ（どこにいるの）、シオ！」と叫びながら入って来た。「ワッ！」驚くマリア。まったく他愛のないかくれんぼ

なのだが、マリアはこれで大分元気になったようだ。結局のところ要塞の中は隠れたり、隠したりする場所はあまりなさそうだった。壁や床の中に埋め込むしかないのか。聖堂のお墓のように……。要塞の構造もやはりカルタヘーナやハバナやベラクルスとよく似ている。稜堡式城郭要塞だ。これはイタリア式築城技術を発展させたものだ。そう言えばカルタヘーナでフリオとマリアから訊いたスペイン要塞のうんちく通りだった。

　フェリーペⅡ世は、ここサン・ファンにもイタリアの軍事技術者バウティスタ・アントネリを派遣している。1588年からラ・フォルタレサやエル・モロ要塞を強化している。ここでマリアがまた講釈を始めた。

「サベ・ケ（知ってる）シオ。その頃スペイン本国では王室最高技師のティブルシオ・スパノッチがファン・デ・エレーラやクリストバル・ロハスらと"数学と城塞アカデミー"（Academia de Matematicas y Fortificacion）を創設して最先端のイタリア式築城術♣をスペイン、ポルトガル各地やカリブ海に広めていったのよ」ここで勝呂が遮る。「えっ！　スペインにそんなアカデミーがあったのか？　確かファン・デ・エレーラ

♣　イタリアの先端築城技術者たち：ヴェネツィアのミケーレ・サンミケーリ：軍事建築
フィレンツェのサンガッロ一家：（長兄ジュリアーノ・ダ・サンガッロ、弟アントーニオ、甥アントーニオ同名）
ピエトロ・カタネオ：都市モデル、スカモッツィ：星型城塞都市　グリッド・プラン　イントラムーロ　シタデル

13　カリブの仕掛け

はフェリーペⅡ世のエル・エスコリアル宮殿を完成させた人だったね」「その通りよ。そしてスパノッチは軍事要衝の地カディスや北部のラ・コルーニャの要塞の強化に力を尽くし、アントネリはカリブ海全域の防衛計画を立てその承認をスパノッチから得ているのよ。それより少し前にはやはりイタリアの軍事技師ラパレッリがマルタ島バレッタの守りに派遣されたわ」今度は前よりもっと仔細な内容だ。「うーんすごいなあ。これこそ今で言う壮大な同時多発プロジェクトじゃないか……。基本設計が同じだからみんな似ているわけだよね。監視ガリータがそっくりなのも当たり前なわけだったのか」

その後度重なる列強の攻撃にさらされながら要塞は何度も改修・強化され、難攻不落のサン・ファン要塞として今でも威容を誇っている。

軍事技術者アントネリの業績を語る時、多くの歴史家がしばしば混乱に陥ってきた。イタリアからスペインに招聘されてからカリブで死去するまでの活動期間だけで優に90年を数えるからだ（1559～1649年）。著名な歴史家さえもが一人のイタリア人築城技師の偉業だと勘違いしたのにはその名前にある。実は軍事技師・建築家一族の3代にわたる堅い結束の賜物なのだが、彼らの名前が同名で非常に紛らわしいからだった。これには勝呂も長い間完全に勘違いしていた。外国では息子に自分と同じ名前を命名するということはよく知られている。英語圏のようにジュニアとかスペイン語圏のセグンドと

かを付けてくれれば分かりやすいのだが、アントネリの場合それもない。あのガボ（ガルシア・マルケス）の『百年の孤独』の登場人物たちを彷彿させる。ホセ・アルカディオ・ブエンディーアの息子たちだ。

⊖ D-nod: 名前の混乱

> ・クリストバル・コロン提督家：弟ディエゴ・コロン、長男ディエゴ・コロン
> ・ブエンディーア家：ホセ・アルカディオ、ホセ・アルカディオ・セグンド（『百年の孤独』）
> ・フリオ・ゴンサーレス家：父フリオ・ゴンサーレス、息子フリオ・ゴンサーレス
> ・アンブロシオ・ピンソン（マジョール）家：息子たちアロンソ、ビセンテ、マルティン　（ピンソン兄弟）

イタリアからスペインに招請されたフアン・バウティスタ・アントネリ（兄）は要塞築城技術のみならず水利技術・河川航行技術者として時のスペイン王室に登用される。要塞工事ではバレンシア、カルタヘーナ、アリカンテ、ペニスコラ、アフリカ北部のオラン、マサルキブルに関わる。そして1580年にポルトガルをも領有したフェリーペⅡ世の命でフアン・バウティスタ・アントネリはこのタホ川の航行を可能にする工事を担う。難航する通商・軍事道路の工事よりも河川の整備の方を優先

13　カリブの仕掛け

したのだ。この川はトレドからポルトガルに入るとテージョ川と呼ばれリスボンに達し大西洋に通ずる。イベリア半島にはこの他に大河では北部のドウエロ川や南部のグアダルキビル川などがありアントネリの河川技術が大いに貢献したようだ。だがこの工事の完成を待たずにフアン・バウティスタは死去するも、弟のバウティスタが後を継いだ。その後1586年にフェリーペⅡ世の命を受けてカリブ全域の防衛網立案・構築に抜擢されたのがこの弟のバウティスタ・アントネリだった。カリブ海に展開しているバウティスタに甥のクリストバル・ローダが加わり、亡きフアン・バウティスタ・アントネリ（兄）の息子でスペイン生まれの同姓同名のフアン・バウティスタ・アントネリも1585年にカリブ防衛に参加して1649年カルタヘーナで死去するまでスペイン王室に仕えたのだった。要塞・築城技術者は建造や強化工事が終わっても彼らは要塞に残り、守備隊の訓練や実践に立会って修正・改良を加え、メンテナンスに務める。イ

タリア築城技師兄弟に兄の息子と甥が力を合わせて守備隊と共にカリブ海の防衛に尽くし、スペイン人の技師たちを育ててきたのだ。その中にはもしかしたらずっと家督を継いで今もたくさんの建築家を輩出しているピンソン家や、カルタヘーナ守備隊の遠い遥かな末

裔がフリオ・ゴンサーレス家に繋がっていてもあながち無謀な話ではない。

　アントネリの家族にはさらにもう二人の甥がイタリアとスペインで技師として活躍した。クルストバル・ガラベリ・アントネリとフランシスコ・ガラベリ・アントネリだ。

　こうしてイタリア人の要塞技師一族が3代にわたってスペインのために守備隊と共にカリブの防衛に力を尽くし、スペイン人の後進を育てたのだ。イタリアからスペインへそしてコロンビアなど新世界への今で言うところの技術移転を果たしてきたのであった。「ああ、マリア、ボゴタで君にもらった資料にあった表のあれだね」

⊖ D-nod: 城塞技師アントネリ家一族の系譜とその貢献

年代	① **Juan Bautista Antonelli** フアン・バウティスタ・アントネリ ②の兄 1527〜1588	② **Bautista Antonelli** バウティスタ・アントネリ ①の弟 1547〜1616	③ **Cristobal Roda Antonelli** クリストバル・ローダ・アントネリ ①②の甥（おい） 1580〜1631
1520			
1530			
1540			
1550			
1560			
1570			
1580			
1590			
1600			
1610			
1620			
1630			
1640			
1650			
	イタリア	スペイン	

Arbol genealógico Antonelli

④	⑤	⑥
Juan Bautista Antonelli	**Cristobal Antonelli**	**Francisco Antonelli**
フアン・バウティスタ・アントネリ	クリストバル・ガラベリ・アントネリ	フランシスコ・ガラベリ・アントネリ
②の息子	①②の甥（おい）	①②の甥（おい）
1585～1649		

> アントネリ家一族の貢献
> ・1559～1649（90年間）：スペインに貢献
> ・1586～1649（63年間）：カリブ海（アメリカ）
> 　の防衛に終生献身

アメリカ

13　カリブの仕掛け

アントネリ要塞技師一家のカリブ海活躍図 (1586-1649) (Archivo Graziano Gasparini)

『悪魔の要塞（？）』を出た二人は旧市街のコロニアル歴史地区に向かった。白亜のサン・ホセ聖堂は新大陸

で2番目に古い教会だという。1992年コロン500年祭に修復されたのだが、さらに老朽化が進み今は閉鎖されている。初代総督のポンセ・デ・レオンがここに葬られ、その後サン・ファン大聖堂に移されている。このサン・ホセ広場にはポンセ・デ・レオンの像がある。
「ミラ、マリア！　総督の右手にハトが止まったよ」
「あっほんとだ、総督は昔から優しかったのね」とはマリアのリアクションだ。「シオはジャック・スパロウや黒ひげバルボッサの活劇を観たでしょ？　パイレーツ・オブ・カリビアンよ。彼らが『生命の泉』を探し求めて滅茶をする映画だったわ。その泉とは実はこのポンセ・デ・レオンが探していた若返りの泉なのよ。総督は昔からの言い伝えを信じ、泉を求めてプエルト・リコから北部に向かっている時に偶然フロリダを発見したと言われているのよ！」
「まいったなー。何が幸いするのか分からないものだね……」

13　カリブの仕掛け

ポンセ・デ・レオン像の前には世界的チェロリストにして平和活動家のパブロ・カザルス博物館（写真の明かりがともっている建物）がある。スペイン・カタルーニャ出身のチェロの巨匠の記念館がなぜサン・ファンにあるのか。カザルスが演奏する『鳥の歌』が聞こえてくる。唸り声も交じっている。厳格な巨匠の生き様に抗するかのようなその声は、勝呂には『巨匠だってやはり人間なのだ』と感じさせるものだった。マリアと言えば『音楽の巨匠ともなれば演奏中の唸り声も表現の一部なのよ』マリアはピアノの巨匠グレン・グールドのことも言っているのだ。それとも、もしかしたら（ちっとも良くならないこの世界）を憂えての嘆きの唸りなのか……。

　カザルスは1957年にプエルト・リコに活動の本拠を移しここで音楽祭を開催している。『鳥の歌』は1971年の国連本部での演奏に際して、（私の故郷カタルーニャでは鳥たちはピース、ピースとさえずります）と語り、フランコ政権当時の故郷カタルーニャへの抑圧を抗議している。故郷への思慕と、平和の願いを込めて……。そして1973年にプエルト・リコで死去した。ここはカザルスの母とカザルスの妻マルタの故郷であった。

　記念館を出るとポンセ・デ・レオン像のハトはまだ止まったままだった。
「アッ！　ポンセのハトがピース、ピースと鳴いている……」「冗談でしょ！　シオ」
　まるでそれは『鳥の歌』とポンセのハトのコラボレー

ションのようだった。総督の右手に止まったハトはいつまでも飛び立ちたくなさそうだった。きっと平和を希求したカザルスの元を去りたくないのだろう……。またカザルスの唸り声が聞こえて来た。

　今は知事公邸になっているラ・フォルタレサの要塞の直ぐそばに本の博物館を見つけた。勝呂は総会が終わり次第この"本の博物館"と"カサ・ブランカ博物館"や古書店を回ることにした。新大陸の富を奪い本国に持ち帰るスペインに対し、国家が公認した海賊船で戦利品をかすめ取る英国。カリブの戦場、要塞の攻防。輸送船の動向を窺い互いにスパイを放った。フェリーペⅡ世はカリブ防衛が最重要課題としてアントネリに報償として、あるいは護符としてエメラルド・タブレットを与えたという真(まこと)しやかな噂が流れた。いや流したのだった。カリブのどこかの要塞に隠されているという。海賊ドレイクをおびき寄せる戦略だったのだ。

　だが勝呂にはそれが単なる噂ではなく、エメラルド・タブレットは実在すると信じている。なんとしてでもタブレットの在り処を突き止めねばならないのだ……。

　決意を新たにする勝呂だった。

ΘE-wink ㊽	HPビジュアル・ガイドへ

●サン・ファン要塞・旧市街（プエルト・リコ）

［祝賀会］

13　カリブの仕掛け

勝呂はマリアをエスコートしながら祝賀会場になっている豪華客船スプレンディッド・カリビアン号に乗り込んだ。クルーズ船が接岸するパンアメリカン埠頭だ。勝呂はこの船の内部を知り尽くしている。操船システムと船内防犯監視システムを栄信電子工業が受注し、設置納入しているからだ。その夜の船上パーティーは実に華やかなものだった。殊の外めかし込んだマリアは会場の視線を釘付けにし、（マリアはあのドレスをいつどのように手に入れたのだろうか）豪華なサロンで際立っていた。とりわけ女性たちのため息がそのことを物語っている。
　ソンデオ・グループの最高責任者ウンベルト・エストラーダが挨拶に立った。ソンデオ・グループの25周年祝賀総会と『カデナ・イベロ・アメリカ財団』第7回総会が滞りなく終わり、ここに祝賀パーティーを催すにあたり、会員の日頃の協力に対する感謝の意と、これを機会により一層の結束を高めようと力強く簡潔に語った。そして今回こうして各国の人々が一つ船に乗り合わせたのは決して偶然ではないと締め括った。予定では祝賀の挨拶を極力減らして交流の宴を多く持たせようと計画された。ところが意に反して、我先に、ここぞとばかりにマイクを持ちたがる招待客が引きも切らず、一方でまったくそれらを無視して、いま大事なのはこっちの方だとばかりに客の多くは、各人思い思いに旧交を温め、あるいは紹介し合って、そこは一大交流の場と化していった。主催者の心配は杞憂に終わった。

会場には各国の代表や財界の大物をはじめ、文化面、社会面でも大きな影響力のある作家や芸術家、学者や俳優たちも招かれていた。勝呂は何人かの旧知の友人たちにも再会できた。
「オラ、セグーロ！　ビニステ（よく来たわね）」と声を掛けられた。これまた目の覚めるような装いと胸のエメラルドの大粒が勝呂を幻惑させた。ソンデオ・グループCSR部長のカロリーナだった。一瞬見間違いではと思っていたら、「紹介するわ。私のマリード（夫）よ」
　なんとその横には朋友アロンソが笑っているではないか。「ノー・プエデ・セル（ありえない）！」勝呂は呆れる。そこにマリアも加わって来た。「マリア、もちろん君は知っていたんだよな。二人はいつ頃からの付き合いなんだ？」「まあ、まあ。みんなバツイチなんだから……」
　知らぬは俺だけだったか……。アロンソはさすがにタキシードが様になっている。慣れない勝呂は蝶ネクタイの収まりがしきりと気になったが「セグーロ、大丈夫。モッソ（給仕）には見えないから。きまってるよ」だって。（マリアまでもがそういうか……）
　カロリーナが父親のウンベルト・エストラーダに勝呂を引き合わせた。「やあセグーロ、君のことは娘からよく聞いているよ」カロリーナはこの二人が知り合いであることを知らなかったのだ。
「この船の"バー・ラウンジ"のネーミングは君だって

ね。とても気に入っているよ」

『Some Enchanted Evening（魅惑の宵）』と名付けたのは勝呂だった。往年のミュージカル映画『南太平洋』のクライマックスで歌われるロマンチックな場面だ。勝呂と同年代のウンベルトが嫌いなわけがない。「それはよかった。気に入っていただけると思っていましたよ。あなたもロマン多き人だから」

「そうか、君もな。そのうち東京に遊びに行くからな。お忍びでな。その時はよろしく。ああ、例の件頼んだぞ」

やはりウンベルトはシンパティコ（気さく）な人物だった。勝呂の方がずっと若づくりだがほぼ同い年のはずだ。「大丈夫ですよウンベルト。ぜひお忍びで。東京の穴場をご案内しますよ」

「マリアとはとてもお似合いだね」そう言って彼は片目をつぶった。『ウンベルト、そ、それは違うんですよ』と言いかけて勝呂は止めた。

「この通り元気が一番だ。よかった、また君たちに会えて。わっはっは！」彼は豪快に笑い次の輪に入っていった。それはとても力強い握手だった。まだまだ盛んに違いない。世界を動かしている巨大企業のトップが偉ぶることなく気さくに接してくれる。『中南米はこれだからいいね』と勝呂は思うことしきりだった。だが勝呂はかねがねウンベルトの経歴に不審を抱いていた。それはこの超富豪が自ら明らかにしている経歴の中でなぜか青年

時代がまったくベールに包まれているのだ。それに彼一流の口癖によると、優れた政治家と企業家に求められる資質とは「無類の記憶力」と「絶対にしっぽをつかまれないこと」なのだ。

　勝呂はアロンソをつかまえてカロリーナのことを問い質した。アロンソの言い方がまた奮っている。「それは君に聞かれなかったからだ」
「じゃあまあカロリーナのことはよしとしよう。だがあのでかいエメラルドはなんだ。まさかタブレットの一部じゃあないだろうな。フェリーペのタブレットに一番近いのは君なんだから……」「いや誓ってそれはないよ。セグーロ（たしか）だよセグーロ」「はは！　それならいいんだアロンソ。しかしうまくやりやがったなカロリーナのこと。おめでとう」「ありがとうセグーロ」
「それじゃ今度はちゃんと聞くがマリアにいったい何があったんだ。海に向かって泣いていたんだよ……」
　アロンソは「君には黙っていようと思ったのだが。マリアの元夫はプエルト・リコ生まれなんだ。ボゴタで弁護士をしていたが持ち前の正義感が災いしてね、12年前に麻薬マフィアの凶弾に倒れたんだ。それはマリアと離婚した後のことだったのだがね……」
「そうだったのか……。いろいろあったんだね……。ありがとう、話してくれて」「それともう一つ聞いていいかな。"悪魔の監視塔"に幽霊のギタリストが現れたぞ。いかにもグッド・タイミングで。あれはしてみると君の

13　カリブの仕掛け

差し金ということになるが……」

「やあ、ばれたか。うまくいっただろう。あそこで待機してあの曲を弾くようにと1日雇っていたのさ。」

　やはりアロンソは教会建築の堅物ではなかったようだ。なんたってカロリーナを仕留めたくらいだから……。『それにしても、こういうことはパーティーのような立ち話で引き出すに限るね……』つぶやきながら勝呂はマリアと海に向かって歌ったシーンを反芻していた。そのときファーと頬を撫ぜた一陣の微風が。

　間もなくコロンビアの歌姫シャキーラが登場する。そのあとはメキシコのルイス・ミゲールのボレロが控えている。午前零時からはスペインのプラシード・ドミンゴとキューバ出身でマイアミを本拠にするグロリア・エステファンの歌が楽しめる。それにしてもすごい出し物だ。

　祝賀会がお開きになったのは明け方近くだった。勝呂はマリアを伴ってバー・ラウンジ"魅惑の宵"へ。

　勝呂はマリアのためにカクテル "En mi viejo San Juan" を、自分は "Some Enchanted Amanecer"（魅惑の暁）を特別にオーダーした。

　　　　　　　＊　　　＊　　　＊

[カデナ・イベロ・アメリカ財団基調講演]

　総会2日目は財団の総会だった。基調講演は理事長であるウンベルト・エストラーダが行った。財団が目指す今後の方向性を理事長は余すところなく語っていたと勝呂は思った。財団の運営には難しい舵取りが必要であ

ることは誰の目にも明らかなのだが、理事長の自信に満ちた、明快な語り口に会場は熱気に包まれていった。
「『カデナ・イベロ・アメリカ財団』が本格的に動き始めたのは 1995 年のことであります。この構想はその名が示す通り、イベロ・アメリカ諸国♣が手を繋ぎ互いに協力し合って域内の経済、社会開発を促進することであります」そこで会長は水で一息つきさらに続けた。「わが中南米にはすでに経済機構や政治同盟、共同体などが結ばれておりますが、我々はこれらの機構との関係を留意しつつ、あくまでも民間ベースでのきめの細かい活動を通じて、一歩一歩その目的を果たそうと考えております」

⊖ D-nod: 統合の背景

> ここでは枠組みの名称だけに止めるが、多くの地域統合の仕組みが模索され、設置されている。
> NAFTA（北米自由貿易協定）、CARICOM（カリブ共同体）、MERCOSUR（南米南部共同市場）、CAN（アンデス共同体）、ALADI（ラテンアメリカ統合連

♣ イベロ・アメリカ諸国：『イベロ』とはスペイン、ポルトガルのあるイベリア半島を意味する。『イベロ・アメリカ』とはスペイン、ポルトガルの植民地だった南北アメリカ諸国のうち、スペイン語圏全諸国（米国は含まず、自治連邦区のプエルト・リコが含まれる）とポルトガル語圏（ブラジル）から構成される（20 カ国）が、ハイチ、フランス領ギアナ、マルティニークなどのフランス語圏は含まれない。イベリア半島のスペイン、ポルトガルを含める場合もある。『ラテン・アメリカ』はスペイン語、ポルトガル語にフランス語を含めたラテン系言語を公用語とする諸国である。ただしイベリア半島のスペイン、ポルトガルは除外する。

合）、CSN（南米共同体）、FTAA（米州自由貿易地域）、CELAC（ラテンアメリカ・カリブ諸国共同体）、Alianza del Pacífico（太平洋同盟）：（アジア志向）などが主要な機構である。これらはいずれも域内の関税同盟あるいは自由貿易協定、もしくは地域開発のために共同歩調を取ろうとするものである。開発金融機関では IDB（米州開発銀行）、BCIE（中米経済統合銀行）、CDB（カリブ開発銀行）、CAF（アンデス開発公社）、FAR（アンデス準備基金）などが設立されている。他方で政治的色彩が強いOAS（米州機構）は、その主な目的に米州地域の平和と安全の強化、加盟国間の紛争の原因除去及び平和的解決、侵略に対する共同歩調、加盟国間の政治的、法律的、経済的諸問題の解決、加盟国の社会的、経済的、文化的発展の促進をかかげている。加盟国はガイアナとベリーズを除く中南米31カ国（ただしキューバは脱退）である。それに国連ラテンアメリカ経済委員会（ECLAC）は、緊急の経済問題との取り組みや、ラテンアメリカ地域の経済活動レベルの向上、域内及び域外との経済活動の維持・強化を主な目的にしているものの、行動は国連の政策の枠内に限定されている。だが政治経済いずれに於いても各国の利害や思惑が一致しておらず、足並みが揃わないのが実情だ。あのマルビーナス（フォークランド）紛争がよい例だ。本来なら米州機構加盟国のすべてが諸手を挙げてアルゼンチンを支持すべきところが、実際には一部の国に離反が生じ結束が乱れてしまったの

> である。米国をはじめ、コロンビア、チリ、ブラジルが外れたのだが、これは自国の利害が優先された結果だ。
> 　時の政権の政治潮流（右派・左派・中道）の変化、財政悪化、債務不履行（デフォルト）、各国の経済格差の拡大、対米関係における各国の姿勢（反米・親米・中道）や利害の不一致など、多くの要因が政治・経済統合を一定限度に止めている。共通言語という一大メリットがあるとは言え、EU型をモデルにした統合を目指したとしても実現は難しい。

「インフラストラクチャー（社会生活基盤）の整備は何と言ってもすべてのプロジェクトの根幹であります。道路、下水道、電力、輸送機関、通信、港湾、河川、そのどれ一つとして欠かせないものでありますが、これらの整備が地方も大都市に於いても非常に遅れているのが現状であります。そしてまた、莫大な資金が必要なのもこのインフラ整備であります。そこで我々は優先度を付けて重点箇所に絞り、そのプロジェクトに不可欠なインフラの整備を優先的に実施します。例えば地方の辺鄙なところに病院を建設する場合、下水道、アクセス道路、電気といったものが最低限必要になります。すでにボリビアのサン・ペドロをはじめ他国でも７ケ所で実施されています。また我々は、一次医療のプライマリー・ヘルス・ケアーもインフラ整備の重要な要素と位置付け、従

来の診断と治療が病院の役割だったものを、予防医学や衛生知識を広める人材を育て、疾病予防、早期発見に努めてまいります」

　基調講演は長くなりそうだった。

「不幸にして。災害や紛争の起きた地域に対する緊急援助、側面援助もしてまいりました。その一つが、メキシコ・シティに本部を置く、多国籍医療団の編成であります。これは87年より準備を始め、今や各国の医師65名、看護師210名が登録されており、緊急時に直ちに派遣できる態勢を整えております。そしてスイスに本部を置き世界各地に支部を持つ赤十字やフランスに本部を置く国境なき医師団（MSF）、さらにマルタ騎士団やキューバ医療団とも連携しております。そしてこれら各種のプロジェクトやインフラ整備、緊急援助を遂行する専門家を養成する研修センターをマドリッド、ベネズエラ、ボリビア、アルゼンチンに設け、毎年、土木、電気、電子、石油、医療技術、看護といったエキスパートを送り出しております。そこでは個々の専門知識以外に、対ゲリラ対策、誘拐、危機回避に実践的訓練やサバイバル法も必修項目にしているのは言うまでもありません。

　因みに本クルーズ船スプレンディッド・カリビアン号の最大乗客員数は3500人ですが、ハリケーンなどの災害時には緊急避難宿泊施設✚に振り当てるように設計されています。必要ならばソンデオ・グループの所有する10艘のクルーズ船で受け入れ可能であります。

我がイベロ・アメリカ諸国には豊富な農産物や鉱物資源を有しておりますが、従来からこれらの生産物は世界システムの市場メカニズムに取り込まれてきました。もっとはっきりと言えば、我々はこれまで大国のあるいは巨大な多国籍企業の思いのままに牛耳られてきました。しかしながら最近ようやく域内からも、豊かな資源を武器に域外にも展開、競争できる多国籍のスケールを持つ企業も出てまいりました。これらの企業群の利益が還元されて、我がカデナ・イベロ・アメリカの有力な資金源となっているのは皆様ご承知の通りであります。こうした展開を可能にするのは、折角ある資源に付加価値を付ける優れた技術者と、それを武器に国際展開ができる有能なビジネスマンを育てることであります。そこでマイアミに開設されたのが、国際貿易学院（ICM）であります。87年の開設であります。ここでは2つのコースが設けられており、その一つは、域内で活躍するビジネスマン、経営者を育てることであります。我が域内ではそのほとんどの国がスペイン語という共通語を有し、スペイン文化を母胎にしていると言えますが、国ごとに微妙な違いを見出すことができます。そして国情はそれぞれに違い、隣の国のことさえ良く分からないのが現状で

♣　緊急避難船：勝呂はこの時、マルビーナス（フォークランド）紛争時に英国が誇る客船クイーンエリザベス号を急遽改造して兵士や物資の輸送船に仕立てて戦場へ急派した経緯をまざまざと思い浮かべた。病院船ならまだしもと……。

す。加えて各国がそれぞれに持つ国家意識は想像以上のものがあります。経済の国際化が進み、人、モノ、金が世界規模で動く、所謂ボーダーレスの時代になり、言わば経済的には国境のフェンスがどんどん低くなっても、国民の心のフェンスは逆に高くなってしまうことだってあるのです。これが経済摩擦の始まりです。多くの場合、こうした摩擦は相互に相手の事情を知らないがために起こるケースがほとんどなのです。そのためこのコースでは、組織、マネジメントといったビジネスの基本以外に、域内の違った国で活躍できる人材を育てることにあります。もう一つのコースは、つまり言語も文化習慣も異なる国に対処できる人材養成コースであります。言うなれば、これまでの大国支配下の天然資源国一辺倒から、人的資源を併せ持った新しい国際戦略で経済、社会開発を行っていこうという構想であります。一部で揶揄された『採掘経済』とか『中進国の罠』からの脱却であります。もう『ラテン・アメリカの言い訳』はなしにします。

　カデナ・イベロ・アメリカのコンセプトを実現しているのは最新の通信システムでその名の通り、ずばりイベロ・アメリカ・通信ネット・ワークであります。そして域内外の物流を主導するのがカデナス・ロジスティクス社であります。陸・海・空の切れ目のない輸送にはすでに定評があります。軽量・迅速輸送にはクーリエ宅配のラピド・エントレガ社が先行稼働しておりますが、培ったノウハウを今後各地の支店や関連子会社に浸透させよ

り良いサービスを目指します。一方通行の物流だけでなく各地からの生情報も収集する双方向の機能を期待します。経済、社会開発を進めていく上で忘れてならないものに、地球環境破壊の問題があります。先進国はこれまで人類のモラルよりも経済成長を優先して突っ走ってきました。今そのツケが人類に回って来ています。経済成長は完全にエネルギー消費に比例します。エネルギー消費の少ない南の貧しさが、辛うじて地球環境を維持してきたとも言えます。我々が開発を進めるに当たり、このことを十分考慮しなければならないほど、事態は切迫しております。もはや北と同じ開発過程を辿るわけにはいかないのです。開発が進めばそれだけエネルギー消費が増えます。特に我が域内の多くの国は電力事情がすこぶる悪いのが実情です。それでなくとも少ないエネルギーをどうやって安定供給すればよいのか。そこで今回の分科会では、地球環境問題とエネルギー問題を併せて検討することになっております。

　長々と述べてまいりましたが、この後は各専門分科会に分かれて、具体的に今後の在り方を探っていきたいと思います。なお当財団とソンデオ・グループが全面的に後押ししております『国際貢献度評価委員会』の会合は2012年はバングラデシュのダッカで、2014年は東京会合を予定しております。

　最後に今回の総会がここプエルト・リコのサン・ファンで開かれたのは決して偶然ではありません。ご承知の

ようにプエルト・リコは米国の自治領としてイベロ・アメリカ諸国のなかでも非常に特異な国であります。今後米国の一州に組み込まれるのか、それとも独立国として生きてゆくのか。我がイベロ・アメリカ圏の行く末を占う重要な選択にもなるはずであります。コロン以降スペインは続々と船を新大陸に向けました。大航海時代の始まりでした。ジブラルタル海峡から『新しいより良い世界』を求めて Más Allá（さらに向こうへ）と船を繰り出しました。これがあの『プルス・ウルトラ』であります。当時のスペインのスローガンであります。今日このスローガンが、かつての支配国だけではなく従属国であった我々にも脈々と引き継がれていると常々私は考えております。我らがカデナ・イベロ・アメリカ財団の加盟国に、宗主国であるスペインやポルトガルが加わっているのは、正にかつての主と従がともに手を携えて真の『プルス・ウルトラ』の精神を実行に移すことにあるからです。カデナ・イベロ・アメリカ財団はそれを実現する団体なのであります。コロン提督以降『新大陸はやはり素晴らしい新世界だった』と言われる日を目指して。ご清聴ありがとうございました。

Θ E-wink ㊾	HP ビジュアル・ガイドへ

◇カリブ防衛マスター・プラン

14 『砂の本』現る―なくさないで心まで―
2010年（ニューヨーク）

『探し物を見つける神もいるのね』
　　　　　　――マリア・ドゥルセ・ピンソン・ソト（1952～）

　勝呂は2月の夕刻、滞在中のミッドタウン・ウエストのホテルに戻ったところ、フロントでメッセージと小包を受け取った。念のため勝呂は広いレセプションのフロアを見渡したが、知った顔はいない。メッセージはカロリーナからだった。コングロマリット富豪の重役の一人だ。飛行機の中で勝呂を8時間かけて面接したあの女性だ。当時彼女はまだCEOの秘書だった。勝呂は部屋に入るやともかくパッケージを開けてみる。なんと出てきたのはiPadだった。「おっ！　これは！　まだ発売前なのに……」1月にサンフランシスコで製品発表があったばかりだ。ここニューヨークでも4月の発売開始の話題♣で持ちきりだった。日本発売はもう少し先になる。早速設定ガイドに従って試してみる。「Wi-Fiモデルだが、果たしてこのホテル内でも動くのか……」なん

♣　iPad：2010年1月28日（米国時間）- サンフランシスコで開かれた製品発表会で第1世代発表。
　3月12日　アメリカ合衆国のApple Online Store、各Apple Storeで予約受付が開始される。
　4月3日　アメリカでWi-Fi版の販売が開始される。米国のみの発売初日で30万台の販売［4］。ダウンロードされたiPadアプリは100万本、iBookstoreからダウンロードされた電子書籍は25万冊を記録。

と発売前からもうサクサクと動き出したではないか。スクリーンはマルチタッチの液晶だ。キーワードを入力してみる。出た。Wikipediaだ。検索機能もキチンと動いている。タブレット型コンピューターだ。

「あっ！　待てよ、これはボルヘスの『砂の本』じゃあないか！　すごいなあ！」あのときボルヘスは『砂の本』にこういう未来のタブレット端末を見ていたのだ。「そうか、砂の本とはタブレット端末のことだったのか。長いこと失われていた砂の本がついにi-Padという形で姿を現したぞ。軽い。しかも速い。あの『砂の本』が見事にアップ・グレードされている」

　勝呂は1994年にブエノス・アイレスの図書館で『砂の本』を本気で探した暑い夏をまざまざと思い出した。挙句の果てに、インドのパキスタンとの国境に近い町ビカネールにまで探しに行ったものだった。そして勝呂はあの迷宮入りしていた『ボルヘスのタブレット』をついに手にして狂喜したのであった。

　あの時ボルヘスが、居たたまれず密かに図書館に隠した（不気味な本）は生きていたのだ。そしてそれは今突然姿を現した。機能は一見するとスピードも速く、格段と使いやすくなっている……。だが、喜んでばかりはいられない。勝呂は一転して「これは使い方を誤ると大変なことになるぞ！」と叫んだ。

　ボルヘスはあの時、『わたしには数人の友人しか残っていない。その友人にも会うのをやめた。結局、わたし

はその本のとりこになって。ほとんど家から出なかった。（中略）それは悪夢の産物。真実を傷つけ、おとしめる淫らな物体だと感じられた』と述懐し、鋭く『危うい本』だと断定したのだ。勝呂は「もしや邪悪で危険な機能やアプリまでもがバージョン・アップされているのではないか……」と蒼くなった。

　ボルヘスの危惧が現実となりつつある。やはりこれも使い方を誤れば世界を壊してしまう怪物となりうるのだ。『砂の本』を読む人（使う人）よ、どうかのめり込み過ぎて無くさないで心までとボルヘスは言っているようだ。アップ・デートされて姿を現した『砂のタブレット』には、もうすでにインター・ネット上に多くの心ない情報が飛び交い、その上サイバー戦争にまで発展している。つまりボルヘスの危惧はさらにバージョン・アップされて大変なことになっているのだ。このままではかつてのボルヘスがやったように図書館の奥深く、湿った棚に隠すことになろう。それとも電子機器の墓場で膨大な資源ゴミになり果てる道を選ぶのだろうか。

　マリアが返事を寄こしてきた。「やはり『探しものを見つける神もいるのね』と言うものだった。そして「このままでは、ボルヘスがやったように『砂のタブレット』はまた捨てられて、ロスト・タブレットになりかねないわよ。どうすればいいの、シオ」なんと iPad はマリアにも送られていたのだ。

　（とにかくボルヘスの二の舞だけは避けなければ……）

勝呂はブエノス・アイレスの図書館の中を隈なく探しまくった夏の日々を思い出し、また汗が吹きだした。ニューヨークは豪雪なのに……。

15 大富豪の深謀 2013年（東京―箱根湯本）

『無言の感謝は誰にとっても充分ではない』
　　　――ガートルード・スタイン　米作家（1874～1946）

（1）エストラーダ訪日後日談

　ウンベルト・エストラーダが来日した。ここまで漕ぎ着けるのは大変だった。なにしろ世界でも最上位の富豪だ。勝呂はプエルト・リコでの約束通り『お忍びで』との手筈で準備を始めていたのだが、いつの間にか国際貢献度評価委員会の東京会合という大イベントになっていた。東京会合は2014年が当初の予定だったものを急遽1年前倒ししたのだ。勝呂は慌てた。お忍びでと称して本当のところは娘に会いに行く口実だとてっきり思っていたのだ。娘には東京で会合があるから出て来いと言う。忙しくて行けないと伝えると「だったら箱根湯本の旅館に100人で押しかけるから準備しとけ」と一方的に言ってきた。1年前にもこういうことがあった。金に飽かしてたくさんの人を雇い経済使節団を装って娘の気を引く挙に出ようとしたのだがその時は失敗した。今回もその口かと思いきやそうではなさそうだ。

　エストラーダのもう一人の娘セリーナ・コントレーラスは日本にいる。エストラーダの隠し子だ。認知していない。2008年に日本留学。勝呂が身元保証人になった。

ほとんど日本に居ない身元の危うい引受人だ。留学とは言っても最初の2年を渋谷の語学学校で日本語を学ばせ、その後ホテル専門学校に行かせる算段だった。卒業後はエストラーダが所有するソンデオ・グループのホテル・チェーンに迎えられるのは目に見えていた。専門学校の2年目になってセリーナは学校を辞めたいと勝呂を困らせた。よく聞いてみると日本式の旅館で修業をしたいという。ここにこそ日本式のおもてなしの原点があると言うのだ。父エストラーダへの当て付けなのか、ほんのささやかな反抗心だろうなと思いつつ、勝呂は（元妻の）佳江になんとか面倒みてやってくれないかと話を持ちかけた。佳江は箱根湯本の割烹旅館［佳庭〔すみてい〕］の女将だ。旅館の仕事の厳しさ・辛さ。連れ戻された悲哀。映画監督としてわが道を行く一人娘美亜との確執。自分の過去と重なる思いを嫌と言うほど味わってきた佳江は頑として首を縦には振らなかった。自分の二の舞を恐れたのだ。だが「ともかく会うだけ会ってみてよ」がいけなかったのかよかったのか。佳江はセリーナに若い頃の自分を重ね合わせて、本気で鍛えることにした。それから2年の歳月がセリーナをすっかり老舗旅館の仲居に成長させていた。接客面では及第点だが割烹旅館として日本料理の良さを客に伝えるまでには至っていない。

　そんな時に父親が箱根にやって来る。東京会合の出席者100人を引き連れて連泊すると言うのだ。その内90人が外国人だという。僅か3ヶ月前に言ってきたから

堪らない。それなら全館貸し切りでいいよと来た。やむなく女将はそれまでの予約を箱根の同業者にお願いして100人をそっくり引き受けることにした。国際貢献度評価委員会のメンバーは先進国、新興国、途上国の政治家、経済学者、企業家から選ばれており、女将は日本の老舗割烹旅館として和のおもてなしの見せ所だと張り切った。初日の夕食は大宴会場での会席料理。2日目は割烹旅館の和食の真髄を楽しんでもらうために部屋食にしたので給仕の世話が大変だった。箱根湯本の旅館組合の強力な援軍あってのことだった。勝呂もハッピを着て下足番と温泉の世話係を買って出た。女将は一計をめぐらして急遽セリーナを"若女将"に仕立てて、この団体に当たらせた。日本ならではの割烹温泉旅館を存分にエンジョイしてもらう算段だ。2日間の東京会合を終えた後、箱根で連泊しながらの観光と箱根神社能楽殿（神楽殿）での能楽鑑賞会を組み込んだ。この能楽鑑賞はエストラーダのたっての要望だった。評価委員たちにはこの際日本の伝統芸能の一つである能楽を都会の能楽堂ではなく、箱根神社の霊気漂う境内の神楽殿で野外能を味わってもらいたいというのだった。勝呂はエストラーダがまさか能楽に魅せられていたとは思いもよらず、図らずも今回の日程調整で初めて知ることになったのだった。（能楽とは参ったなあ。にわか勉強ではウンベルトにとても太刀打ちできないぞ……）

難題だった。ちょうどその日に箱根能楽殿で能楽の公

演を仕立てなければならない。その上エストラーダは世阿弥作の『橋弁慶』という演目まで指定してきている。これはもう元妻の［佳庭］の女将佳江の力を借りるしかない。この３ヶ月前という無茶振りにさすがの女将もギブアップかと思われたが、箱根神社、湯本旅館組合と観光協会が総力を挙げてこの難題に当たってくれた。野外能なので観客席の設営に問題はなかったものの、出演するシテ方、ワキ方、囃子方、笛方などの宗家をどう説得したのだろうか？　しまいには文化庁まで巻き込んでの公演に漕ぎ着けた。そして武蔵坊弁慶の後シテとして恵洲戸雲平（エスト・ウンベイ）という奇妙な名の演者が後半を飾ったことに気付いた人はあまりいない。

　この団体が大挙して箱根湯本に来ると決まったとき、勝呂はマリアから特電のメールを受けていた。アロンソからの情報で『国際貢献度評価委員会のメンバーの中に、世界遺産イコモスやユネスコ文化局無形遺産課の委員が何人かが含まれているよ』と言うものだった。マリアの弟アロンソは教会建築家にして世界遺産、国際記念物遺跡会議（ICOMOS）の専門機関である国際学術委員会（ISC）のメンバーだからこの情報は確かだった。その上エストラーダの娘婿でもある。ただし貢献度評価委員会のメンバーではないので日本には来ない。そして無形文化遺産の関係者ではマリアの娘リアナの夫マウリシオ・レジェスが次期評価委員候補として招待されているのだという。その上マリアは前年に訪日したばかりの甲

斐あってか種々のアドバイスを寄こした。

　彼女は日本滞在中、持ち前の好奇心ですっかり日本通になってしまった。「ウンベルトには必ずスカイ・ツリーに案内すること。それはより高い所から東京を見てもらうためであり、彼は高所恐怖症だからよ。六本木洋楽カラオケ・バーにも案内すること。ウンベルトのソンデオ・グループの事業部門の一つであるサンドバル・グループはレストラン・カフェ・チェーン、ドラッグ・ファーマシー、小売・専門店、デパート、スーパー、ホームセンターなどを束ねており、そのカラオケ・バーは世界のトレンドをキャッチするためにサンドバル・グループから派遣された要員のアジトになっているから。日程が許されるなら小京都の鎌倉へ是非とも。能楽堂もあるから。（なんとマリアはとっくにウンベルトの能楽好きを知っていたことになる。やはり魔女だ！）四谷のアルゼンチン・タンゴ・ピアノバー『チケ』はマストです。ほかならぬシオのお願いなら、あそこの亜季オーナーがウンベルトのしっぽを摑む手助けをしてくれはず。本当なら私がアテンドしたいところなのに残念だわ。成功を祈るわ……」

［国際貢献度評価委員会会合］
　▶2011年は地理的にも経済的にもアセアン諸国の中枢として機能し、観光立国でも成功しているタイの国際貢献度を高く評価すると同時に、特にその年大

洪水に見舞われた工業団地の復興と観光業の立て直しに特別援助を決定して早期回復を後押しした
- ▶ 2012年は世界の縫製工場として躍進しているバングラデシュに国際貢献賞を決めた。ただし工場の環境整備と雇用条件の改善が急務であることを進言し、経済特区工業団地の本格整備の支援を約束した。
- ▶ 2013年は、日本の奇跡の戦後復興が世界の経済発展のモデルとなり多くの国に希望をもたらし、途上国支援と世界平和の推進に献身的に果たしてきたこと。そして2011年3.11の未曾有の大震災に際しても果敢に立ち向かっていることに対して今回の東京会合で国際貢献賞授与を決定した。満場一致だった。そして世界各地で頻発する自然災害・人為災害・テロ災害に対して国際社会は被害を最小限に食い止める体制を早急に整えるために日本に防災・災害救助・復興支援の総合研究所と支援総本部（災害対策国際支援センター）を創設する。そのためにこれまでの個別の体制を見直し、機材整備・備蓄・ロジスティック、国際連携のあり方を見直し、有事には防災・救護の支援が迅速・円滑に運用できるようにする。世界は大変な事態に陥っている。文明の衝突が抜き差しならぬところまで来ており、もはや文明間の理解や対話は不可能に見える。そんな中で両者の橋渡しができるのは、バングラデシュと日本だと国際貢献度評価委員会は見ているようだ。箱根で

待機していた勝呂はその報に接し目頭を熱くした。当初2014年開催予定だった国際貢献度評価委員会の東京会合を、急遽1年前倒ししたのも迫りくる世界的テロ災害に備えるためであった。

▶2014年にノミネートされているのはミャンマーだ。審査重点項目は、民主化の流れを加速させること。そして群がる外国からの投資、工場進出、開発援助に対してミャンマー独自の国家建設グランド・デザインに基づいてそれらを厳しく精査・選択して自国の経済発展に繋げるように進言する。

このようにウンベルト財団が主宰する国際貢献度評価とは世界の知識人で構成される委員会が厳正に審査・表彰し、この貢献をさらに強固にするために報奨し様々な進言と義務を課すのが肝なのだ。つまり貢献度と感謝度を見える化することで国際貢献の広がりを促すのが目的なのだ。こうして名実ともに世界から必要とされる国が年々増えていくことになる。この国際貢献賞は5年間に5億ドルが与えられさらなる貢献が求められる。財源はウンベルト財団からとオリンピック競技やサッカー・ワールドカップの放映権の一部も充てられる。さらに世界の大富豪たちにも拠出・参加を呼びかけている。今回も内外のマスコミが大挙して押し寄せたのは言うまでもない。「金も使いようだろうセグーロ。単なる浪費じゃないんだよ」その時勝呂はいつもとは違うこの大富豪の深謀を思い知った。金さえあればなんでも思いのま

まだという超富豪の感覚にとてもついて行けない勝呂だったのだが……。いつもなら『すぐれた政治家や企業家に必須の資質とは何だか知っているかい。それは無類の記憶力と絶対にしっぽを摑まれないことだ』と豪語し、さらに『マスコミはおおむね人の災難を糧にして生きているものだ』というのがエストラーダの口癖だったからだ。

(2) 究極のおもてなし

　プエルト・リコでの約束を果たすべくようやく勝呂の出番がやって来た。大富豪ともなればなかなか一人で抜け出すのは不可能な状況に加え、ましてや今回は評価員たちを大挙して引き連れての日本訪問ときている。残された２日で約束の『お忍び』をどう入れ込むかが勝呂の腕の見せ所だった。箱根で連泊の翌日、団体さんは秘書たち側近に任せ、二人は別行動で早朝から東京に向かった。側近には東京の専門医のメディカル・チェックと称してエストラーダと勝呂は団体スケジュール最後の箱根観光をパスしたのだ。お忍びのスケジュールは（ここだけの話）次のようになる。
１日目：専門医メディカルチェック―秋葉原電気街―ランチ―横浜能楽堂―横浜中華街―横浜『ケントス』―オーシャンバー『クライスラー』―六本木サルサ・スポット

2日目：東京はとバス（東京スカイ・ツリー―ホテルランチ―お台場）―六本木ぴんとこな歌舞伎回転寿司―銀座の高級クラブ『ピロポ』―四谷アルゼンチン・タンゴピアノバー『チケ』

　　　　　　＊　　　＊　　　＊

　初日のメディカル・チェックというのは本当だった。そのあと秋葉原警察署を左手に見ながら万世橋近くにある音響機器の試聴室に直行してオーディオ・ビーム管KT88を搭載した真空管アンプの往年の名機マッキントッシュMC275の購入を決めた。勝呂一押しのアンプだ。音響製品なら勝呂の出番だった。他にもトライオード、ラックスマン、サンスイ、ウェイバックなど垂涎もののアンプもあったのだが先を急いだ。最近はすっかり様変わりしているが、勝呂にとっての秋葉原は今でも電波会館とかラジオ・ストアなどで代表される電気街なのだった。そこはジャンク部品の宝庫でもあり勝呂の息抜き場所だった。今ではポップカルチャーの聖地、AKB、ゲームやアニメなどのメッカとなっている。ウンベルトはリモコン機器やロボットには反応したもののフィギュアには見向きもしなかった。東京地下鉄の便利さを体験させるのにパスモを使って地下鉄で移動した。乗り換えの多さには閉口したようだが、そのまま横浜桜木町まで電車で移動。行き先は横浜能楽堂だ。駅には迎えの車が待機していた。プリウスの運転手はフィリピン人だった。メキシコ大使館差し向けの車だ。在日大使館の多くは公

用車の運転手になぜかフィリピン人を起用している。横浜能楽堂には能楽資料の展示廊とビデオコーナーが常設されている。ウンベルトにどうしても見せたい唐織(からおり)の装束と脇能物『和布刈(めかり)』の収録ビデオがあったからだ。滅多に上演されないレアものだ。これは北九州門司の早鞆(はやとも)の瀬戸で、旧暦元旦の未明に行われる和布刈神事を能の曲目に仕立てたものだ。干潮の海で神官がワカメ（和布・若布）を刈り取り和布刈神社に奉納して新しい年を祝う儀式なのだった。福を招く神事とされ、県指定無形民俗文化財となっている。その日横浜能楽堂では能狂言の出し物が予定されていたが、先を急ぐ二人は迎えの車で中華街へ。ウンベルトは能楽堂所蔵の見事な唐織に興味を示したが、『メカリ』に対したときの押し殺した異常反応を勝呂は見逃さなかった。果たせるかなこれは勝呂の読み通りだった。「やはりそうか。あれはメヒカリではなくメカリだったのか。和布刈神事に謎を解く鍵が隠されているのだろうか。ではなぜ、そしてどのようにしてウンベルトはフリオのあの『メヒカリ』というダイイング・メッセージを嗅ぎつけたのだろうか？」このことはフリオの妹サラ、マリア、アロンソしか知り得なかったはずなのだ。

　中華街で夕食後、横浜ケントスへ。ここは70年代オールディーズのライブ演奏が圧倒的迫力で楽しめる。ステージと客席がすぐに一体になれるナイト・スポットだ。良き時代を懐かしむ人、飲み会グループ、危ない年の差

カップルもなかには。アカプルコ、ラス・ベガス、マイアミなど歓楽街を知り尽くしているウンベルトも満足したようだ。「Bless of G.K. いいねえ。知ってる曲ばかりだったよ。僕のためにラテン・バージョンをサービスしてくれるなんてね。東京には3軒もあるんだって、こんなライブハウスが日本にあるとは驚きだよ」

[オーシャンバー『クライスラー』]
　福富町の老舗バーに。異国調の古風な階段を上がり重厚なドアを開けるとそこに驚きの異空間がパーッと広がる。四方の壁いっぱいに年代物の酒瓶が所狭しと置かれ、一つひとつに味のあるボトルもこうして集められるとまた一味違った世界感を醸し出し圧倒される。空になったボトルでもあの人の思い、あの時の出来事がいっぱい詰まっているので、いつでも蘇ってくるようにと先代のマスターがずっとキープしているのだ。（こういう永久保存版もいいものだ……）それがオーシャンバー『クライスラー』だ。
「あの時のままだ！」思わず叫んでしまったウンベルト。そして懐かしそうに見回していたウンベルトの目が一点に止まった。棚の上の方に置かれた『キングス・ランサム』のボトルだ。
　マスターによると「あれは究極のブレンデッド・ウイスキーと言われ60年代に流通したレアもので今ならウン十万円はしますよ。最近ではサントリーの『響』30

年ものが凄すぎですが」マスターは止まらない。「なにしろ1950年創業の当店は、今ならヴィンテージもののボトルを当時からこうして飾っているのです。中には横浜に立ち寄る船員が持ち込んだものもありますよ。おそらくこれもその一つでしょう。それぞれに『いわく・因縁』が熟成されているのですよ。先代のオーナーはよくボトルに日付けとかを書き付けていたそうですよ。ボトル・キープのはしりでしょうか……。なんだったらあのボトル、棚から下ろして見てみますか?」

　確かにカウンターの艶(つや)も年季が入っている。はるばる7つの海からやって来て、時を重ねて豊穣さを増した多彩なボトルを並べるとそこはまるで熟成された洋酒版バベルの図書館かはたまた迷宮の酒蔵ではないか。そのボトルには当時のウンベルトの指紋が残っているかも知れない。

「参ったセグーロ。君の勝ちだ。このボトルは間違いなく僕が持ち込んだものだ。当時が蘇ってくるよ。ほら67年5月7日とあり、左下にわずかな傷があるのが分かるかな。ここに来たことを白状するよ。僕が30歳の時だ」

　ついにウンベルトのしっぽを摑んだ。ベールに包まれた大富豪の青年時代のひとコマだ。40年前にウンベルトは間違いなく横浜に現れたのだ。勝呂の作戦が功を奏した。「うまくいったぞ。よしもうひと押しだ……」二人は古き横浜の本格バーを後にして六本木に向かった。

勝呂とウンベルト・エストラーダの攻防は続く。大富豪の過去に何があったのか……。娘のカロリーナにも明かさない何かが……。

　六本木サルサ・スポットのエル・ラティーノ。いつになく周りは静かだった。「おかしいなあ。ここは年中無休のはずだが……。いま見てきますから」入口にチケット千切りの兄さんもいない。張り紙が目に入った。『都合により当分の間閉店します』とある。「あっこれだ。風営法（風俗営業取締法）規制に引っ掛かったか！　深夜のダンスを禁止するダンス禁止令というやつか……」車に戻る勝呂。「申しわけないウンベルト。せっかく日本のサルサ・スポットを体験していただこうと思ったのですが店はセラード（クローズ）でした。六本木には他にもたくさんあるのですが、予定変更してメキシコ人経営洋楽カラオケに行ってみましょう」

　勝呂は他のサルサ・クラブも閉鎖されていると踏んで急遽行き先を変えた。時代錯誤のダンス論議がここまで及んでいるのだ。外国人それもよりによってラテン・アメリカ人のウンベルトにこの事態をどう説明したものか？　警察庁によれば「ダンス」とは「男女の享楽的雰囲気を過度に醸成させるダンス」だという。冷や汗ものの勝呂だったが、ここはやはりウンベルトにはキチンと説明しとかなくちゃあと思い返した。「そうか。世界中の食べ物、オールディーのライブ、高級ブティック、世界的アーティストの公演など日本は何でもありなのに、

ダンスとカジノはダメなんだね。電車内のアナウンスなどは過剰サービス？　親切心？　管理社会の裏返し？　それとも危機管理の行き過ぎ？　わしが思うに日本は結構取り越し苦労の多い国のような気がするのじゃが。多くは自己責任で済まされていいようなものまでも。ドラッグは別として、酒もタバコも女性のスカートもある意味危なさと紙一重の魅力があるからいいんじゃないのかな」「御意！」

　勝呂の失踪時に足取りが発覚した場所の一つに到着。洋楽だけが歌えるカラオケ・バー『Fiesta』だ。そのためか外国人のほうが多く詰めかけている。日本では滅多に歌われない曲目が用意されているのだ。勝呂にはマスターがウンベルトを迎えて一瞬緊張したように思えたのは「ビエン・ベニード・セニョール・サンドバル（ようこそサンドバル様）と迎えたからだ。勝呂から特段の紹介の要はなかった。（ウンベルトの別の顔か。二人はメキシコ人同士だしマスターが大富豪のウンベルト・エストラーダを知っていて少しも不思議ではない。だがサンドバルとはどういうことだ……）」「（ソンデオ・グループの影の出先機関がやはりここだ）去年来日したマリアのアドバイス通りだ。カウンターにはなんとあのパコがいるではないか。ソンデオ・グループの運転手兼ボディ・ガード（密偵）だ。　翌日のスカイ・ツリーの様子は割愛しよう。高所恐怖症の人でも大丈夫だったようだ。

［高級クラブ『ピロポ』］

　勝呂はお忍びの行き先のクライマックスとして銀座の高級クラブ『ピロポ』を選んだ。元妻の［佳庭〕の女将佳江の発案だった。銀座のママ菜香とは大の友達だったのだ。それにしてもクラブ『ピロポ』とは誰のネーミングだろうか……。まさか南米通の佳江だったりして……。現代スペイン語辞典によると「街頭で男性が女性に投げかけるほめ言葉、誘い文句。まれに冷かし」とある。ピロポとはシンパティコ（親しみ易い）と並んでスペイン語圏らしさを表す代表的な言葉かもしれない。因みに勝呂の究極の殺し文句は「あなたは僕の心を揺さぶってくれる（Tu me arranca mi corazon）」なのだが少しく上品過ぎて効き目がない。中にはスマイルを返してくれる女性もいるにはいるのだが。日本では決してやらない。ストーカー扱いにされるのがオチだからだ。さてクラブ『ピロポ』でのウンベルトのアプローチはどうだったのだろうか。ここは日本それも東京は銀座だけれどこのクラブの中なら誰はばかることはない。名が『ピロポ』というくらいだから。ウンベルトは「ピロポ語録」ができるほど連発したのかもしれない。ウンベルトの「ピロポ語録」は残っていないが、「この『ピロポ』（地上）には、男性だけがその費用を引き受けるにしては、余りに美人が多過ぎる」と言ったとか言わなかったとか。これはリガリエンの言葉の引用だ。人の恋路に通訳を付けるほど野暮なことはない。ウンベルトは5ヶ国語を操れる。

おかげで勝呂は自分のことに集中できたのであった。
「ギンザ・エラ・ヒスレバ・ハナナリ（銀座は秘すれば花なりだったよ）エルネスト、銀座のクラブは最高だったよ。見事な演出だ。まったく予期せぬソルプレッサ（サプライズ）だ。これこそが観阿弥と世阿弥が説くところの『秘すれば花なり、秘せずば花なるべからず』だ。それにこのクラブはなんと奥ゆかしき品格のある花なる女性たちよ」それを聞いて勝呂はにんまりした。してやったりだ。それにしてもいったいなにがあったのか……。
　9時きっかりに突然クラブの明かりが消え、スポットライトに変わった。それまでウンベルトは選りすぐりのホステスたちを相手にピロポの限りを尽くしていた。小面(おもて)と紅入りの装束唐織着流(からおりきながし)の若女(わかおんな)がツツーと登場し囃子を伴い舞い始めたではないか。世阿弥の「井筒」、［序の舞］だ。その場で一番驚いたのはおそらくウンベルトだったろうか。勝呂もこの飛び入りのことは聞かされていなかった。およそ25分、舞い終えた小面の演者にウンベルトは語りかけた。「見事な舞いじゃった！　なかなかやりおるなセリーナ！」日頃滅多に見せないウンベルトのやさしい表情。「えっなに！　あれはセリーナだったの？　聞いてないよ。まさか、能を舞うのは男と決まっているでしょうが」「セグーロ、見たかあの"おもて"を。赤鶴(しゃくつる)の小面じゃ。レプリカでも素晴らしい。オリジナルは丹波の篠山にあって門外不出じゃ。亡くなった君の親爺さんの故郷じゃな。君だけの演出ではこうまでは

できんのう。やはり女将の佳江と美亜監督、それにここのママ菜香に見事にしてやられたよ。参った参った」

　ウンベルトは600年も続いてきた日本の伝統芸能の能楽のなかでも能装束、殊に唐織の目の覚めるような美しさに魅了されたのがはじまりだった。鮮やかな西洋の甲冑を思ったのかもしれない。やがて能面の表情がまったく微動だにしないのに、心の動きが伝わってくる見事過ぎる表現技術に能の真髄を見た。そして、さすがは世界の大富豪だけあって自宅には私設能楽堂まで造らせている。因みに最近日本では女性の能楽師も増えているという。

Θ D-nod:

> 『風姿花伝』より『秘すれば花なり、秘せずば花なるべからず』
> 　直訳すれば「秘めるからこそ花になる。秘めねば花の価値は失せてしまう」ということだ。だが観阿弥と世阿弥が説くところの真意では、「予想外のことがより深く感動を呼び起こす」ということらしい。だとするならば、クラブ『ピロポ』での［序の舞］は見事な演出だったことになる。
> 　そしてそれを受けて真意を見事に汲み取っているウンベルトも只者ではない。

［タンゴ・ピアノ・バー『チケ』］
　勝呂はウンベルトとの対決の場に四谷のアルゼンチン・タンゴのピアノバー『チケ』を選んだ。そこは前年のマリア訪日の際にアルゼンチン・タンゴ「ノスタルヒアス（郷愁）、エスタ・ノチェ・ケ・メ・エンボラーチェ（今宵われ酔いしれて）」などを飛び入りで歌ったところだ。コロンビア人のマリアがアルゼンチン・タンゴを好み歌詞カードなしに完璧に熱唱してみんなを驚かしたのだ。
　そして店の名は『シック』という意味のタンゴの名曲だ。『チケ』の客の多くはタンゴに一家言をもつ愛好家たちなのだ。オーナーの亜季はこのことをよく憶えていた。彼女はタンゴ歌手でピアノ奏者でもある。マスターの旦那様もラテン、タンゴを歌ってくれる。二人ともスペイン語が達者だった。それにしてもメキシコ生まれのウンベルトまでアルゼンチン・タンゴ好きだったとは……。おまけに『ピロポ』のママ菜香の計らいで随行してくれた美咲嬢はアルゼンチン・タンゴが踊れるという。役者が揃いすぎて日本のタンゴ愛好家の話になった。
　ウンベルトがオーナーに「日本にはたくさんのタンゴ愛好家がいると聞いているが、こういう店は他にもあるの」「カンデラリアという店が六本木にありましたがオーナー歌手が亡くなってから閉めてしまいました。かつてはタンゴ喫茶や中南米音楽研究会なら全国規模であったのですよ」

勝呂がオーナーに目配せしながらトイレに立ったのはその時だった。ウンベルトは見計らったかのように、「それなら門司港のタンゴ喫茶『スール』を知っていますか？　今もその店はあるのですか？」
　マスターは「確か80年代に閉めてしまいましたよ。タンゴ喫茶としてアルゼンチン・タンゴやフォルクローレのLPレコードのコレクションならおそらく日本一だったかもしれないわね。それにマスターはディ・サルリの最高の理解者でしたよ。中南米音楽研究会北九州支部もやっていたしね」
「でもなぜあなたはスールのことをご存じなの？」
「実は私は70年代に門司の船会社に派遣されていてスールにはよく行ったものですよ」
「私の2代前の前任者が門司で事故死しましてね。事故原因の調査と後始末で派遣されていたのですよ。あれ以来一度も門司には行ってないのだが」
「そうですか。それで原因はなにか分かったのですか」
「いや結局、地元のマフィアの縄張り争いに巻き込まれたということで決着したのですが……」
　柱の陰でずっとこの会話聞いていたのはトイレに立ったはずの勝呂だった。「後始末の方は……？」
「うん、その前任者の遺品がどうしても見つからなくてね」「えっ、それは会社の大事なもの？　それとも故人の私物？」
「私物といえるのかな。タンゴの歴史が100年以上なら、

15　大富豪の深謀

それはもっと古く500年かなあ……」
「500年ですって！　いったいそれは……」
　その時入口のドアが開きお客が2人。(もう一歩のところだったのに残念)やむなく勝呂が席に戻ったところでウンベルトは話題を変えた。
　(しかしこれでわかったぞ。ウンベルトはやはり船会社の社員でフリオ・ゴンサーレスの後任だったのだ。ウンベルトがタンゴ喫茶『スール』をなぜ知っていたのか、そして『スール』のことをしきりに聞き出そうとした謎が解けたぞ。フリオの秘密を嗅ぎつけたのだ。おまけに死んだ自分の親父の生地が丹波の篠山であることまで知っているとは……。そして、そしてウンベルト・エストラーダが自分を執拗に監視し、徴用するわけが……)
　こうして事前の打合わせ通り『チケ』のオーナー夫妻はウンベルトからうまく言質を引き出してくれた。久しぶりのタンゴとアルゼンチン・ワイン、それに美咲嬢のもてなしが加わり、旅先ですっかり気を許したウンベルトの油断だった。横浜のバー『クライスラー』、四谷の『チケ』で勝呂にしっぽを摑まれたウンベルト・エストラーダ。若くして横浜、門司に現れ、間違いなくフリオ・ゴンサーレスが隠し持ったエメラルド・タブレットの存在を嗅ぎつけていたことになる。そしてウンベルトはサンドバルという異名を持っている。その後いったいどのようにして今日の巨万の富を得たのだろうか。
　うまくいった。勝呂のミッションはみんなの協力を得

てこれにて終了。ウンベルトは彼のプライベート・ジェットが待つ羽田空港へ。美咲嬢が最後まで送っていった。

セリーナとウンベルトは結局今回もろくに話もできなかった。だがメキシコに帰国したウンベルトは、真っ先にセリーナの認知手続きに入ったという。

勝呂はエストラーダ訪日の顛末を搔い摘んでマリアに報告した。最後にお気に入りの川柳で閉めるべくスペイン語訳を試みたが途中で投げ出した。それは……。『接待を裏工作で表無し』だった。

⊖ E-wink ㊿	HP ビジュアル・ガイドへ

●名曲ノスタルヒアス（郷愁）ロシオ・ドゥルカル

(3) もう一つの訪日後日談　2014〜15年

後日談がもう一つある。国際貢献度評価委員会の会合で日本を訪れたマウリシオ・レジェスが、今度はパートナーのリアナ・マグダレーナを伴って再来日した。企業家のマウリシオはコロンビア・コーヒー生産者協会の理事をしていてコーヒーの流通、マーケティングに力を発揮している。協会はコーヒーの品質基準の管理や生産・輸出の促進のほか、教育や研究開発にも取り組む一方、国際社会へのアピールも忘れてはいない。（険しい自然環境を克服し、上質なコーヒー豆を作ってきた幾世代にもわたる生産者たちの営みの風景）として『コロンビ

ア・コーヒーの文化的景観』が2011年に世界文化遺産に登録されている。コロンビアの『コーヒー三角地帯』の農園の多くは急勾配な山肌にあって機械の導入は難しく、生産者たちは一粒ひと粒手摘みで収穫する。(農作業と自然環境がうまく均衡し)品質管理や生産者の生活向上に努めながら生物多様性を尊重した産業のあり方を実践している。

Θ D-nod:

> 『コロンビア・コーヒーの文化的景観』の景観を表現したロゴ。一粒ひと粒が手摘みのコーヒーであり、自然環境との調和を表している。
> 『コーヒー三角地帯』とはバジェ・デル・カウカ、カルダス、リサラルダ、キンディオの4県にまたがる約15万ヘクタールの生産地域をさす。

リアナはマリアの長女で建築士。元ファッション・モデルだった。夫妻が年末・年始にかけて来日した。リアナが開口一番、東京のカテドラルに案内してという。勝呂はてっきり東京カテドラル聖マリア大聖堂(すごいネーミング)とか聖イグナチオ教会を案内すればよいのかと思いきや、なんと東京都庁第一庁舎のことだった。

「やはり思った通りよ」彼女はそう言って解説した。確かに正面ファサードは双塔を抱くパリのノートル・ダム大聖堂を思わせるデザインになっている。だがリアナ建築士に言わせるとこれはむしろパリ北部のラン大聖堂を模していると言うのだった。どこに違いがあるのか勝呂には分からない。ランス大聖堂とも違うらしいのだ。
「リアナ、もっと嚙み砕いて話してよ。確かに中央の丸い都のシンボルマークは小さいながらも、バラ窓のようだし……」
「そうね、都庁の双塔の最上部をよく見てごらん、45度ひねってあるでしょ。ここから見上げても分かるわよね。このひねりはラン大聖堂の特徴よ。ここも聖母マリアを祀るノートル・ダム寺院だけど、パリ・ノートル・ダムの正八角形の塔はまっすぐ前を向いているのよ。ほらあなたが以前苦労して撮影したあのバラ窓の聖堂よ。ママ・ミアのマリアがいつもスカイプに使っているあれよ。アロンソ叔父さんの持論を覚えている、シオ？

『大聖堂は世のすべて、時のすべてを包み隠してくれる』と言ってたわ。この東京都庁大聖堂にも当てはま

りそうね……」「…………」「そう言えばフェデリコ・フェリーニ脚本・監督、マストロヤンニ主演の『甘い生活』ではゴシック大聖堂のことをこう言わせているわ。『ゴシックの尖塔は、あまりにも高くそびえすぎて地上の声は届かない』と」

「エッそんなシーンがあったっけ！　日本にはそんな高い尖塔を持つ教会はないから大丈夫。あの映画は確か冒頭からいきなり大きなキリスト像をヘリコプターで吊り下げてバチカンに運ぶ衝撃的な映画だったことは覚えているよ……」

「シオ、今からホテル・パークハイアット東京の最上階の『ニューヨーク・バー』に連れてって！　ジャズ・ライブやっているから。すぐそこだわ」

「えっ！　いきなりなに？」

　超高速のエレベーターだったが途中乗り換えて最上階の52階へ。エレベーターを降りるとすぐガラス窓越しに素晴らしい東京の景色が広がっている。ジャズ演奏が聞こえる。リアナが指さす方向にはなんと北側の斜め右下には、たった今しがた見上げていた都庁の建物、それも問題の塔の最上部が手に取るように分かるではないか。リアナが教えてくれた45度のひねりが。「52階のニューヨーク・グリル＆バーはこういう仕掛けだったのか……」

　都庁もパークハイアットも設計は丹下健三だ。確かに都庁は大聖堂を模してはいるが西正面という方位のお約

束までは踏襲していない。因みに都庁第一庁舎の正面入口は東に向いている（大聖堂の建築表現に従うと東正面ファサードということになる）。
「まいったな〜。最近では外国人のほうがよっぽど日本の穴場を知っているよね」
　それにしてもこの天空のレストラン、眺望も素晴らしいが値段も超一流だった。勝呂はその夜、ボゴタのマリアへ撮ったばかりの東京都庁聖母マリア寺院（！）の写真を送り、スカイプでリアナのオリエンテーション（一家言）、それに天空のジャズのことを話した。今度もまたパリのノートル・ダム大聖堂のバラ窓に向かってだ。
「なんだシオは、話題になった映画観てなかったのね。ノー・プエデ・セル（あり得ないわね）。パークハイアットの『ニューヨーク・バー』の名シーンはコッポラの娘ソフィア監督の映画よ。お客はみんな『ロスト・イン・トランスレーション』の舞台になったバーを見たくて行っているのよ。映画のなかのこの場面はとても大事なところよ。（人の一生にふと訪れる空白の時間、すれ違いの時間はきっと何かで埋め合わすことができる）という話よね。渋谷の交差点が世界に知れ渡り、絶対に外せない撮影スポットになったのもこの映画のお陰よ。あのときリアナもマウリシオもグリルのウェイターの誰もがこの映画の話を持ち出さなかったのは、当然あなたは百も承知だと思っていたからよ。知らぬはシオだけだったということになるわね」

そう言うと彼女はやっと聖母マリアのバラ窓の写真を外した。代わりに笑顔のマリアが顔を出した。「呆れた。あなたはほとんど『ロスト・イン・トランスレーション』を地で行ったわけね！」
「そういうことになるのかね。ともかくそのDVDを観てみるよ」勝呂はそう言いながらスカイプに見とれている（これからはいつも顔を出してくれるかな……）。

| ⊖ E-wink ㊿ | HPビジュアル・ガイドへ |

◆東京都庁庁舎とラン大聖堂そして広島県産業奨励館（原爆ドーム）

（そう言えばリアナのママ、マリアが2012年に来日したときも刺激的だった）開口一番、『被爆前の広島の原爆ドームはどんな建物だったのシオ』ときた。勝呂はしばしあの時を回想する。ドームというからにはてっきり大聖堂と思っていたらしい。即答できない勝呂は慌ててネット検索にかけてみた。2012年6月の日経新聞に『78年前の全景写真見つかる』と出ていた。それは1932年に撮られた写真だ。1915年に広島県物産陳列館として建てられ、被爆前までは広島県産業奨励館として使われていた建物だった。設計はチェコ人のヤン・レツルで、なんと大正時代の威風堂々たる洋館なのだった。大聖堂ではなかったものの、その写真を見たときのマリアの驚きと悲しみの表情が忘れられない。これまでドー

ムの悲惨な骨組みばかり見せられてきた勝呂にとってもこれはショックだった。より一層の悲しみを誘う被爆前の見事な産業奨励館の勇姿と原爆ドームの悲惨な姿との対比。これは、建築家が扱うビフォー・アフターの事案の中でも最悪のシーンに違いない。勝呂は建築家一族の長女マリアならではの視点を見せつけられることになったのだった。

　（この親娘は何かにつけてよく似ているよね。二人とも僕のことをシオと呼ぶし……）勝呂はつぶやきながら、高級ミニバン新型アルファードのCMの最新動画を転送した。ブエノス・アイレスのいいとこ取りのバージョンだからだ。オベリスコのある7月9日大通りやアルゼンチン・タンゴや元オペラ劇場を改修した豪華な書店を上手にちりばめている。ブエノスをよく知るマリアもきっと気に入るはずだ。

　だがなぜ今アルファードかと言うと、今度もまたあのパコがアルファードで東京に現れたからだ。コロンビア・コーヒー生産者協会東京事務所の車でマウリシオを案内せよというわけだ。大富豪エストラーダが来日した2013年に警護SPにして密偵役と運転手を兼ねた奴だ。あのときは途中から運転手がパコに代わった。勝呂が初めてパコに出会った2013年のマドリッドから数えると今回で5回目になる。東京にも再三来ているようだ。今回もソンデオ・グループのカロリーナがパコを差し向けたに違いない。『都内の移動なら要人と言えども、車

ではなく地下鉄に限るよ』と言ってあったのに……。この CM ではせっかくピアソラの『来るべきもの（Lo que vendra)』などドンピシャの曲が使われているのに、『ついに来ちゃいましたね、地球の裏側に…。ブエノス・アイレス』というナレーションの一言が残念だった。いまだにこういう表現をする人がいるんだと。これは『地球の反対側とか向こう側』でしょう。ODA を生業にしている人なら裏側なんて絶対に使わない。かつて米国は中南米を『アメリカの裏庭』呼ばわりして反発を買った。アメリカ合衆国だけがアメリカではないし、ましてや俺たちはバック・ヤードでもないと。裏側とかバック・ヤードとか、ましてやバナナ共和国（バナナ・リパブリック）などの上から目線は禁句だ。昨今では中国が近隣のアジア諸国を『裏庭』扱いしているそうだ。時代は劇的に変わりつつある。

　ラテン・アメリカ人には珍しくウイスキーがお好きな二人に勝呂はサントリーの響 17 年を贈った。さすがに 30 年ものは勘弁願ったようだ。グラフィック・デザインを学んでいるリアナの娘エレーナが卒業前に友達数人と来日するらしい。実現すればマリアとその娘リアナ、そして孫のエレーナが 3 代にわたって日本を訪れることになる。

エピロゴ（終章）ロスト・タブレット 2016年〜

500年の時空を超えた思いが今

『私たちが始めたものは私たちが終わらせねばならない』
——ラテン語格言

　マリアからある悲報（？）が届いた。2015年3月17日のことだ。『ドン・キホーテ』の作者セルバンテスの墓が400年の時を経て発掘されたという報だ。死去した1616年にマドリッドの三位一体女子修道院の教会堂に埋葬され、1698年の拡張工事によって教会堂から修道院に移されたらしいのだが、あろうことか西洋文学の最高峰と称せられるあのセルバンテスの墓の所在が今日まで定かではなかったというのだ。

「えっ！　それはあり得ない。誰も知らなかったなんて……」勝呂はスカイプに向かって口を尖らせる。「そうなのよ。私なんか今日までてっきりマドリッドの三位一体女子修道院の外壁のタブレットが墓碑だと思っていたわ。それで調べてみたわ。タブレットをよく読んでみると、確かにそれは墓碑ではなく、かつて修道

院がセルバンテスを救出した証のタブレットだったのよ。救出の経緯はあとでお話するわね」マリアもかなりショックを受けている様子。

　こんなことがあるのだろうか。他ならぬ文豪セルバンテスの墓なのにだ。よく見かけるセルバンテス像を墓と取り違えていたのかもしれない。そしてさらに驚愕のニュースが勝呂を打ちのめした。事もあろうに共同で埋葬されていたらしくセルバンテスとその娘のものも含めて全部でなんと17体分の遺骨が入り交じって地下納骨堂で発見されたのだった。朽ちた棺の断片に辛うじてM.C.（ミゲル・デ・セルバンテス）の文字が認められたという。やはりこのときも400年の歳月が遺骨を著しく劣化させており、それらを峻別してDNA鑑定にかけるのは不可能だという。別の所に埋葬されている、確かな照合相手であるはずの実の姉の遺骨も埋葬の状態が悪くDNAサンプル自体にまったく信頼性がないというのだ。

　セルバンテスはレパントの海戦（1571年）で左胸と左手を損傷するほどの銃弾を受け、命からがら帰還する途中にアルジェで捕らわれの身になってしまう。そして辛うじて三位一体女子修道院の捕虜救出令（身代金を払った）によって解放される。このことがなければ不朽の名作『ドン・キホーテ』はおそらく生まれることはなかっただろう。激動のフェリーペII世の時代を駆け抜け、60歳近くで作家活動を始めたセルバンテスは、マドリ

ッドで 1605 年に『ドン・キホーテ前編』を出版してからそれなりの評判を得たものの、1616 年に 69 歳でその波瀾万丈の人生を終えている。レパントの海戦の勇者であり、名作の作家がまともな霊廟に祀られていなかったとは何としたことだろうか。

⊖ E-wink ㊷	HP ビジュアル・ガイドへ

●**マドリッドの三位一体女子修道院**：赤レンガの外壁に掲げられているスペイン・アカデミー名義のセルバンテス救出記念タブレット（セルバンテスの墓碑ではない）

　この事態を 2014 年 4 月に逝去したもう一人の文豪ガボが知ったら何と言うだろうか。

　いやそこはガボ、自分の死後さえも操る（あやつ）「死と葬儀」の魔術師のことだ、遺骨にまつわる混乱と争いはとっくに織り込み済みだったのかもしれない。現にアラカタカ（マコンド）の首長からは早くも、ガボの生地にこそ遺灰を納めるべきと要請している。もしもガボの遺体が茶毘に付されずに永久保存の棺に安置されていたら、まるで領土問題のような取り合いに発展しかねない。万が一折り合いがつかずに分骨となった場合、遺灰であれば収まりがつき易い。さすがは「死と葬儀」を操るガボの鮮やかな手口、死しても面目躍如というところだろうか……。ガボの遺書はいまだ出てこない。あるいはもう羊皮紙の遺言書はすでにカリブを襲うハリケーンで消失し

てしまったのか。それにはきっと『遺灰は自分の生地アラカタカ（マコンド）と第二の故郷メキシコ市、そして思い入れ多きハバナにも分骨するように）と書かれているかもしれない……』

『ガボはコロン提督の二の舞だけは避けたかったはずよ』とマリアは断言した。（確かにマリアの言う通りだ。現にガボの死後すでにいろいろな事が起きている……）勝呂は深呼吸を重ねた。

　コロンビアの新紙幣にガルシア・マルケスの肖像をという話題が持ち上がっているらしい。なんとも死してなお、何かと話題を提供してくれる。

8月11日コロンビアのボリバール州政府の公式声明が出た。ガルシア・マルケスの遺灰が本年12月12日にコロンビアのカルタヘーナ（デ・インディアス）に埋葬される。場所はカルタヘーナ歴史地区の中にあるラ・メルセ修道院（Claustro de La Merced）で、現在はカルタヘーナ大学大学院の本部でもある。この報に接した勝呂は安堵した。ガボに相応しい場所だ。ここなら安らかに眠れるだろう。嬉しいことに勝呂はこの修道院／大学を訪れたことがある。勝呂が初めてカルタヘーナ・デ・インディアスに到達したとき、マリアとフリオが案内してくれたところだ1990年のことだ。

　4日後の15日、予想通りガボの生地アラカタカ当局は『百年の孤独』の作者の遺族にガボの遺灰を『マコンド』に分骨するように正式に要請した。20日にはラ・

メルセ修道院の中庭の小広場を改修してガボのモニュメントを建造することが決まった。カルタヘーナ大学が資金調達と設計・施工を請け負うと El TIEMPO 誌が報じた。

ところが事はすんなりとは進まなかった。予定された 12 月 12 日の霊廟の式典が突如 2016 年の 3 月 6 日に延期されたのであった。その理由は、工事を進めるうちにガボのモニュメントが据えられるラ・メルセ修道院の中庭の地下に雨水だめの大きな水槽が見つかったからだ。300 年以上も前の貴重な遺物が出たとして大騒ぎとなった。これは誰も予期しなかった出来事だった。

さらに驚愕の発見がマリアと勝呂を襲った。水槽には鮮明なケルト十字の印が見つかったのだ。ケルト十字と聞いてマリアと勝呂は一様に背筋が凍った。二人が修道院を訪れた時のことを思い出したからだ。勝呂の帽子が一陣の風でこの中庭に舞った時、マリアが発した言葉は『ここには何かがあるわ』だった。そのあとマリアが『十字架が見えたのよシオ』とつぶやいた。そのとき勝呂はそれを一笑に付したのだったが。その上ケルトときている。二人はもうまるでそれはガボが仕掛けた魔術ではないかと思い鳥肌が立ったのだった。どういうことか。ガボの創作手法は多分に

ケルト十字 CeCILL

エピロゴ（終章）　ロスト・タブレット

ケルトの血を引く祖母から感化を受けたことが知られている。昔からスペインのガリシア地方はケルト人が多く、祖母の先祖がそこの出だからだ。子供の頃からケルトの民話、恐ろしい伝説や不気味な神話を祖母から聞かされて育ったガボは、カリブ海の地でさらに幻想の世界や魔術的な想像力を掻き立てられていったらしい。ガボの霊廟がよりによってこの中庭に選ばれたのには、ラ・メルセ修道院のケルト十字がガボを招いていたのかもしれない。あるいはガボは生前からそう望んでいたのか。遺言書はまだ見つかっていない。この不思議な因縁めいた繋がりを思うと、ここに来て死してなお魔術的リアリズムを生み出し続けるガボの面目が極まっている。

　その後ガボの未亡人は、遺灰をメキシコからカルタヘーナに移して霊廟に安置する日を今度は5月に延期した。家族の都合だという。ガボがカルタヘーナで安らかに眠れる日はいつになるのか。さらなるサプライズが用意されているかもしれない。ガボには目が離せない。

　カリブに新しい風が吹いている。ここに来て米国とキューバの和解が成立した。2015年7月ついに国交の回復と両国の大使館再開が54年ぶりに実現した。経済封鎖解除も間もなくだろう。そして16年3月にはオバマ大統領が現職の米国大統領として88年ぶりにキューバ訪問を果たした。これは画期的なことだ。コロンビアではFARC（コロンビア革命軍）との和平があと一歩の

ところまで来ている。余すところ武装解除の方法などで40年も続いた内戦もこれでついに終結をみるのか。交渉地はハバナ／キューバだ。ともあれこの和平の流れが他国にも波及してくれればと願うばかりだ。

　昨今、乗用車の面構え(つらがま)が険しくなった。そう見えるのは眼光鋭い最新のヘッドライトの所為(せい)だけではあるまい。フロントマスクを怒らせているのは、世界のあちこちでいがみ合い、足の引っ張り合いが絶えない、辛い今の世相を反映しているからだろうか。文明の衝突で理解や対話がもはや成り立たないところまで来てしまった。ある新聞がうまく言い当てていた。今の世に『不寛容、排外主義、反知性の闇が広がっている』のだと。世界各地で蔓延するイスラム過激派の激化、自爆テロ、人種問題、人権、領有権問題、地球温暖化による異常自然災害、経済破綻、貧困、原発廃炉、民族対立などのすべては人間が生み出したものだ。我々が心まで無くした結果だ。そして、さらに厄介なのは一定の良識から完全に逸脱してしまった、誰も止められない相手にどう立ち向かえばいいのか。

　ジグソー・パズルのすべてのピースは最後まで必ずピタリとはめ込めるようにできている。だが人世のパズルでは、困難な局面に立たされたときには出来合いのピースでは間に合わない。ときにはピースが欠けている場合もある。大事な状況で他者を思いやる感謝、和解、優しさ、信頼、寛容、謝罪をもって最適なピースを作り出す

しかないのだ。みんながあのアンブロシオの六つの"思いやりのピース"を作るのだ。この場合はルール違反にはならない。難しい中東の永久課題も各国が抱える歴史認識のすれ違いだって乗り超えなければ。それもできるだけ早い時期に手を打たなければ。『私たちが始めたものは私たちが終わらせねばならないのだ』から。

　勝呂にとって永い道のりだった。なんと遠回りをしたことだろうか。フリオの家族探しがきっかけになって、それが要塞の探訪になり、監視塔の蒐集をしている内に要塞の建設と守備に生涯を捧げたイタリア人築城技師一族の3代にわたる苦闘を知ることになった。当時の要塞技術者たちは設計から建設・改良・維持・修復のほかに、砲術や防衛守備技術を指導し、実戦の守備まで担っていたのだった。やがてその任務を受け継いだスペイン人の建築技師たちや守備隊員たちが何代となく育っていった。その中に、コロン提督がアメリカ大陸に到達した1492年に船長や航海士として多大な貢献をしたピンソン3兄弟の血筋を引く超末裔がいた。そしてあるとき勝呂はこのピンソン家の末裔たちと運命的な出会いを果たした。彼らはかつての要塞死守防衛の任務を受け継ぎ、今では建築家の血筋を守っている。そしてついにそのときがやって来る。それはジグソー・パズルがいつも大好きだったマリアの父が、実はそれは遊びでなくある作戦を暗示し実行に移すことだった。500年ものあいだ時代に翻弄され、スペインやドミニカやキューバで望みも

しない改葬をなんども余儀なくされ煉獄にさ迷ったコロン提督と、言われなきコロンへの背信という汚名を背負ったピンソン家が時空を超えて和解を果たすことだった。さ迷えるコロン提督のセビーリャとサント・ドミンゴの遺骨をジグソー・パズルよろしくはめ込んだのだった。今頃コロン提督とピンソン兄弟は安らかに眠っていることだろう。

　気が付けば勝呂は、スペイン、ポルトガルが残した（現存する）監視塔のほぼすべてを収集してしまった。笑えないのは、その途上で勝呂自身が防犯監視装置のプロになっていたことだ。今や人呼んで"世界の監視塔の守護神"だ。その過程でフェリーペⅡ世のエメラルド・タブレットの存在を知ることになった。それはカリブ海のスペイン要塞の守りの護符だった。海賊サー・ドレイク（皮肉を込めて）がかつて執拗に狙い、追い求めたものらしい。そして勝呂の懸命な捜索にもかかわらず、いまだに姿を見せない。それは錬金術の奥義を説くあの"エメラルド・タブレット"や"賢者の石"と同じ運命を辿るのか。"探し物を見つける神もいるのよ"と言ったのはマリアだった。フリオの最期の言葉だった"メヒカリ"とは門司港の"和布刈（めかり）"のことではないのか。それとも和布刈にある勝呂の父親がフリオを祀った慈母観音像の中か。今から思えば勝呂の父親はあれを『マリア観音』に見立てていたのかもしれない。勝呂は昨年、老朽化が進んだ和布刈にある勝呂家先祖代々の墓を改修し

た。そのときもタブレットは発見できなかった。ウンベルトが東京で思わず口にした勝呂の父親の故郷、丹波の篠山の春日神社に納められているのか。それは少なくとも6枚はあるという。いまだに1枚も見つかっていない。海賊をおびき寄せるおとりのタブレットだとすると何枚かは偽のエメラルドかもしれない。それとも全部カリブ海の藻屑となって消えてしまったのか。だとすればいずれ沈没船の中から見つかるかもしれない。2015年12月はじめにも、コロンビア沖（カリブ海）で1708年に沈没したものと思われるスペインのガレオン船サン・ホセ号が発見された。積み荷は金、銀、宝石などの財宝で、170億米ドル（約2兆900億円）の価値があると見込まれているらしい。すわフェリーペⅡ世のエメラルド・タブレットも積まれていたかと色めきたったのだが……。フェリーペⅤ世の時代だった。となればそれはもう砕かれて装身具となってしまったのか。ウンベルトの手中には収まっていない。スペイン王宮の美術担当キュレーターも執拗に追い求めている。因みにウェブ百科事典の"謎が謎を呼ぶ"『エニグマペディア』には掲載されていない。

　"探し物は最後に見つかる"と言ったのは誰だったか。要塞の中にもないとなれば、残るは大聖堂や教会の中に隠されているのだろうか。いみじくも『大聖堂は世のすべて、時のすべてを包み隠してくれる』と言ったのはアロンソだ。だとすればアロンソが中南米に残された教会

建築を執拗に追いかけているわけがうなずける。となるとあとは中南米に残された『ウルトラ・バロックの聖堂を探せ』いうことになるのだが……。

この物語のプロローグが始まった2014年4月から1年半余り。やっとエピローグに辿り着いた。だが肝心のフェリーペII世のタブレットは見つかっていない。結局、最終章までに間に合わなかったことになる。

勝呂がタブレット端末を閉じようとしたそのときだった。『Tableta Perdida』という文字が躍った。特定のトピックスを検索してくれるイーグル・アラートにスペイン語版で『ロスト・エメラルド・タブレット』に関する記事が出ているではないか。世界の不思議や謎を取り上げてメール配信してくれるのだ。

先週は謎に満ちた『ヴォイニッチ画像』が配信された。出どころはEnigmapedia百科事典かららしい。

すばやくダウンロードした勝呂は驚愕の声を発した。『ドレスデンの聖母教会』の画像が浮かびあがったのだ。

290ページ ⊖ D-nod 参照

それは紛れもないアンブロシオが作ったジグソー・パズルの写真だった。実物はマリアの妹ディナ・フロレンシア家の階段踊り場の壁に掛けられている。

| Θ E-wink ㊿ | HPビジュアル・ガイドへ |

● **Eagle Alerts（イーグル・アラート）『Tableta Perdida』**

　いったい誰がウェブにアップ・ロードしたのか？　マリア？　アロンソ？　いやそんなはずはない。ならばいったい誰が何のために？　そして『ロスト・タブレット』と『ドレスデンの聖母教会』のジグソー・パズルとの関係は？　いったいこれは何を意味するのだろうか……。

　こうなると物語は未完のままでは終われない。この続きは逐一ホーム・ページにアップ・デートしながらお伝えしよう。タブレットはいつもおそばに。

　　　　　　　　　ロスト・タブレット　ひとまず完

contiuará（to be continued）

| Θ E-wink ㊴ | HPビジュアル・ガイドへ |

▶物語の続編アップ・デート：『ロスト・タブレット』更新サイト『ウルトラ・バロックの聖堂を探せ』

| Θ E-wink ㊾ | HPビジュアル・ガイドへ |

◆付録：ロスト・タブレット／要塞・監視塔写真集　監視塔の集大成

著者プロフィール

フェルナンド・峻・世在（フェルナンド・たかし・せざい）

福岡県生まれ。工業大学電子工学科卒業
経済協力コンサルタント。カリブ・中南米諸国、アジア、アフリカ、中近東各国で業務展開

ロスト・タブレット 500年の時空を超えた思いが今

2017年4月15日　初版第1刷発行

著　者　フェルナンド・峻・世在
発行者　瓜谷　綱延
発行所　株式会社文芸社
　　　　〒160-0022　東京都新宿区新宿1-10-1
　　　　　　　　　電話　03-5369-3060（代表）
　　　　　　　　　　　　03-5369-2299（販売）

印刷所　株式会社フクイン

Ⓒ Fernando Takashi Sezai 2017 Printed in Japan
乱丁本・落丁本はお手数ですが小社販売部宛にお送りください。
送料小社負担にてお取り替えいたします。
本書の一部、あるいは全部を無断で複写・複製・転載・放映、データ配信することは、法律で認められた場合を除き、著作権の侵害となります。
ISBN978-4-286-18147-9